講談社文庫

身代わりの空(上)

警視庁犯罪被害者支援課4

堂場瞬一

講談社

目次

第一部　墜落　7

第二部　家族　101

第三部　訪問者　193

第四部　顔のない男　287

身代わりの空（上）

警視庁犯罪被害者支援課4

第一部　墜落

相手の口元をじっと見詰める。だらしない口、だらしない男だ……何の利用価値もないし、見ていて気分が悪くなる。これだけで、こちらとしては損害を被《こうむ》っているわけだ。

だから排除しなければならない。実害も迫ってきているし。

「こいつは高い酒だな」相手がグラスから口を離し、溜息《ためいき》を漏らした。

「美味《うま》いだろう」

「あんたはいつも、こんなに美味い酒を呑《の》んでるわけだ」

「美味い酒が呑めるように頑張っているんだ」

「それもモチベーションということか」

相手はまたグラスに口をつけ、ぐっと酒を呷《あお》った。そうそう、どんどん呑め。呑めば呑むほど死が近づく。

1

暇で困る。

私は時間を持て余していた——いや、仕事が暇なのはいい。被害者支援課所属の私が暇なのは、イコール事件がないということだから。本来歓迎すべき状況である。

仕事だけではなく、野球もシーズンオフだ。大リーグは、シーズンオフにこそ注目——トレードやFAなどの動きが活発になるからだ——と言う人もいるが、私はやはり試合そのものを楽しみたい。実際、金の話題ばかりが盛り上がる契約やトレード話などには、ほとんど興味がないのだ。野球はビジネスではなく、あくまでスポーツであって欲しい。

「——では、続いて総務部犯罪被害者支援課の村野《むらの》秋生《あきお》警部補から説明があります」

呼ばれて、私は一気に現実に引き戻された。支援課主催の、所轄《しょかつ》での研修。これも大事な仕事だと分かってはいるが、実に面倒臭い。溜息をつかないように気をつけながら立ち上がり、二十人ほどの署員が顔を並べる前に立った。

警視庁総務部の一セクションである犯罪被害者支援課には、様々な仕事がある。事件や事故の被害者支援が大きな柱の一つだが、初動段階では所轄の「初期支援員」が対応するのがルールだ。それ故、所轄の署員も被害者や被害者家族への対応を学ぶ必要があり、そのための研修も支援課の大事な仕事である。

——大事な仕事なのは間違いないのだが、聞いている方にすれば退屈で仕方がないだろう。喋《しゃべ》っている自分がそう感じているぐらいだから、当たり前か……こういう研修をもっと効率的に行う方法はないかと、人前で喋る度に考えてしまう。

過去に扱った事案を例にした方が、当然理解は早くなるわけで、今回は具体的な事例を用意していた。モデルケースにしたのは、この秋に起きた事件……父親が殺された家族の案件だった。特に十五歳の少女への対応には難儀させられた。

私にとっては非常に印象深い案件——自分もダメージを受けた——だったが、聞いている方にとっては退屈以外の何物でもないようだ。必死で欠伸《あくび》を嚙み殺している顔が見えると、こちらもやる気を失ってしまう。それだけならまだしも、こちらも欠伸しそうになる……その瞬間、背広のポケットに入れたスマートフォンが振動する。おいおい——仕事関係の電話なのは間違いないが、何か変だ。支援課の連中は、私がここで講師をしていることは当然分かっている。

無視。

しかしすぐにまた、スマートフォンが振動した。誰からの着信かだけでも確認しようとしたのだが、研修中にそれはさすがに失礼だと無視を決めこむ。

しかし三度となると無視もできない。確かめようと思ってスーツのポケットに手を突っこもうとした瞬間、会議室の後方に置かれた電話が鳴った。一番近くに座っていた若い刑事が弾かれたように立ち上がり、受話器を引っ摑む。耳に押し当てた途端に、怪訝《けげん》そうな表情を浮かべて私を見た。

「村野さん、支援課からお電話です」私に向かって受話器を掲げて見せた。

「支援課から？」私は思わず間の抜けた声を上げてしまったが、直後に気を引き締めた。研修の最中にわざわざ電話を入れてくるぐらいだから、大事《おおごと》に違いない。部屋の後ろへ向かって駆け出しながらスマートフォンを確認すると、やはり支援課からだった。

受話器を耳に押し当てると、課長の本橋怜治《もとはしれいじ》の声が耳に飛びこんできた。珍しく緊張している。

「直《ただ》ちに研修を中止して下さい」

「何事ですか？」

「航空機の墜落事故です」

「え？」

我が耳を疑った。航空機事故……支援課が出動するとなると、死者が出た重大事故の可能性が高い。しかし、東京で——羽田空港でそんな事故が起きたら、所轄にいても情報は入ってくるはずである。

「羽田ですか？」

「いや、富山です。ＮＡＬの羽田発富山便が、着陸直前に墜落したんです」

「富山の事故でこちらに連絡がくるということは、相当大規模なんですね？」死傷者多数、人の少ない現地の県警では十分な被害者対応ができない。そのために警視庁から応援を出す——というパターンだろう。航空機事故は初めてだが、これまでにも何度か応援の仕事はしてきた。

「現状、死者十二人です」

私は思わず息を呑んだ。私の中では、一つの事件や事故での犠牲者数が二桁になると、急にレベルが違ってくる。死者を一人一人ではなく、「数」として捉《とら》えるようになりがちなのだ……しかし、それだけは絶対に避けねばならない。支援課は、たとえ犠牲者が五百人に達する飛行機事故でも、一人一人に向き合わねばならない。

「とにかく、すぐにこちらに戻って下さい」

「出動命令が出たんですね？」

「いや」

「だったら、研修は最後までやってもいいんじゃないでしょうか」本橋は焦り過ぎているのではないだろうか。

「いつ何が起きるか分かりません」本橋はあくまで冷静だった。「どういう形で出動するかは分かりませんから、今から万全の準備が必要です。今回は、長期出張になる可能性もありますからね」

「十分な着替えを用意しておけ、ということですね」

「その通りです。支援課は全員、ここで待機にしました。直ちに引き上げて下さい」

「分かりました」

電話を切って、一つ深呼吸する。直ちに引き上げと言っても、この所轄の最寄駅は、ＪＲ青梅《おうめ》線の福生《ふっさ》駅である。どんなに急いでも、警視庁本部まで一時間以上はかかるだろう。その間に、先発隊が出発してしまったら——考えるだけでむかつく。

私は、出遅れるのが一番嫌いなのだ。


出遅れなかった。

航空機の事故は常に大規模で、しかも関係者が多いために、全容を把握するのに時間がかかる。関連するのは航空会社、空港、地元の警察、消防、さらに行政。私たちは主に警察ルートで情報を収集することになるのだが、今回、現地の対応は遅れているようだった。

「何でこんなに状況が分からないんだ？」連絡を受けてから一時間以上が経《た》っているのに、まともに情報が集まっていないことに、私はつい毒づいてしまった。

「所轄は、ごく小さな署みたいよ」同僚の松木《まつき》優里《ゆり》が、言い訳するように言った。

「でも、空港は富山市内だろう？」仮にも県庁所在地だ。

「そうだけど、所轄の管轄は――合併前は、富山市じゃなくて郡部だったから」

「そういうことか」

私はパソコンを立ち上げ、現地の地図を確認した。ストリートビューで観てみると、所轄の南富山署は国道四一号線沿い、一面に広がる水田地帯の真ん中に、ぽつりと建っている。建物の大きさを見た限り、署員数は数十人だろうか……もちろん、航空機事故となれば県警総出で対応するだろうが、初動捜査の段階では間違いなく人手不足だろう。その後の捜査も難航するのは間違いない。最終的な事故原因の特定は、運輸安全委員会、それに警察に委《ゆだ》ねられるが、警察も航空機事故の捜査に関しては、ノウハウに乏《とぼ》しいのだ。

立ち上がり、課長室のドアをノックしようとして手を停めた。窓から中を見ると、本橋は電話中である。しかし私に気づくと、空《あ》いていた右手で手招きした。私はすぐに課長室に入り、デスクの前で「休め」の姿勢を取った。本橋がすぐに電話を終え、私の顔を真っ直《ます》ぐ見る。私は先に口を開いた。

「正式な出動要請は出たんですか？」

「富山県警からはありません」

「では――」

「警察庁から直接、出動命令が出ました」

「ああ」事情はすぐに分かった。富山県警は、事故直後の処理で手一杯だろう。今はまだ、外から応援を貰《もら》うことまでは考えられないはずだ。また、私たちの方から「手を貸しましょう」と申し出るのも筋違いである。支援課の他県警に対する応援方法は、まだ確立されていないのだ。しかし、上級官庁の警察庁が命令を下す分には、何の問題もない。

「総出ですか？」

「ほぼ総出――私も行きます」

「いや、課長はまずいのでは……」

「バックアップ要員だけを残して出動します。死者が二十人に増えたんです」

私は思わず唾を呑んだ。本橋は無言で私を見詰めている。

「支援課始まって以来の大きな仕事になるかもしれませんよ」

「現場は東京ではないですけどね」

「この際、管轄の問題は言わないことにしましょう。だいたい警視庁は、全国への出動部隊としての役割も負わされているんですから」

確かに……その代表格が機動隊だ。サミットなどの大規模な警備計画がある場合、機動隊は全国どこへでも出動する。ルールが確立されていないとはいえ、支援課についても同様に考えるべきだろう。各県警にも支援セクションはあるが、警視庁が一番人員豊富なのは間違いないのだから。

「今、新幹線と宿を手配しています。それに、こちらから車を二台出します」本橋はすっかり落ち着いており、淡々と説明した。

「確かに、車がないと動くのに不便そうですね」私は、先ほど見たグーグルマップの様子を思い出していた。

「新幹線組が先発、車で行く後発組は、今夜合流することにしましょう」

「分かりました。私は先発していいですか？」

「もちろん。できるだけ早く現場に入って、仕切りをお願いします。私は警察庁との打ち合わせがありますから、後の時間の新幹線で追いかけます」

「了解です」

一礼して、自席に戻る。既に、支援課全体にざわついた空気が流れ始めていた。その中で、係長の芦田《あしだ》浩輔《こうすけ》だけが、ぶすっとした表情を浮かべ、腕組みしたまま周囲を見回している。

「係長が居残りですか？」

「ああ」返事する声も暗い。「こういう時は、残る方が地獄なんだぜ。ここにいると、二十四時間態勢で連絡と調整をしなくちゃいけない」

「そういう重要な仕事は、芦田さんじゃないとできないでしょう」私は持ち上げにかかったが、依然として芦田の表情は晴れなかった。元々捜査三課出身で、基本的には現場の方が好きな男なのだ。

私は自分のロッカーを引っ掻き回して、持って行けそうなものを取り出した。急な出張に備え、二泊分の着替えは常備している。しかし今回は、何日向こうへ行っているることになるのか……まあ、いい。今は、コンビニエンスストアで下着もワイシャツも売っているから、足りなくなったら現地で買い足せばいい。

「――はい、それではお願いします」安藤梓《あんどうあずさ》――通称「ダブルA」が乱暴に受話器を置いた。興奮と緊張のせいか、顔が赤らんでいる。

「新幹線の手配が済みました」

「何人分？」

「十人です」

まず、課員の半分が先発するわけか……確かに支援課始まって以来の大仕事になる。

「君も新幹線で？」

「そうです」

「車は、誰が？」

「一台は俺です」ぶっきら棒な声で、長住光太郎《ながすみこうたろう》が答える。「まったく、冗談じゃない。五時間ぐらいかかるんですよ」

「焦らずゆっくり来るんだな」長住の愚痴《ぐち》につき合っている暇はない。捜査一課出身のこの男は、未だに支援課の仕事を馬鹿にしきっているのだ。それ故、いつか支援課の爆弾になるのでは、と私はずっと懸念している。私たちは何を言われても受け流せるが、長住は被害者家族に対して失礼な発言をするかもしれない。どうせなら、ここで留守番していて欲しかった。

これもロッカーに常備してある布製のトートバッグに着替えを突っこむ。後はいつもの仕事道具を揃えて、出張準備は完了。独身の三十代の男は、いつでも身軽だ。

隣の席では、優里も既に準備を終えていた。

「家の方、大丈夫なのか？」彼女は二人の子どもの母親でもあり、何もなければ定時に帰るのが常だ。

「もちろん。こういう時のために、普段はちゃんと子どもの世話をしているんだから。子どもたちも、もう分かってきてるわよ」

「スーパーマンだね、君は」

「否定はしないけど」優里がさらりと言った。確かに……冷静なデータマンにして、支援課の大黒柱。何しろ支援課の発足当時から在籍している生き字引きなのだ。

これで、主だったメンバーの準備は完了だ。数時間後、私たちは間違いなく嵐に巻きこまれるだろう。

頭の中で手順を考える。まず、地元の所轄、それに県警本部への挨拶《あいさつ》。そこで向こうの状況を探って、必要と判断すれば、私たちが仕切って被害者や被害者遺族の対応に当らなければならない。

想像を絶する作業になるだろう、ということだけは想像できた。


新幹線の中で遅い昼食を摂《と》り、後は情報収集に努めた。実際、優里など、ほとんどの時間をデッキで過ごし、あちこちに電話をかけまくっている。私の隣に座る梓も、スマートフォンの画面に視線を落としたまま、ニュースをチェックしていた。

「現地はだいぶ混乱しているみたいですね。新しい情報が全然入ってきません」梓が暗い声で言う。

「そうだろうな。二十人も亡くなった大事故となると、そう簡単には情報がまとまらないと思う……その後、被害者は増えてないか？」

「今のところは、二十人のままです。でも、重軽傷者が百人近くになっていますよ」

「とんでもない大事故だ」私は、胃の中に硬いしこりができたように感じた。しかし、着手する前から緊張し過ぎてもよくない。本当は虚心坦懐《きょしんたんかい》、真っ白な状況で臨《のぞ》んだ方がいいぐらいだ。

手帳を取り出し、これまでに分かっている情報を整理した。

ＮＡＬ１１２便は、午前十時に羽田空港を飛び立った。富山着は十一時の予定で、乗客は百六十六人、ほぼ満員だった。フライトは予定通りだったが、着陸間際になって突然失速、機首から滑走路に突っこむ格好で墜落した。現在分かっている限り、乗客の死者は前方の座席に座っていた人ばかりのようである。後部に座っていた乗客には、無傷の人もいたらしい。

「新しい写真、上がってきました」

梓が自分のスマートフォンを見せてくれた。見た瞬間、私は眉間《みけん》に深い皺《しわ》が寄るのを感じた。

墜落した１１２便は、前からつんのめるような格好で墜落していた。主翼から前の部分が大きく破損し、特にコックピット辺りはほぼ消滅していると言っていい。対照的に、主翼から後ろの部分はほぼ無傷。いや、よく見ると損傷しているのが分かるが、それでも後部に乗っていた人たちが軽傷、ないし無傷で済んだのも理解できる程度だった。112便の周囲には消防車が集まり、滑走路は黒く濡れている。機体を見た限り、火が出た形跡はないのだが、放水したのだろうか。

溜息をついて、スマートフォンを梓に返した。

「滑走路のどの辺なんだろう」

「手前と言うか……本来ランディングする場所よりずいぶん前で堕ちたようですね」

「離着陸が難しそうな空港には見えないけどな……」

私はバッグの中から、空港周辺の見取り図を取り出した。事故調査の原因は私たちの仕事ではないといえ、一応状況を把握しておく必要がある。

富山空港は富山市南部にあり、滑走路は、空港西側にある神通川《じんずうがわ》とほぼ平行に走っている。周囲——特に西側は基本的に田園地帯。北側を北陸自動車道が走っている。そこを通り過ぎてからランディングに入るはずだが、北陸自動車道が着陸の邪魔になるとは思えなかった。周囲には高い建物もないし、都市部のど真ん中にある福岡や香《ホン》港《コン》の空港に比べれば、離着陸の難易度は低いのではないだろうか。

もちろん、離陸と着陸の瞬間は、一番危ないと言われているはずだが……現段階では、ヒューマンエラーなのか、飛行機側のハードの問題なのか、まったく見当がついていない。

「テロの可能性はないですか？」

「まさか」私は梓の推測を一言の下《もと》に否定したが、言ってしまってから不安が生じた。極論だが、テロリストにとっても「狙いやすい」場所ではないだろうか。周囲には妨げるものが何もない。ロケット弾などで着陸時の機体を狙うのは、それほど難しくないのではないか……いや、それはやはり想像が過ぎるだろう。

「現場は混乱してるんでしょうね」梓が心配そうに言った。

「だろうな」梓の不安が私にも伝わってくる。梓は支援課の中ではまだ「新人」で、現場経験も乏しい。警察官である以前に、人間として細やかな気配りができるタイプなので、所轄からスカウトしてきたのだが、今回はそういう資質だけでこなせる仕事ではあるまい。私や優里でさえ経験したことのない、大きな現場なのだ。

支援課に電話をかけていた優里が戻って来た。「今のところ、状況に変化はないわ」と淡々と告げる。

「現地はちゃんと対応できてるんだろうか」

「それは分からないけど……」シートに腰を下ろしながら、優里が首を横に振った。

「県警とは、まだ直接話せていないから。だいぶ混乱しているのは間違いないでしょうね」

「だろうな」私たちはそこへ突っこんでいく訳か……しかも、頼まれたわけでもないのに。摩擦を予感して、私は嫌な気分になった。不安を口にすると、優里が「それよりもっと、心配なことがあるのよ」と口にした。いつも無表情なのに、今日は眉間に皺を寄せている。

「NALとの関係ですよね」梓が口を挟んでくる。

「そう。事故の場合、航空会社にも対応のマニュアルがあるし、彼らは当然、被害者家族への対応は自分たちの仕事だと思っているわ。確かに、今後の保障問題などを考えれば、航空会社は早めに被害者家族と接触して、信頼関係を築かなければならない。でもそういう動きが、相手を苛立《いらだ》たせてしまうこともあるのよ」

「分かります……それにNALだって、そんなに頻繁に事故を起こしているわけじゃないですから、対応には慣れていないですよね」

「だから、私たちの出番なのよ」優里がうなずく。「私たちは慣れてる……もちろん、こういう大きな事故で、今まで培ったノウハウが通用するかどうかは分からないけど」

三列シートの真ん中に座ってしまった私は、自分の頭上を飛《と》び交《か》う二人のやり取りを黙って聞いているしかなかった。そう、被害者、被害者家族の事情はそれぞれ違う。一人を相手にしても、毎回大変なのだ。それが今回、犠牲者は二十人……想像を絶する仕事になるだろうと考えると、黙りこむしかない。

シミュレーションも無駄だ。支援課として前代未聞の出来事を前に、どんな準備をしても十分とは言えないだろう。

2

北陸新幹線の開通を機に新しくなったらしい富山駅は、こぢんまりとして清潔な雰囲気だった。東京から二時間半と近いが、新幹線の本数はそれほど多くない。一方、墜落したNAL112便だと、羽田から富山まではわずか一時間のフライトだ。空港から富山駅まではバスやタクシーで二十分から三十分と近いため、時間を優先で飛行機を使うビジネスマンも多いようで、実際、NAL112便もほぼ満席だった。

現場の状況を見ておくため、まず空港へ向かう。梓が空港行きのバスの時刻表を調べてくれていたので、時間を無駄にせずに済んだ。

バスに乗りこむと、ほとんど無人だった。やはり地方都市は車が主役で、公共交通機関は廃れる一方なのか……梓が突然「あ」と短く声を上げた。

「どうした」

「路面電車ですね」

「ああ……富山では路面電車が走ってるんだったな」

スマートフォンで確認すると、富山駅を中心に南口には三路線、北口にも一路線の路面電車が走っている。スピードをあまり出さず、車と一緒にのんびりと走る路面電車を見ていると、妙に心が落ち着いた。車体は統一されていないようで、昔の都電を彷彿させるようなクラシカルな車体もあれば、近未来の交通機関をイメージさせるような斬新なデザインの車体もある。不思議なことに、どちらも違和感なく街に溶けこんでいる。

「市内の中心部を回るには、路面電車の方が便利かもしれないな。渋滞を気にする必要もないだろうし」

「でも、そもそも渋滞は関係ないかもしれませんよ」梓が言い返す。「道路、全然混んでませんし」

「そこまで人口も多くないわけか」

バスは市街地を抜けていく。どうも素《そ》っ気《け》ない街というか……特徴がない。初めて訪れる街で、私はそこを一言で言い表せるような特徴を探す癖があるのだが、富山ではそれに難儀しそうだった。駅前にはホテルやオフィスビルが建ち並び、少し離れたところに県庁や市役所がある。その近くにある城は、後から復元されたもののようだ。歴史を感じさせる街かといえばそういうわけでもなく、かといって現代的とも言い切れない……本当に、特徴を捉えにくい街のようだ。歓楽街に行けば、もう少し特黴が摑めるかもしれないが、そもそも隣県の新潟や石川と違って、大規模な歓楽街があるとも聞かない。

市街地はかなり広範に広がっているが、二十分も走ると建物はまばらになってきた。広い道路が風景の主役になり、歩く人をほとんど見かけなくなる。ガソリンスタンドや車の販売店、やけに駐車場の広い飲食店などが並ぶ様は、日本中どこの郊外でも同じような光景だった。

空港が近づくと、民家も店舗も急に少なくなり、完全な田園風景になる。空は曇って低く、いかにも寒そうだ。バスのガラスに額を寄せただけで、ひんやりとした感触で目が覚める。

スマートフォンで地図を確認していると、バスは空港へのアプローチである一本道に入ったところだった。細い川を越えると、地平線が見えそうな光景が目の前に広がる。民間航空機のパイロットにとっては、やはり離着陸しやすい安全な空港ではないか、と私は勝手に想像した。

派出所を通り過ぎると、そのすぐ先が空港だ。そこで私はようやく、事故の大きさを実感した。道路端に機動隊の車両やパトカーが並び、物々しい雰囲気を醸《かも》し出している。他に、テレビの中継車や一般車両も……これは報道関係者の車かもしれない。制服警官が何人か、現場に立って車を誘導している。空港は閉鎖されており、車も立ち入れなくなっているのだろう。

正面に「富山空港」の看板がかかる白い建物が見えてきた。ここから見た限りでは、異変はまったくない。ただ、検問を抜けて空港内に入った瞬間、異変に気づいた。地方空港へ行く時、乗客はマイカーを利用することも多い。駐車場はだいたい埋まっているものだが、富山空港の駐車場にいるのはパトカー、それにＮＡＬの関係者のものらしき車だけだった。

空港でバスを降りた客は、私たちだけだった。実質的に空港は閉鎖されているわけで、ここに用事がある人間はいないはずである。そもそも、路線バスが普通に運行されているのが驚きだったが。

バスを降りたタイミングを見計らったように、私のスマートフォンが鳴る。本橋だった。

「今、空港に着いたところです」

「そろそろそういう時間だと思っていました。現場はどうですか？」

「まだ中に入っていないので分かりませんけど、戒厳令という感じですね。空港は閉鎖されています」

「取り敢えず、県警警察相談課の牧田《まきた》課長を摑まえて下さい」

「その人が……」

「県警サイドの、被害者対応の責任者です」

「分かりました——混乱しそうですね」

「ですから、最初の挨拶が肝心ですよ」

低姿勢で行くべきか、「こちらに任《まか》せろ」と強く出るべきか……その方針を決めるためには、対峙する相手がどんな人間か、すぐに見抜かなければならない。

「牧田課長は、どんな人なんですか」

「情報はまったくありません」本橋があっさり言った。「ただ、警務部の課長にまでなった人ですから……」

「県警叩き上げの人材ですね」

世間の人たちは誤解しがちなのだが、派手な活躍が目立つ捜査一課の課長が、必ずしも人事的に「偉い」わけではない。民間会社と同じで、総務セクションは裏から組織を支える重要なポジションであり、牧田という課長が高い評価を得ていることは容易に推測できる。

「一応、下手に出た方がいいでしょう。それと、警察庁からの要請、ということを強調して下さい」本橋がアドバイスした。

「摩擦を避けるために、警察庁の名前を利用するわけですね」

「もちろん、被害者のために必要だと思ったら、闘っても構いません」

「了解です」

狙いは同じでも、その過程で衝突することはままある。特に今回は、警察サイドでも経験者が少ない、航空機事故への対応である。どういう状況になるか、今の段階では想像もできなかった。

通話を終えて歩き始めた瞬間、強烈な寒風が吹き抜ける。これは失敗だったか……十一月とはいえ、東京の感覚では真冬の気温だ。裏地のついたコートを着てきたものの、これでは後で凍《こご》える羽目になりかねない。腰まであるダウンジャケットでも大袈裟でないような陽気だ。状況によっては、後で手に入れる必要がある、と私は頭の中のメモ帳に書きこんだ。凍えてしまうと身動きが取れなくなるし、吹きさらしの中、ずっと立ちっぱなしになることも考えられる。

空港の中は、ラッシュ時の新宿《しんじゅく》駅並みに混み合っていた。まず目についたのが、マスコミ関係者。どうやら一階の到着ロビーの一部を区切り、マスコミ専用の待機場所にしているようだ。誰がやったかは分からないが、上手い手だな、と感心する。報道陣はある程度規制しておかないと、現場は混乱するばかりだ。

他には、制服姿の警察官、消防士などの姿が目立つ。背広姿の連中は、空港やＮＡＬの関係者だろう。マスコミ関係者以外には、立ち止まっている人間が一人もいない。とても声をかけられそうな雰囲気ではなかった。時折大声が飛び、殺気立った空気が満ちている。

現場経験の少ない梓も優里も、この雰囲気に圧倒されていた。ここは私がしっかりしないと……外に警備派出所があったことを思い出した。

「一度外へ出よう」

他のメンバーに声をかけ、人混みをかき分けるように外へ出る。冷たい空気に触れると、今度はほっとした。まるで息を止めていて、ようやく呼吸ができるようになった感じ……。

記憶通り、建物の右手の方に、警備派出所があった。狭い建物の中は、制服警官でごった返している。私はバッジを示しながら、中へ足を踏み入れた。一番最初に気づいてくれた中年の警官に声をかける。

「警視庁被害者支援課の村野です」

「はい？」私たちが来ることは聞いていなかったようで、警官は怪訝そうな表情を浮かべた。

「本部の警察相談課長がこちらにおられるはずですが、摑まりますか？」

「警視庁の人なんですね？」中年の警官が念押しした。

「警察庁の指示で出動しました」

それでようやく、向こうは事情を察したようだった。いきなり真顔になる。

「少し時間をいただけますか？　確認します」

「外で待っていますので……一刻を争う状況のようですね」

ゆっくりされたら困ると釘を刺した後、私は外へ出た。それにしても寒い……やるべき仕事がはっきりしていないと、気持ちは盛り上がらないもので、そうなると寒さをやけにきつく感じるものだ。吐く息は白く、手は既にかじかんでいる。これはまさに、真冬の陽気だ。

他のメンバーに事情を説明しているうちに、中年の警官が警備派出所から顔を出した。どうやら釘を刺したのが効いたらしく、すぐに連絡を取ってくれたようである。

「警察相談課長は、三階の空港事務所に詰めています。そちらに行っていただけますか？」

「分かりました。お手数です」一礼して、私は支援課のメンバーを引き連れ、再び到着ロビーに入った。

人波をすり抜けて、エレベーターで三階まで……降りると、前の廊下も人で埋まっていた。フロアのどこかに空港事務所があるのだが、これでは辿り着けないのではないか――心配になった瞬間、「村野さん？」と声をかけられる。相手は五十代の精悍《せいかん》な顔つきの男だった。精悍に見えるのは、目を細めて厳しい表情を浮かべているからかもしれないが……がっしりした体形。スーツの内側には灰色のカーディガンを着こんでいた。もしかしたら地元の人は、これぐらいの寒さではまだコートを着ないのかもしれない。

「村野です」

一歩前に進み出て頭を下げるが、とても打ち合わせができる雰囲気ではない。相手もそれは分かっているようで、廊下の奥に向けて顎《あご》をしゃくった。途中、制服警官が何人も立っているドアの前を通り過ぎる。どうやらここが、空港事務所の入り口らしい。

「騒がしくてすみませんね」先を歩く男が振り返り、さっと一礼した。「警察相談課長の牧田です」

「支援課の村野です」改めて挨拶し、少し歩調を速めて追いつく。「大変なことになりましたね」

「まったく……ここでは話もできない。申し訳ないですね」

「いえ、とんでもないです」

「ついでと言っては何ですが……展望デッキに出ましょう。あそこからは、事故現場の様子も見えます」

私は無言でうなずいた。写真では見ていたが、実際に事故を起こしたＮＡＬ機を見ると、また緊張感が高まるだろう。

階段で四階まで上がると、すぐ前が小さな展望デッキになっていた。目の前はエプロンだが、さすがに今日は飛行機の姿はない。その向こうが滑走路。牧田は一番前の手すりまで行くと、「あちらですね」と右手の方を指さした。

確かに……はるか遠くだが、まだ滑走路に残されたままのNAL機が見える。私は小さな双眼鏡を取り出して目に当てた。ニュース写真で見た通り、前につんのめるような格好で停止し、前部が大破しているのが確認できた。あれだけ頑丈《がんじょう》な存在に思える飛行機も、アスファルトに突っこむと紙細工のようなものではないか……周囲には警察官が群がっている。今は鑑識作業中なのだろう。

双眼鏡を放すと、手が震えているのが分かった。恐怖のためか、寒さのためかは分からない。強い風がひっきりなしに吹き、コートをばたつかせる。私は優里に双眼鏡を渡してから、牧田と向き合った。

「改めて、大事故ですね」

「まったくです。まだ事態をコントロールできていない」

それはそうだろう。やるべきことは無数にあり、しかも関係者の数が多過ぎる。あれこれ考えだすと、頭が混乱してしまいそうだ。まず大事なのは、自分たちが何をすべきか、把握することである。

「我々は、被害者支援のために、警察庁の出動命令を受けて来ました」

「ええ」

「被害者支援に関わる全てのことをお手伝いするつもりです。全体で、二十人近くの人間がここに投入されることになります」

「お手数おかけして申し訳ない」牧田が丁寧《ていねい》に頭を下げる。「なにぶんにも、うちは小さな県警です。被害者支援の取り組みにも、十分な人数を割く余裕がない」

「了解しています。警察庁からも指示がありましたから、できる限りのお手伝いをさせていただきます……ちょっと確認と打ち合わせをしたいんですが、空港では場所もなさそうですね」

「ここは臨時の前線本部で、実際の捜査本部は南富山署に置く予定です」

「あそこも、かなり小さい所轄ですよね？　大丈夫なんですか？」

「ここは管内ですから」自分に言い聞かせるように牧田が言った。「そちらに移動してもらった方がいいでしょう」

「その前に、行く場所があります」

「と言うと？」

「遺体はどこですか？」

一瞬、牧田が黙りこんだ。二十人もの遺体が出ているということは……体育館のような場所が遺体安置所になっていることを、私は想像していた。

「病院に分散している」牧田が答える。

「ということは、遺体の損傷はそれほど激しくないんですね？」

「指輪や腕時計、ＤＮＡ型鑑定で身元の確認をしなければならないような遺体はなかったと聞いています」

私は思わず唾《つば》を呑んだ。航空機事故の現場に実際に立ち会ったことはないが、過去の事故処理の様子は、警視庁の中でもしっかり伝えられている。航空機事故の現場は悲惨の一言だ。高い位置から墜落した場合、人の体にかかる力はどれほどになるか……人体は、それほど強靭《きょうじん》なものではない。まさに肉片になってしまい、身元の確認どころではなくなることもままあるのだ。牧田が言った通り、指輪がはまった薬指だけがある人間のものだと特定され、それが「遺体」として扱われたこともあるそうだ。今はＤＮＡ型鑑定があるから、事情は違うだろうが。

「では我々はまず分散して、遺体が安置されている病院に向かいます。そこで遺族と接触するか、様子を確認して、どうやってフォローするかを決めますので。各病院には、県警の方も行ってるんですよね」

「ああ」

「制服組ですか？」

「状況に応じてだ。所轄の人間も本部の人間もいる」

「それぞれの現場で、仕切っている人がいないんじゃないですか？」

「ああ……取《と》り敢《あ》えず、被害者遺族に対応するように、という指示しか出していない」

予想できていたことだが、これはまずい。指揮命令系統が一貫していないと、現場の人間は混乱してしまう。ここは思い切って、図々しく出ることにした。

「今さら指示を飛ばしても無駄かもしれませんが、我々が現場で仕切る、という情報を流してくれませんか？」

「いや、それでは現地の警察官として申し訳ない」牧田の表情が硬くなる。

「我々のことは、機動隊だと思ってもらえば結構です。十分な装備と経験を積んだ、その道のプロです。富山県警のお役に立ちたいんです。今は、面子《メンツ》のことを言っている場合ではないですよ」

「……分かった」

話が分かる人でよかった、と胸を撫《な》で下ろす。県警の連中と現場でぶつかることは容易に想像できたが、そういう時でも「警察相談課長の許可を得ている」という錦の御旗がある。

「怪我人も、同じ病院ですか？」

「だいたいは。ただし、相当分散している……富山市内には、大きな病院はそれほど多くないですからね」

「病院のリストが必要です」

「それは用意できます」

「今のところ、遺族との間で何かトラブルは起きていませんか？」

「ないですね。一時的には、ＮＡＬの連中が対処しているし……連中には、事故用のマニュアルがあるでしょう」

それは当然だろう。しかしこのところ、二十人も死者が出る大きな航空事故は起きていない。マニュアルは、現場で生かされてこそブラッシュアップされるもので、古いものは錆《さ》びついているかもしれない……だが、事故はない方がいいに決まっているわけで、痛し痒《かゆ》しというところだ。

「では、我々はすぐに分散して動きます。南富山署で、デスクと電話を確保してもらうことは可能でしょうか？　そこを司令塔にしたいんです」

「何とかします」

「取り敢えず、それだけお願いします」

「了解しました。病院のリストを持って来るから、申し訳ないが、しばらくここで待っていてもらえますか？　空港事務所は、ご覧の通りの混乱ぶりなので」

「分かりました」

階段の方へ向かう牧田の背中を見送り、私はゆっくりと息を吐いた。今のところ、富山県警との連携は問題ない。全員を集めて、状況を説明し——実際には私と警察相談課長のやり取りを聞いていたはずだ——すぐに動くように指示した。そして、梓には別の用件を言いつける。

「南富山署へ行ってくれ。課長が来るまで、君が俺たちの司令塔だ。報告と連絡を君に集中させるから、上手くさばいてくれ」

「私ですか？」梓が自分の鼻を指さした。「でも、私じゃあ……」

「君ならできる。大事な仕事だけど、任せるから。課長が到着した後は、状況によって現場へ転身するか、南富山署の司令部を守るか、判断しよう。いずれにせよ、今日は遅くなる——というか、ホテルに泊まれるかどうか分からないから、覚悟しておいてくれ」

「分かりました。じゃあ、私はもう行った方がいいですね？　南富山署は遠いですし、この状況だとタクシーが摑まるかどうかも分からないですから」

「そうか、足がないか……」

「何とかします」

とはいえ、南富山署は歩いて行けるような場所にはない。少しだけ心配になったが、彼女だって警察官としては一人前なのだ、と私は自分を納得させた。

「それと、これ……持って行って下さい」梓が、後生大事に抱えてきた紙袋を私に差し出した。

「何だ？」

「使い捨てカイロです。もしかしたら、寒い思いをされているご遺族の方がいるかもしれないでしょう？」

「ああ、そうだな……気がつかなかったよ。ありがとう」

礼を言うと、梓が丸い顔に笑みを浮かべる。

「一本取られたな」私は優里に向かって、紙袋を掲げて見せた。

「そうね。気がつかなかったわ……さすがはダブルAね」

「今回はトリプルAに昇格でもいいよ」

メジャーリーグ好きの私の定番のジョークだ。「安藤梓」だからイニシャルで「ダブルA」。メジャーへ上がるためには、まだ途中の「トリプルA」のステップを乗り越えねばならない。

「でも、あの子らしいわ」優里が満足そうな表情を浮かべた。

所轄で支援員をしていた梓を本部に引っ張ったのは、こういう細かい気遣いができるからだ。彼女は現場に出る時、必ず新しいペットボトルの水と飴を用意する。パニックに陥《おちい》った被害者遺族に、水は絶対に効果的だし、子どもを宥《なだ》めるには飴が有効だ。彼女がそうしているのに気づいて以来、私も同じように水と飴を必需品にしている。しかし、使い捨てカイロまでは気が回らなかった。

マイナーリーグの選手に教わることも多いものだ。

3

私と優里は、五人の遺体が安置されている市立病院に向かった。空港から一番近い大きな総合病院で、ロビーはごった返し、緊迫した雰囲気になっている。この中に、怪我の治療を受けた乗客もいるのだろうか……いや、恐らく病院内に分散しているはずだ。まだ治療中の人もいるだろうし、そのまま入院してしまった人もいるだろう。そして私たちが対応すべき家族は……ロビーには、それらしき人が見当たらなかった。

私たちはまず、警察相談課の土岐《とき》という警部を探した。被害者支援の責任者の一人で、一番多くの遺体が搬送されたこの病院に送りこまれてきたのだという。他に制服姿の警察官が何人か……牧田が連絡を入れてくれているはずなので、教えてもらった彼の携帯に電話をかける。

「土岐です」低く不機嫌な声で反応があった。

「警視庁被害者支援課の村野です」こちらも低い声で名乗る。「今、市立病院に着きました。合流したいんですが、どこにいらっしゃいますか」

「救急センターの方に……」土岐が声を抑えているのは、近くに誰かいるからだろうか。

「分かりました。場所を探して行きます」

確か、病院の本棟の横に「救急センター」の看板がかかった建物があったはずだ。別棟になっているらしい。ところが、一度外へ出て中に入ろうとしたものの、ドアは開かない。どうやら、中と連絡を取らないと、ロックが解除されない仕組みのようだ。

仕方なく本棟に戻って、救急センターへの行き方を警備員に聞く。初老の警備員は、親切にセンターまで案内してくれた。

本棟から離れる短い渡り廊下の先に、「救急センター」の看板を見つける。その先で廊下は右に折れ、小さなロビー……異様に緊迫した雰囲気が漂っていた。すぐに、病院に似つかわしくない怒声が耳に飛びこんでくる。

「どういうことなのか、説明しろって言ってるんだよ！」

背広姿の若い男に詰め寄っているのは、二十歳《はたち》そこそこにしか見えない若者だった。もしかしたら高校生かもしれない。背広姿の男はもごもご何か言ったが、内容までは聞き取れなかった。私は優里と目配せし合って、静かに二人に近づいた。見ると、周りを数人の人間が囲んでいる。この中の誰かが土岐なのだろうか……分からなかった。

「何で事故の原因が分からないんだよ！」

「すみませんが、事故原因の調査には時間がかかります。申し訳ないとは思いますが……」

遺族がNALの人間をやりこめているのだと判断し、私は急いで二人に近づいた。詰め寄っている若い男は、ブレザーの制服を着ており、やはり高校生のようだ。若いが故に、感情をコントロールできない……すぐ後ろには、母親らしい小柄な女性がいたが、両手を口に押し当てて立ちすくんでいるだけで、何もできない様子だった。いったい何のトラブルだろう。駆けつけて来た遺族に対して、NALの社員が迂闊に何か言って、それが癇《かん》に障《さわ》った——あるいはまともな説明を受けられなかった。どちらもあり得る話だ。それにしても、この若者の怒りは激し過ぎる。

被害者遺族は、実に様々な反応を見せる。しかし、事故が起きてから数時間しか経っていないこの段階では、激しい怒りはあまり生じないものだ。優里曰《いわ》く、「釣鐘《つりがね》状態」。釣鐘の中に頭を突っこんだまま、思い切り叩かれた状態——物凄い音と振動でショックを受け、周囲の状況が認知できなくなる。それが薄れてきた頃に、次の反応が出てくるのだ。

まだ呆然としているはずなのに、これだけ激しい怒りを見せているのは、よほどの不手際があったからだろう。

「ふざけるなよ！」

若者が怒鳴り声を上げ、男の胸元を小突いた。まずい……私は慌てて二人の間に割って入った。その瞬間、若者が放ったパンチが側頭部に炸裂する。腰が入っていない、素人《しろうと》臭い殴り方だったが、それなりの衝撃はある。私はよろめき、倒れそうになるのを何とか踏みとどまった。耳の上がずきずきと痛み、眩暈《めまい》がする。その場に、嫌な緊張感が走った。平然としているのは優里だけ――あなたならそうすると思った、とでも言いたそうだった。

私は何とか直立し、若者と正面から向き合った。若者は啞然《あぜん》として、口を薄く開けている。言葉は出ない……私も何も言うつもりはなかった。最初の一言は、慎重に選ばねばならない。それで、その後の関係が決まってしまうこともあるのだ。

とにかく、相手が話し出すのを待とう――しかしほどなく、しっかり立っているのが難しくなった。眩暈がしたと思うと、右膝《みぎひざ》から床に崩れ落ちてしまう。下がカーペット敷きでなかったら、古傷のある膝に深刻なダメージが生じそうなほどの衝撃が走った。それを見て、若者が慌ててひざまずく。

「こういう台詞《せりふ》が似合う場面じゃないけど」私は何とか笑みを浮かべた。「なかなかいいパンチだったよ」

「すみませんでした」

若者——国岡翔《くにおかしょう》と名乗った高校生は、一転して恐縮しきり、何度も頭を下げた。母親の恒子《つねこ》はさらに恐縮して、涙さえ浮かべている。彼女の横には、優里が陣取っていた。体が触れるか触れないかの距離を保ち、有事に備えている。

「いやいや……君、まさかボクシング経験者じゃないよな？」私は敢えて軽い口調で訊《たず》ねた。

「違います」

「よかった。ボクシング経験者だって聞いたら、悪化しそうだからね」

「本当に、すみませんでした」

「大丈夫。これはなかったことにするから」

ＮＡＬの職員を殴ったら、本当に問題になっているところだ。私が多少の痛みを抱えただけで済むなら、安いものである。それにここは病院だ。本当にダメージを受けたら治療してもらえばいい。

「それで、何が不満だったのかな」

「何が起きたのか、はっきり言ってくれないんです」

「事故原因について？」

「そうです」

航空機の事故は、だいたい複雑な要因が絡んで発生する。はっきりした原因を断定するまでに、数年かかることも珍しくないぐらいだ。「こういうことを言うとまた頭にくるかもしれないけど、まだ現場の状況も把握できていないと思うんだ。現場は見たかい？」

翔が無言で首を横に振る。先ほどまでの怒気は完全に消え、すっかり意気消沈していた。

私は頭の中で、犠牲者の国岡保《たもつ》という人間のデータを整理した。自宅はさいたま市。都内の食品会社に勤務していて、今日は富山出張のためにＮＡＬ機に乗って事故に遭遇した。家族にはＮＡＬから連絡が入り、高校にいた翔は、母親と一緒に慌てて新幹線に飛び乗り、父親の勤務先の人間と一緒に富山入りしたという。恐らく、富山県内在住の遺族以外では、最も早く現地入りしたのではないだろうか。何しろ大宮《おおみや》は交通の要衝であり、停車駅の少ない北陸新幹線の「かがやき」なら、富山まで二時間もかからない。

「今回の出張は、何泊の予定？」

「日帰りでした」悔しそうに翔が唇《くちびる》を噛み締める。

「そうか、飛行機なら日帰りで往復は十分可能なんだね……でも、新幹線の方が早かったんじゃないか？」

「仕事のことなので、よく分かりません」

「お母さんは……」私は、少し離れたところに座った母親を見やった。うつむき、両手を組み合わせたまま、彫像のように固まっている。

「全然喋らないんです」

「そうか……」

「父の会社から学校に連絡があって、慌てて家に帰ったら、ソファに座りこんでいたんです。出かけようとしたみたいで、足元にバッグが置いてあったんですけど、中身は空《から》っぽで……」

連絡を受け、急いで現場に向かおうとしたものの、何を用意していいか分からなかったに違いない。判断停止状態――事件・事故の初期段階ではよくあることだ。

「それで君が、ここまで引っ張って来たのか？」

「しょうがないんで……」

「よく頑張ったよ」私は表情を変えず、翔を褒《ほ》めた。「お母さんのためにも、もう少し頑張ってもらわないと。辛いだろうけど、君がお母さんを支えるんだ」

「そうなんですけど……NALの人って、どうして他人事《ひとごと》みたいに喋るんですか？　まるで自分たちには関係ないみたいじゃないですか」翔の顔がまた赤くなった。

「彼らもまだ、実感が湧かないのかもしれない。その辺については、君が落ち着いたらいつでも話すよ。何だったら、一緒にNALの悪口を言ってもいい。つき合うよ」

「やっぱりあいつらが悪いんですか」翔の目がきらりと光る。

「今のは言葉の綾《あや》だ」私は急いで訂正した。「本当に悪いかどうかは、これからいろいろ調べてみないと分からない。悔しいのは分かるけど、今は怒っても何にもならないよ」

「悔しいのかどうか……よく分からないんです」翔が打ち明ける。「別にオヤジとは仲良くなかったし……って言うか、鬱陶しかったし」

「ああ」高校生らしい反発だ。最近は、子どもの年齢が高くなっても、ずっと仲のいい親子が多いというが、私の感覚ではこういう反応が標準的だ。

「だけど、もういないって……何なんですか、これ」

私は無言でうなずいた。翔の喉《のど》がひくひくと動き、嗚咽《おえつ》が溢《あふ》れそうになる。私は黙ったまま、翔の顔を凝視した。見られているのに気づいて恥ずかしくなったのか、翔が慌てて両手で口を覆う。しばらくそうしていたが、手を離すと大きく深呼吸した。

「すみません」

「いいんだ」

「あの、これからどうしたらいいですか」急に不安になってきたようだ。

「気にくわないかもしれないけど、NALの人たちが面倒を見てくれると思う。いろいろ手続き的な問題もあるけど、それは大人たちが処理するよ。親戚の人とかは？」

「叔父さんがこっちに向かっています」

「その人は……？」

「父の弟です」

「来たら、何でも相談したらいい。こういう時は甘えていいんだから」

「はい」

「君はお母さんのことだけ考えていればいい……これを渡しておくから」私は名刺を取り出した。携帯の番号入り。「何かあったら、いつでも連絡してくれていいから。こっちは二十四時間営業だし、しばらく富山にいる」

「すみません。あの、さっきは……」

「手首を曲げちゃ駄目だ」

「え？」

「人を殴る時は、手首は曲げないように。そうしないとパンチの威力が半減するし、自分の手首も痛めがちなんだ」

幸い、と言っていいかどうか……翔の一件以外にトラブルはなかった。ＮＡＬも全社体制でバックアップを始めたようで、家族につきっきりになっている。これだったら、私たちの出番はあまりないかもしれない。

私は、この病院に運びこまれた死者全員の遺族に顔を合わせた。富山県在住者が二人、埼玉県が一人、東京が二人。全員が仕事関係で１１２便に乗っていたことが分かった。

私と優里は五人の遺体に対面して黙禱し、そこで仕事が一段落した。後は状況を見守るしかない。落ち着いたところで、ロビーのベンチに腰かけて水分補給した。考えてみれば、富山に来てから初めて口にする水分——いつの間にか喉がからからだった。

ちらりと外を見ると、もうすっかり暗くなっている。

「今夜は長くなりそうね」優里がペットボトルから口を離して言った。

「ああ」

「怪我人の方のチェックはこれからだけど……追跡は相当難しいわよ」

「全員を追いかけるのは不可能だと思う。取り敢えず、この病院に入院した人とご家族に挨拶だけしておこう。ただし、短くだ」

「県警と被るわよね」優里がクリップボードから顔を上げた。名簿——面会した人の名前にチェックマークが入っている。

「そうだな。向こうは、無事だった人に情報を聞きたいだろうし……」

「そうね」また水を一口飲んだ優里の視線が何かを追う。

「どうかしたか？」

優里が無言で立ち上がる。振り向くと、背広姿で腕にコートをかけた中年の男が、足早にこちらに近づいて来るところだった。中肉中背、顎ががっしりしている。どうやらＮＡＬの関係者らしい……私も立ち上がった。

「ＮＡＬ広報部の歌川《うたがわ》です」低い声で自己紹介する。

名刺を交換すると、歌川は「ちょっと外へ出ませんか」と誘った。事故関係以外の外来患者が多いロビーでは、話もできないと思ったのだろう。

外へ出ると、気温はぐっと下がっていた。慌ててコートに袖を通し、ボタンを留める。やはり分厚いダウンジャケットが絶対に必要だ。

「先ほど、うちの若い社員がご面倒をおかけしたようで」歌川の視線が、私の顔の上を彷徨《さまよ》った。「大変ご迷惑をおかけしました」

「大したことはないです」病院の世話にはならずに済みそうだった。

「若い連中には、ご遺族の対応には十分気をつけるようにと注意したんですが……」

「若い人には、なかなか対応できない問題ですよ。あまりにも大き過ぎる」

「それはそうですが、許されるものではありません」

「ご遺族にとっては、原因究明が最大の関心事だと思います。それが分かると、かなり溜飲が下がるんですよ」

「しかし、かなり長引くと思います」歌川の顔に暗い影が過《よぎ》った。「112便は既に着陸態勢に入っていて、管制塔との交信も終わっていました」

「その後でいきなり墜落したんですか？」

「状況的にはそのようです……もちろん、ブラックボックスとボイスレコーダーの解析が終わらない限りは、何とも言えないんですが。機長が亡くなっているのが痛いです」

「大抵は操縦ミスか、機械的な要因ですよね」

「いや、バードストライクの可能性もあります」

「ああ」私は納得してうなずいた。「それはよく聞きますけど、墜落にまで至ったケースがあるんですか？」

「二〇〇九年の、USエアウェイズの事故がまさにそうですよ」

「ニューヨークで、ハドソン川に不時着水したあの事故ですか？」

「そうです」歌川がうなずく。「あれは、ラガーディア空港を離陸直後に、バードストライクでエンジンが完全停止して、不時着水せざるを得なくなったわけで……バードストライクは、速度が低い離着陸時に一番多いんですよ」

「でも、墜落にまで至るのは珍しいですよね」

「とはいえ、日本国内でも、年間二百件ほどのバードストライクが報告されていま す」

「結構危ないことが多いんですね……」今後の出張にはできるだけ新幹線を利用しよう、と私は決めた。

「取り敢えず、NALとしては全社を挙げて遺族対応をしています。社内でプロジェクトチームも発足しました。何かと至らないことがあるかもしれませんが……」

「そこは、警察でフォローします」

「捜査もあるのに？」

「我々は捜査はしません」

「警察でしょう？」歌川が私の名刺を確認した。「警視庁……富山の方じゃないんですね」

「今回は応援です。ご覧の通り、我々は被害者支援課の人間です。航空機事故の捜査は然るべき部署が行いますが、我々は文字通り、捜査ではなく被害者支援を担当します」

「なるほど……そういうセクションもあるんですね」

「ええ。警察内でも知らない人間が多いんですが」私は思わず苦笑した。

「そうなんですか？」

「裏方のようなものですから。もちろん、我々が表に出ないで済む方がいいわけですけどね」

「大変だとお察ししますが……とにかく今回は、弊社にとっても一大事です。警察にもできるだけ協力していく方針は、全社的に確認していますので」

「お互い様ですね。我々は被害者家族にだけ向き合いますが、何か協力できることがあれば……」

「よろしくお願いします」

歌川が深く一礼して、さっと踵《きびす》を返した。彼はまだダメージを受けていない。本当に大変になるのはこれからだろう。大事故が起きた初日は、何も分からないまま時間だけが過ぎてしまうことが多い。様々な事情が分かってきて、関係者の不満が噴出するのは、だいたい翌日以降だ。

「まともな人みたいね」優里が短く人物評定をした。いつも辛い点数をつける優里にしては珍しい。

「ああ。変な話だけど、非常事態にも慣れているようだ」

「昔の事故の資料やマニュアルを、事あるごとに見直しているタイプかもしれないわよ。万に一度のピンチのために——なかなかできることじゃないけど」

私たちの場合は、むしろ日々の変化についていくことが大変だ。事件や事故の被害者は日々生まれている。それに対応するためには、様々な手順を新しく生み出せねばならない。優里が中心になって最初に作った「被害者支援マニュアル」は、頻繁に細かくアップデートされ続けている。

「さあ、こっちももう少し頑張ろうか」

「そうね……他の連中、大丈夫かしら」

「そう言えば、課長はこっちに到着したのかな」私たちより一本遅い新幹線で向かうと言っていたから、とうに富山に入っているはずだが……何かあったのだろうかと心配になった瞬間、スマートフォンが鳴る。まさに本橋からだった。この課長は時々、こちらが話題にしているタイミングを読んだように電話をかけてくる。

「課長だ」私はスマートフォンを振った。

「いいタイミングね……寒いから、私、中にいるわね」

「ああ」

優里を見送ってから、私は電話に出た。スマートフォンを耳に押し当てた瞬間、一際冷たく強い風が吹き抜けて、思わず言葉を呑んでしまう。

「もしもし?」怪訝そうな声で本橋が言った。

「失礼しました。今、外なんです」

「市立病院ですね？」

「ええ」

「私は今、南署に入りました。えらく不便な場所ですね」本橋にしては珍しく、不満を零《こぼ》す。

「仕方ないですね……デスクと電話は確保できていますか？」

「警備課の一角を借りています」

「安藤はどうですか？」

「ちゃんと留守を守ってくれましたよ。そちらはどうですか？」

「大きなトラブルはありません。今のところ、癇癪《かんしゃく》を起こした遺族が一組だけです」

「そうですか……取り敢えずは無事に滑り出したわけですね」本橋が安堵《あんど》の吐息を漏らした。

「ただし、これから何が起きるかは分かりません。むしろ明日からの方が心配です。他の連中はどうですか？」

「今のところは問題なく進んでいます。現段階ではあくまで見守ること……家族との顔つなぎに重点を置いて動いてもらっています。それ以上のことは、現段階では必要ないでしょう。手を出し過ぎないのが肝要です」

「ええ」

「夜、少し遅い時間に一度集合して、打ち合わせをしようと思いますが、どうですか？」

「これから何も起きなければ……ただし、南署に集まるのはどうでしょう。交通の便も悪いですし、車も二台しかないですから、動きにくくなりますよ」

「それは私も心配していました。明日から、県警本部の方に席を置かせてもらおうかと思います。当分、私たちの活動の中心は病院になるでしょうが、県警本部は、全ての病院の地理的中心のようですね」

「そうですね。できればその方が……それで、今夜はどこへ集合しますか？」

「明日の仕事の割り振りをするだけですから、ホテルにしましょう。全員同じホテルに泊まりますから、そこのロビーに午後十時集合で」

よし、初日は何とか無事に乗り切れそうだ。少しでもエネルギーを残して、翌日に備える——仕事がスムーズに走り出した心地好さを噛み締めた。

こういう時にこそ、重大なトラブルが音もなく忍び寄ってくるものなのだが。

4

午後十時、予定通りホテルに集合。レストランは十一時閉店だったが、既《すで》に客はほとんど引けていたので、本橋が店側に交渉して、一角を仕切りで囲って個室のようなスペースを作ってもらった。

数少ない客は、会話を聞いた限り、中国人のようだった。席に着くなり、長住がうんざりした表情を浮かべる。

「中国の人が金を落としてくれるのは歓迎ですけど、何で富山なんですかね。この辺には観光地なんか、ないでしょう」

「立山連峰《たてやまれんぽう》とか？」私は当てずっぽうに言った。

「この季節に？　もう立ち入りできないんじゃないですか」

どうなのだろう……確かに、富山の観光資源と言ってもあまり思い浮かばない。むしろグルメ旅行だろうか。富山といえば、新鮮な魚のイメージが強い。

もっとも私たちは、新鮮な魚を食べ損ねていた。十一月ともなれば、そろそろ蟹《かに》が楽しめる季節だが、そんな時間の余裕もない。今回、どれぐらい富山にいるかは分からないが、おそらく海鮮料理を楽しむ暇はないだろう。今日の夕食も市立病院近くの蕎麦屋《そばや》で、うどんと天丼を慌ててかきこんだだけ……やたらと塩分の強い味つけは、いかにも北国のそれだった。こんな食事が続いたら、体調がおかしくなってしまうかもしれない。実際、優里はかなり残した。

店側が気を使ってお茶を出してくれた。これはありがたい。疲れ切った体と心に、優しい味わいの緑茶が染み入るようだった。

「では、各人今日の活動状況を報告して下さい」

本橋が指示し、それぞれが担当した病院での状況を説明した。全体に、大きなトラブルはない。泣き叫んだり、怒りをぶちまけたりした遺族もいたが、そこから殴り合いにまでエスカレートするような事態にはならなかった。これは、ＮＡＬ側の上手い対応にもよるようだ。ひたすら低姿勢に徹し、なおかつ誠意をきちんと見せる。そういう態度が、遺族の怒りを上手く吸収しているのだろう。

最後に、梓が報告する。

「実は、連絡が取れない人が一人だけいるんです」

「被害者？」私は思わず聞き返した。負傷せず無事に脱出した人が、厄介ごとに巻きこまれるのを恐れ、空港を黙って離脱した——と想像する。

「いえ、すみません……説明不足でした。被害者遺族です」

「どういうことだ？」

「亡くなったのは、飯田《いいだ》基康《もとやす》さん、四十歳。住所は大田区《おおたく》大森北《おおもりきた》――自宅の最寄駅は京急《けいきゅう》の大森海岸《かいがん》駅です」

「遺体の身元ははっきりしているのか？」

「いえ……」梓が自信なげに否定した。「あくまで乗客名簿によると――ということです。本人の身元を証明できるような物は見つかっていません」

「どこに座っていたんだ？」私はさらに突っこんだ。

「7A」

　梓の答えを聞いて、私は手帳に視線を落とした。念のためにと、墜落した112便の座席表を貼りつけている。「7A」のシートはかなり前方で、大破している……死者はこの辺りまでに集中していた。私は「遺体の損傷具合は？」と訊ねた。

「それほどひどくはないそうです――航空機の事故にしては。写真があります」

　梓が手帳に挟んでいた写真を取り出し、回覧した。真っ先に私が手にとる。

「それほどひどくはない」という梓の感想をどう解釈すべきか、分からない。横たえられた遺体の顔を上から撮影したもので、左半分の損傷が酷《ひど》かった。ただし、顔全体のイメージが損なわれるほどではなく、知り合いが見れば確認できるかもしれない。

　私自身、どこかで見たことがあるような気がする――いや、気のせいだろう。仕事に没入すると、被害者や被害者家族と、以前から何となく顔見知りだったような気がしてくるのだ。優里はこれを、「マイナスの感情移入」と呼ぶ。この仕事では必ずしも感情移入は大事なことではなく、ある程度の距離を置くのがポイントだ。警察はあくまで警察で、家族にはなれない——最初から線を引きつつ、警察は全力を尽くしていると家族には分かってもらいたい。

「連絡は……」嫌な予感がして、私の質問は途切れた。

「警視庁の方に依頼があって、所轄が自宅へ向かったようです。しかし、住んでいるのは全く別の人でした」梓が困惑しながら答える。

「偽名か？」

「その疑いもあります」

「厄介だな……」私は顎を撫でた。

「基本的には、身元の割り出しも富山県警の仕事になりますが、状況によっては私たちも手を貸すようにしましょう。私たちが直接調査しなくても、県警と警視庁との橋渡しはできます」

本橋が穏《おだ》やかな口調で言った。今日は相当な混乱に巻きこまれたはずなのに、冷静さを保っている。病院などの現場に出ていないせいだろうか、と私は想像した。元々、あまり感情の動きが激しくなく、落ち着いた人でもあるのだが。

「気になりますね」私は言った。

「偽名でも飛行機には乗れますからね。現金払いでチケットを入手すれば、別に怪しまれませんよ」本橋はあくまで落ち着いていた。「偽名で飛行機に乗る人も、それほど珍しいわけではないでしょう」

「犯罪の臭いがするんですが……」私は反論した。「身元を知られたくない人間というと、どうしても犯罪を想像しますね」

「今は、そこまで考える必要はないでしょう。それを調べるのは身元が判明してからの話ですし、その捜査は我々には関係ないと思いますよ。とにかく、想像していたよりも現場が落ち着いているのが救いです。明日以降、被害者遺族のフォローを本格的に始めて、タイミングを見て撤収ということにしましょう」

本橋の一言で、打ち合わせは終わった。私は一つ溜息をついて、ぬるくなったお茶を飲み干した。熱い風呂が恋しい……明日も朝一番から動き出さなくてはならないから、今夜はとにかくさっさと寝なければ。

部屋に落ち着き——くじ運が悪く、長住と同室だった——急いでシャワーを済ませる。体の芯に染みついた寒さは、まだ溶けていない。温泉にでも入ってゆっくり体を温《あたた》めたかったが、そんな贅沢《ぜいたく》は許されないだろう。

「俺は、風呂はパスします」長住が言って、欠伸を嚙み殺した。

「いいのか？」

「面倒なんで。時間があったら、明日の朝、シャワーを使いますよ」

「好きにしろ」私はベッドに横たわった。長住は、東京から富山まで、五時間かけて車を運んできたのである。体はばきばきに張っているだろうし、疲れはピークのはずだ。シャワーを浴びた方が疲れは取れそうだが、そこは好き好きだろう。

「嫌な予感がするんですよね」長住は背中を丸めてデスクにつき、ミネラルウォーターをちびちびと飲んでいた。

「何が？」

「明日になると、遺族はショックから抜け出すでしょう。本格的にＮＡＬに食ってかかるとしたら、明日以降ですよ」

「分かってる。ただ、明日以降は、葬儀の手配なんかで追われることになるから……本当に辛くなるのは、そういうのが一段落してからだと思う」

「俺たちの仕事も長引きそうですね」長住が溜息をつく。

「ただし、富山での仕事は長引かないはずだ」

「犠牲者の中で、富山在住の人は五人……これぐらいなら、県警でも対応できるでしょう」

「我々は、むしろ都内在住の犠牲者のフォローをしないといけないな」

「ビジネス路線で東京の人も多かったですからねえ……犠牲になった人も、働き盛りの一家の大黒柱がほとんどでしょう？」

「ああ」私は翔の怒りを思い出していた。父親とはあまり仲が良くなかったというが、それでも怒りが噴出したのは、不安だからだろう。これからどうなる……自分が一家の中心になって母親を支えていかねばならないと思うと、不安——恐怖しか感じないはずだ。

「いきなり人生が終わるのは、たまらないでしょうね」長住が珍しく、感傷的な台詞を吐いた。普段は支援課の仕事を嫌い、被害者遺族に対しても、同情するようなことは言わないのだが。航空機事故という、滅多に起きない大事故を目の当たりにして、思うところがあったのかもしれない。

「不幸中の幸いと言ったら語弊《ごへい》がありますけど、今回は多分、何も分からない状態で墜落したんでしょうね」

「おそらく」それがよかったのか、悪かったのか。三十年以上前の日航機の事故では、犠牲者が墜落直前に家族に残した遺書が見つかり、衝撃が広がった。自分が死ぬかもしれないという状況で、家族を思いやった言葉が残せるものか……。

急に精神状態が悪化してきたのを意識する。動き回っているうちは、その場その場の状況に対処するのに精一杯で、悩んでいる暇もないのだが、ふと動きが止まるとあれこれ考えてがっくりきてしまう。

被害者遺族も同様だ。

彼らの本当のショックは、一連の騒ぎが収まった後に突然やってくる。

5

翌日、市立病院で、私は早くも被害者家族の怒りに直面することになった。午前八時に病院入りしたのだが、救急センターのロビーで、初老の男性が背広姿の男に詰め寄っている場面に遭遇したのだ。どうやら背広姿の男は、県警の人間らしい。昨日挨拶したＮＡＬの歌川が、揉《も》める二人の近くで心配そうに状況を見守っている。私に気づくと、素早く目配せした——近づくな、と忠告してくれたようだが、これは私の仕事だ。

「何で遺体を渡してくれないんだ！」

初老の男の怒鳴り声が耳に飛びこみ、私は即座に事情を察した。

「いろいろ事情があるんです」背広姿の男が、低い声で応じる。緊張しきっていて、表情は硬かった。

「いろいろって何なんだ！　今、まだ病院にいるんだろうが！　早く連れて帰りたいんだよ！」

私は歌川にすっと近づいた。歌川は軽く会釈《えしゃく》してくれたが、表情は硬い。朝からこんなトラブルを目の前にして、不安になっているのだろう。

「被害者のご家族ですね?」私は小声で訊ねた。

「富田《とみた》さんです……富田洋平《ようへい》さんのご家族」

洋平の両親と兄には、私も昨日病院で面会している。母親が泣き叫んでパニック状態になりかけたが、父親がそれを抑え、何とか宥《なだ》めていた。被害者遺族としては、落ち着いた態度だったと言っていいだろう。父親が、母親を落ち着かせた言い分は、「他の患者さんの迷惑になるから」。確かに救急センターには、NAL機の事故で負傷した人以外にも、病人や怪我人がいたわけだが……息子を無くした非常時にまで他人の心配をしてしまうのは、人間関係が濃厚な田舎ならではの話だろうか。

両親にすれば、自慢の息子だったのだ。実家は代々続く農家なのだが、次男の洋平は東京の大学を出て、精密機器メーカーに就職した。まだ二十七歳……富山の高校時代の同級生と結婚し、現在は東京在住。最初の子どもの出産が迫り、洋平の妻は富山市内の実家に帰っていた。初産のせいか出産が早まり、事故前日に「生まれた」という連絡を受けた洋平は、急遽《きゅうきょ》朝一番のNAL機で故郷に向かい、事故に遭《あ》った——両親にすれば、短い時間に人生の絶頂とどん底がやってきたわけだ。

洋平の妻は、事情を知っているのだろうか。知らせずに済むことはできるかもしれないが、彼女もニュースぐらいはチェックしているだろう。それで夫の死を知るのと、家族から知らされるのと、どちらが残酷なのか。

場合によっては、そのタイミングに自分たちが立ち会った方がいいかもしれないと、昨日の段階では私は考えていた。いつでも連絡してもらっていいと両親に名刺を渡して別れたのだが……今日、両親以外の親族が来るとは思ってもいなかった。

「あの人は洋平さんのご家族ですか？」

「奥さんのお父さん――早坂《はやさか》さんという方です」

「昨日は、ここへは来ていませんでしたね？」

「ええ」

微妙な血縁関係。何となく、厄介《やっかい》な予感がある――しかし、放ってはおけない。私は意を決して声をかけた。

「ちょっとよろしいですか」

すぐに、二人の間に割って入った。右に背広姿の男、左に初老の男という立ち位置で、双方に同時に声をかけられるようにする。

「警視庁被害者支援課の村野です」

言った途端、背広姿の男がほっとした表情を浮かべる。自分に変わって厄介ごとを引き受けてくれる人間が現れた、とでも思ったのだろう。冗談じゃない。私たちはあくまで「手伝い」であり、富山県警が主体的に対応してくれないと困る。地元の人の面倒をこれからずっと見ていくのは、あくまで彼らなのだから。

「何か問題がありましたか？」

「どうして洋平の遺体を返してくれないんだ！」早坂の怒りは引かなかった。

私はちらりと、背広姿の男に目をやった。遺体を渡せない理由は分かっているのだが、念のために確認したかった。

「まだ、所定の手続きが終わっていないので」背広姿の男が、蒼い顔で答える。

「手続きとかそんなものは、そっちの勝手な都合だろうが！」

早坂が吠えた。ロビーにいる他の患者の視線が突き刺さってくる。私は声を抑え、

「座りませんか」と早坂に向かって言った。

早坂は小柄だががっしりした体格の男で、分厚いキルト製のコートを着ている。私を睨みつけたが言葉は発さず、結局近くのベンチに腰を下ろした。大股を開いて、他人を寄せつけない雰囲気を発している。私は彼の横に座ったが、早坂が足を開いているために、適切な距離が取れない。もう少し近づいて、静かな声で喋りたいのだが……。

「ご遺体の引き渡しが遅れていることについては、まことに申し訳ありません」さっと頭を下げる。早坂は無反応だった。「ご両親には昨日説明したのですが、こういう

事故で亡くなった場合には、死因の詳細な調査が必要になります。特に航空機事故というのは、特異な事故ですので、調査には時間がかかるんです」

「要するに解剖するんだろう？　冗談じゃない。これ以上、洋平の遺体を傷つけられてたまるか！」声は低く抑えているものの、怒りが滲《にじ》み出ている。

「捜査の手続き上、必要なことなんです。ご両親も了承しているので、それで了解して下さい」

「娘に早く会わせたいんだ。だけど娘は……子どもが生まれたばかりで病院から出られないんだ！　切り刻まれた洋平を見せるのは、可哀想過ぎると思わないか！」

「お気持ちは十分に分かります。ちょっと待っていただけますか？」

私は県警の警官の腕を引き、早坂から少し離れた。声が聞こえない場所まで来たと判断してから、「解剖の順番は変えられないんですか？」と小声で訊ねる。

「それは、俺の一存ではどうにもならない」

「だったら、誰に話をしたらいいですか？　私が交渉します」

「そんなこと、警視庁の人にやってもらう必要はない」警官の顔が赤く染まる。

「しかし、誰かが何とかしないと……ご遺族の怒りは治まりませんよ。それにこれは、特殊ケースです。子どもが生まれたばかりの奥さんのことも考えて下さい」

警官が唇を噛む。答えに窮《きゅう》した様子で、目が泳いでいた。

「非常時です。今回は私に任せて下さい。解剖については、捜査本部——捜査一課が仕切っているんではないですか？」

「それはそうだが……」

「こちらに手綱を渡して下さい。あくまで、今回だけの特別措置です」私は頭を下げた。

「しかし、解剖の順番にも意味はあるわけで……今後の捜査を考えて、順番を決めているんだ」

「それは分かります。しかし今は、被害者家族のことを最優先で考えて下さい。こんな事故に巻きこまれて亡くなるのは、我々には想像もつかない悲しみなんですよ」

「……俺は責任を負えない」

「構いません。私が責任を負います」

一礼して、私は一度救急センターから離れた。スマートフォンを取り出し、本橋を呼び出す。事情を説明すると、本橋はすぐに了解してくれた。

「私が県警の捜査本部に交渉します」

「いや、課長に押しつけるわけには……私がやりますよ」

「交渉事は、課長の担務ですよ」

「そうですか……では、お願いしてしまっていいですか？　私は、ご遺族にそのように説明します」

「それで結構です」

電話を切って、すぐに救急センターに戻る。三者三様——早坂はベンチに座って腕組みをしたまま、仏頂面《ぶっちょうづら》を浮かべている。県警の警官は、難を避けるように少し離れた場所に立っていた。歌川はこの二人から距離を置き、状況を見守っている。

私はすぐに、早坂の横に腰を下ろした。

「解剖の順番を早めてもらうように、調整します」

「そんなことができるのか？」

「普通はできません。しかし、富田さんには特別な事情がありますから……できるだけ早く奥さんに会わせられるようにやってみます」

早坂は礼は言わなかった。ただ唇を嚙み締め、きつく腕組みしたポーズを崩そうとしない。

「状況は逐一報告しますので……ここでお待ちになりますか？　それとも、携帯にでも連絡しましょうか」

「待つ」早坂がぼそりと言った。

「分かりました。何か、飲み物はいりませんか？　緊張している時は、なるべく水分を摂った方がいいですよ」

「結構です」無愛想に言って、早坂は視線を床に落としてしまった。

「お孫さんは……男の子ですか、女の子ですか？」男の子。昨日の段階で確認はしていたが、話の接《つ》ぎ穂《ほ》にするために、私はこの話題を持ち出した。

「男の子」

「早坂さんにとっても初孫なんですよね」

「ああ」

「今回の件は——残念です。こんな当たり前のことしか言えないのは申し訳ないですが、間違いなく残念なことです」

「洋平は、子どもの頃から知ってるんだ」早坂がぽつぽつと話し出した。「家が近所で、娘とは小学校、中学校と一緒だったから……よくうちに遊びにも来ていた」

「娘さんにとっては、幼馴染《おさななじ》みなんですね」

「ああ……俺たちにとっても、洋平は実の息子みたいなものだから。うちは女の子しかいないからな。だから、まあ、結婚が決まった時はよかったと思ったよ」

「昔からよく知っている人が相手なら、安心ですしね」

「娘が東京へ行くことになったのは、がっかりだったけどね」早坂がようやく腕組みを解いた。両手で顔を擦《こす》ると、涙が一筋、頰を伝う。「一人娘を取られたようなものだ……洋平は次男だから、家を継ぐわけでもなく、東京で好きな仕事をして……いや、それが嫌だったわけじゃない。娘が選んだ人生だから、娘が幸せになるならそれでいい……だけど世の中、一寸先は闇だ」

「分かります」

「あんたに何が分かる？」早坂がいきなり食ってかかってきた。

「個人的には、分かるとは言えません。しかし私は、一寸先の闇に呑みこまれた人を何人も見ています。そういう人を見るのが仕事なので」

「どうやって乗り越えるんだ？」

「人それぞれです……一つだけ言えるのは、誰かに答えを教わっても、それが必ずしも正解ではないということです。乗り越えた人はだいたい、自分で答えを見つけています」

「私には無理だな……」

「いつでもお話しします。私は答えを与えられるとは思っていませんが、話すことはできます。それが立ち直りのヒントになることもあると信じています」

「そうかもしれないが――しばらくは……」

「変な話だと思われるかもしれませんが、無理に早く立ち直る必要はないんです。人間には、絶望する権利もあります。こういう事故にあって、絶望したり悲しんだりするのは、ごく普通のことですから」

「そう言われても、慰めにはならないな」

「失礼しました」私はさっと頭を下げた。「言葉が余計なものになることもある――それは分かっているんですが」

ただ黙って寄り添い、相手が話し相手を必要とするのを待つ――それが被害者支援の基本だ。しかし状況によっては、積極的に話す。今がまさにそうだった。早坂は、とにかく話したがるタイプのように見えた。

「私はこの病院にずっと詰めています。解剖の予定が分かったらすぐにお知らせしますが、私に何か用事があったら、いつでも連絡して下さい」

私は名刺を差し出した。瞬時躊躇《ためら》った後、早坂が両手で受け取る。思わず力が入ってしまったのか、名刺がたわんだ。

一礼して立ち上がり、早坂から離れた。取り敢えず、会話は終了。早坂一人にずっと対応しているわけにもいかない……取り敢えず、彼は大丈夫だろう。解剖を早めることが決まったら、また話をすればいい。

歌川に近づく。彼とは、できるだけ頻繁に情報交換しておきたかった。やはり、当面矢面《やおもて》に立つのは彼らなのだから。

「治まったようですね」

「ええ、何とか」

「さすがですね。こんな短い時間で、ご遺族を納得させてしまうなんて」歌川が本当に感心したように言った。

「納得はされていないでしょう。私は単に、怒りに蓋《ふた》をしただけです。いつかまた、爆発するかもしれない」

歌川が渋い表情でうなずく。喉仏が大きく上下したものの、すぐに平静を取り戻した。本来、ＮＡＬの広報部でどんな仕事をしているかは分からないが、一度じっくり話し合ってみたかった。お互いに得るものがあるかもしれない。

「この一件が落ち着いたら、東京でお会いしましょう」

こちらが考えていたことを先に言われ、私は言葉を失ってしまった。歌川が怪訝そうな表情を浮かべる。

「どうかしましたか？」

「いや……今、こちらからお誘いしようと思っていたので」

「それは嬉しい偶然ですね」歌川が表情を綻《ほころ》ばせる。「ただし、だいぶ先になりそうですが」

「それは間違いないでしょうね」私はうなずいた。あるいは、そんな日はこないかもしれない。

今回の一件は、いつになったら幕引きができるか――まだまったく分からない。被害者の苦しみは何年も続くだろう。状況によっては、私たちはそれにずっとつき合わねばならない。そう考えるとさすがにげんなりしてしまうが、そういうことはこれまでにも例がないわけではない。かつて被害者支援の中で知り合った家族の中には、今でも私に連絡を寄越す人がいる。歳月を経《へ》るとともに、怒りや悲しみは奥へ引っこみ、次第に穏やかな心を取り戻す——しかし、一度は隠れたはずの怒りや悲しみが、何かのきっかけで突然爆発することもある。

結局私たちの仕事は、他人の苦しみや悲しみを背負いこむことなのだ。

優里がきびきびとした足取りでこちらに向かって来た。長身の彼女がそんな風に歩いているのを見ると、私も自然に背筋が伸びる。

「今のところは異常なしね」彼女は、入院している重傷患者のところへ顔を出してきたのだ。

「こっちはちょっと揉めたけど」私は少し離れたところに座る早坂をちらちらと見ながら説明した。

「対処したの？」

「ああ。本橋課長に調整役を頼んだ」

「じゃあ、何とかなるわね。あの人、交渉人としては一流だから」

「だから、課長になれたんだろう」

「そうね……でも、問題の件、大丈夫？」

「何とかなるさ。課長の交渉が失敗したら、その時はその時だ。また何か、新しい手を考えよう」

「楽天的ね」

「意識してそうしていないと、この仕事はやっていられないからね」私は肩をすくめた。

6

二日目も無事に――小さなトラブルはいくつかあったが――過ぎていった。私にとっては、洋平の遺体と妻を対面させるのは、大きなイベントになったが……。

結局、解剖の順番を変えることはできず、本橋は非常手段に出た。妻が入院している病院に遺体を搬送し、そこで面会させたのだ。最悪の事態を想定して、私と優里も立ち会ったのだが、妻の涙が長く続いた以外には、大きなトラブルは起きなかった。むしろ対面を終えた後、早坂に礼を言われたぐらいである。先ほど爆発したのが恥ずかしくなったのか、反省したのか、逆にこちらが恐縮するほど腰が低い態度だった。

妙に肩が凝《こ》る……それに、数年前に痛めてからずっと鈍い痛みを抱え続けている膝が悲鳴を上げていた。普段はリハビリで筋肉と関節を解《ほぐ》し、何とか日常生活に差し障りがないようにしている。ところがこの事故に巻きこまれたために、リハビリのスケジュールが飛んでしまったのだ。自力でもできるのだが、人に動かしてもらうよりは甘くなる。リハビリの時に、理学療法士に強引に動かしてもらうことによって、楽になるのだ。リハビリの最中は、涙が出るほど痛いのだが。

　市立病院に戻って、午後六時。事故から二日目になり、病院に安置されていた遺体も二体に減って、喧騒《けんそう》は消えかけていた。すっかりお馴染みになったベンチに腰を下ろすと、途端に空腹を意識する。結局、昼食を抜いてしまったのだ。それは優里も同じだが、彼女は例によって不満そうな表情も見せない。

　まだしばらく病院にいなければならないだろう。交代で食事にするか……と思っていたところへ、梓が顔を見せた。

「本部にいなくていいのか？」本橋が交渉して、今日から私たちの対策本部は、交通の便のいい県警本部に置かれている。

「課長が張りついていますから……差し入れです」梓がコンビニエンスストアの袋を差し出した。中にはサンドウィッチや握り飯……いつもの張り込み用の食料が入っている。とはいえ、病院の中で食べるわけにはいかない。

「ちょっと外へ出ようか」

「私、車で来てますよ。駐車場に停めてあります」

「よし、じゃあ、そこで食べよう」さすが、梓はよく気が回る。私はほっとして、優里を遅い昼食——早い夕食だろうか——に誘った。その間、梓に病院を守ってもらうことにする。

馴染みの、支援課の覆面パトカー。運転席に腰を下ろすと、不思議に落ち着いた。改めて袋を覗きこんで、思わず舌打ちしてしまった。

「どうかした？」優里が訊ねる。

「ダブルAにしては珍しいミスだな」

「何が？」

「飲み物が冷たい」

「それぐらいで減点しちゃ駄目よ」

「……この際、贅沢は言っていられないか」

私はサンドウィッチを一つ取り出し、包装を破いて齧《かじ》りついた。卵のサンドウィッチ……完全に空っぽの胃に優しい。それを冷たいお茶で流しこみ、ほっと一息つく。これでもう少し、頑張れそうだ。

二つ目のサンドウィッチを食べようかと迷っている時に、スマートフォンが鳴った。東京で留守番している、係長の芦田だった。まさか、向こうで何か重大事案が起きたのだろうか……しかし、芦田の口から飛び出したのは、意外な話だった。

「例の身元不明の遺体……まだ身元は分からないんだよな」

「新しい情報は聞いていませんけど、そっちでは何か分かってないんですか？」

「実は、ちょっと困ってるんだ」

芦田が事情を説明した。当該住所の所轄が確認に走っているが、住んでいるのは飯田基康ではなくまったく別の人物――それも女性だった。この女性が、飯田と何か関係があるのではと思われたのだが、本人はあっさり否定した。結局、飯田基康が何者なのか、まったく分からないままである。

「それで、所轄がこっちに泣きついてきてな」

「要するに、自分で調べるのが面倒なだけでしょう？　けしからん話じゃないですか」

「そうかもしれないが、そんな風には言えないだろう」芦田は弱気だった。

「それは分かりますけど……」少し押しが弱いのと話がくどいのが、この係長の弱点だ。

「課長と話したんだが、お前、こっちへ戻って調査に手を貸してくれないか？」

「まだこっちの仕事は落ち着いていませんよ」

「それは承知している。ただ、今のところは大きなトラブルもないんだろう？　むしろこれから、正体不明の犠牲者の存在がクローズアップされる。実際、マスコミの連中も騒ぎ出しているからな」

「そこまでチェックしている暇はありませんでした」

「こっちのマスコミは、かなりうるさくなっているぞ」

「支援課は、マスコミの相手はしませんよ」私はさっさと宣言した。そういうのは、やはり広報課に任せておくべきだ……とはいえ、身元不明の遺体については、正体が気になる。目の前に謎があれば、どうしても追いかけたくなるのが刑事の性《さが》なのだ。私はもう、刑事ではないのだが。

「いや、まあ、今回は特別で……」芦田がもごもごと言った。

「課長はOKしたんですか？」

「ああ」

「じゃあ、しょうがないですね」

「もう一人、こっちへ同行してくれ。俺が動いてもいいんだが、調整役も意外に忙しくてな……」

「分かりました。誰か連れて行きます。これから新幹線を手配しますから、遅い時間になるかもしれませんが、東京へ戻ります」

「そうしてくれ」芦田がほっとしたような声で言った。

電話を切って、優里に事情を説明する。彼女は躊躇《ちゅうちょ》せず、「だったら安藤を連れて行って」と言った。

「それでいいのか？」私は、家族持ちの優里を早めに東京へ戻すつもりでいた。子どもたちのためにも、いつまでも出張というわけにはいかない。

「私は、もう少しこっちで状況を見極めたいから。変な話だけど、こういう特殊な事故では、見るべきことが多いのよ。マニュアルを充実させるためにも、貴重な経験だわ」

「分かった。じゃあ、こっちは任せる」

食事を中途半端に終え、私は病院に戻った。既に暗くなり、昨日よりも寒いぐらい……結局ダウンジャケットは手に入れずに済みそうだ。

梓を摑まえ、東京へ戻る、と告げる。梓はかすかに眉を顰《ひそ》めただけだった。

「確かに身元を調べるのは大事ですけど……いいんですかね？　まだこっちだって収拾がついていないんですよ」

「自分たちで、何でもかんでもできるわけじゃない。割り振られた仕事をきっちりこなすのも、警察官の大事な仕事だぞ」

「……分かりました。それにしても、何も手がかりがないんですかね」

「今のところ、現地の所轄は手がかりなしと言っている。ただ……」

「ただ、何ですか？」梓の目が、期待に輝く。「飯田基康の顔、どこかで見たことがあるような気がするんだ」

「本当ですか？」梓が目を見開く。

「いや、自信はない」私は正直に認めた。「後で思い出すかもしれないし、思い違いをしているかもしれない。何かきっかけがあるといいんだけど」

「そのきっかけが何になるかは、分からないんですよね。記憶力って不思議です」

「まったくだ……さて、これから忙しくなるぞ」新幹線のチケットを確保して、ホテルを引き払う。本橋にも会っておいた方がいいのだが、そこまでの時間はないだろう。

「取り敢えず、ホテルに預けてある荷物を回収しましょうか。ホテルに行くまでに、新幹線のチケットを確保しますから、車の運転をお願いできますか？」

「了解」

私たちは並んで歩き出した。疲れているはずなのに、梓はキビキビと歩いている。この元気さも、支援課にとっては貴重な財産だ。優里は頭脳。梓は体力。だったら私は支援課の何なのだろう。

魂？

午後七時過ぎに富山を発つ新幹線のチケットが確保できた。ホテルから荷物を引き上げ、車を県警本部にいる本橋に引き渡し、後は新幹線に乗るだけ……少し時間に余裕ができたから、駅で早い夕食を食べていくことにした。先ほどのサンドウィッチでは、とても東京まで持ちそうにない。

「駅まで、路面電車で行きましょう」県警本部のある県庁を出た途端、梓が宣言して、向かいにある公園との間の道を西へ向かって歩き出す。彼女があまりにも自信たっぷりに、何の疑問も抱かずに歩き出したので、私もついそれに従ってしまった。

「歩いても行けるんじゃないか？」

「すぐそこに停留所があるんです。本数は多いですし、ホテルから割引券をもらってきましたから」

梓が、バッグから紙片を取り出す。確かに……「半額利用券」の文字があり、二箇所が切り離せるようになっている。これがあれば、本来二百円のところを百円で乗れるようだ。富山を離れる前に、一度路面電車に乗っておくのもいいだろう。

「歩くより絶対に早いですよ」梓は妙に路面電車を強く推してきた。

「分かった」

梓がちぎってくれた割引券を受け取る。少し歩いて大きな通りに出ると、確かに路面電車の線路が道路の中央部分を走っていた。左側に目をやると、すぐ近くに停留所がある。東京ではもはや、路面電車は希少な存在だが、富山市では市民の足としてしっかり活躍しているようだった。停留所では、路面電車待ちをする人たちが長い列を作っている。まさか、富山市で帰宅ラッシュに遭遇することになるとは……。

路面電車待ちの人たちの最後尾につくと、すぐに電車がやってきた。グリーンとクリーム色に塗り分けられた、レトロな感じの車両――いや、本当に古い車両のようだった。もしかしたら、何十年も前に、都営荒川線を走っていた車両かもしれない。

ほんの数分で駅に到着。確かにこれはなかなか便利だ、と私は感心した。

富山駅停留場は、ＪＲ富山駅の駅舎の横にホームだけがある感じで、そのままＪＲの駅舎に入って行ける。すぐに吹き抜けの広いコンコースになっており、新幹線の改札が正面に見えた。高山本線など在来線の改札は右手、富山地方鉄道の電鉄富山駅は、別の駅舎になっている。立山方面へ行くには、この私鉄を利用するわけだ……歩きながら、私は梓が喜びそうな提案をした。

「ちょっと時間があるから、ここで食事をしていこう」

「いいんですか？」梓の顔がぱっと明るくなる。

「もちろん」

「じゃあ、富山ブラックでいいですか？　駅ビルの中なら、絶対お店があると思いますよ」

「富山ブラックって、ラーメンだよな？」名前は聞いたことがあるが、実食したことはなかった。すぐにその名が出てきたということは、梓は食べたことがあるのだろうか。

土産物店などが立ち並んだ駅ビルの一階に、梓が予想した通り、ラーメン屋があった。あまり深く考えずに店に入ってしまい、メニューを見ると、注文に悩む。極端に品数が少ない。中華そばの「小、大、特大」、後はライスとおにぎり、生卵しかない。

「君は、食べたことはあるのか？」

「ないですけど、ラーメンとご飯を一緒に食べるのがデフォだそうです」

「ラーメンライスねえ……」そこまで胃に余裕があるかどうか。先ほど食べたサンドウィッチがまだ残っている。

「私は、小とライスの小にします」梓があっさり決めた。

「ああ、じゃあ……同じものにするよ」私は手を上げて店員を呼んだ。特大など頼む人がいるのだろうか？　麵が二玉分入っているようで、値段も小の二倍の千五百円になる。そもそも食べきれるかどうか。

ほどなく運ばれてきたラーメンを見て、私は絶句した。「富山ブラック」というからには、スープが黒いだろうと予想していたのだが、予想よりもはるかに黒かった。まるでイカスミでも使っているような……梓は事前に知識を仕入れていたのか、それほど驚いた様子ではない。さっそく食べ始めたので、私も倣《なら》った。

こういう、見た目が強烈なインパクトを持つ食べ物は、それに反して意外に食べやすかったりするはず……と思いつつ、スープを一口飲んで私は目を白黒させた。しょっぱい、というレベルではない。まるで、生《き》の醤油が直接喉に飛びこんだようだった。中和させるために、慌てて白いご飯を食べる。確かにこのラーメンは、白飯の助け抜きでは食べ進められないだろう。麺を啜《すす》っても、しょっぱさは変わらない。太麺に、濃いスープが完全に染みこんでしまっているのだ。チャーシューもメンマも、濃く色づいた見た目通りの濃い味で、大量にかかった胡椒《こしょう》が、全体の味の強さに拍車をかける。

「参ったな」コップ一杯の水を干して、私は思わず弱音を吐いた。

「そうですか？」梓は比較的平然と食べている。

「こういう濃い味は久しぶりだよ。何だか夢に出てきそうだ」

「でも、こういう強烈な味って、一ヵ月ぐらい経つと、また猛烈に食べたくなってくるんですよね」

「ああ、確かに……」

辛うじて、という感じで何とか食べ終えた。寒い地域故に、こういう濃い味のラーメンが生まれたのだろうか。向こうで、飯田基康の正体を割り出して遺族に連絡を取ったら、もう一度富山に戻って来ることになるだろうが、その頃にはこの味が懐かしくなっているかもしれない。

食事を終えて、新幹線のホームへ駆けこむ。席に着いた途端、急激に睡魔が襲ってきたが、あれこれ気になって眠れなかった。隣に座った梓は、若いせいか、すぐに寝息を立て始めた。

やはり犯罪の臭いがする。これだけの大事故で身元不明の死者が出た場合、家族から問い合わせがありそうなものだが、それもない。そもそも、偽名で飛行機のチケットを取るといえば……芸能人や作家か？　そういう人たちなら、芸名やペンネームで飛行機に乗ることもあるだろう。私はまず、「飯田基康」の名前で検索をかけた。それらしいヒットはなし。となると、やはり何か意図があっての偽名ということになるのかもしれない。

どうにも釈然としない。そういえば、所轄には知り合いがいた――同期の松村《まつむら》が、刑事課の係長をやっている。身元の確認となると、刑事課が動いた可能性が高い……松村も決して怠慢な人間ではないのだが、外から回された仕事だと、どうしても熱心にはなれないものだ。取り敢えず様子を聞いてみよう。

スマートフォンを手に、デッキに立つ。ところが北陸新幹線はトンネル部分が多く、電波が切れ切れになってしまう。これではまともに話はできない――結局私は、松村にメールを送っておくことにした。

席へ戻ると、すぐに返信があった。最近、残業に関してはうるさく言われるのに、どうやら署にいたらしい。


東京へ帰ったら電話してくれ。


素っ気なく短いメッセージ。しかし向こうも、こちらの協力要請を無下《むげ》に拒否するつもりはないようだ。よし、とにかくあいつの知恵を借りよう。一人であれこれ悩んでいても仕方がない。

梓が目を覚ました。寝ぼけた声で「すみません」と一言。

「寝てろよ。もう少し時間がかかる」

「起きますよ……別に、そんなに疲れてませんから」

「東京へ着いたら、今日は解散だ。君は引き上げてくれ」

「やれることがあるなら、やりますけど……村野さんはどうするんですか?」

「所轄の刑事課の係長が同期なんだ。取り敢えず電話して、情報交換だけしてみる。それで、これからどうするか決めるよ」

「今夜、動く可能性もあるんですか?」

「状況による。でも、君は取り敢えず引き上げてくれ。全員疲れてしまったら、明日以降仕事にならない」

実際には私も、動くのは明日からになるだろう。東京へ戻ると、もう午後九時を過ぎている。松村とは電話では話せるだろうが、それから実際に会って情報交換となると、現実的には厳しい。だいたい松村と情報交換しても、新しい事実が出てくる可能性は少ないのだ。向こうにすれば、降って湧いたような話である。

残りの時間を、私は無言のまま過ごした。新幹線の自由席はほぼ満員。誰が聞いているか分からない状態で、富山の事故について話し合うわけにはいかない。かといって、他に共通の話題もない……私は梓より十歳以上年上で、こういう時には嫌でも年齢差を感じてしまう。

明日以降、飯田基康の正体を探るためにどうしたらいいか、手順を考えた。一番重要な手がかりは、旅行会社の窓口である。「飯田」という男が、品川《しながわ》の旅行会社でNAL112便のチケットを現金で購入したことは分かっている。その窓口で、「飯田」の様子を聞く——当面は、それぐらいしか思いつかないし、上手くいくとも思えなかった。何しろ、旅行会社の窓口は常にごった返している。よほど奇妙な振る舞いをした客でもない限り、記憶には残らないだろう。そして「飯田」が、そんなことをしたとは思えなかった。偽名を使ったのは正体を隠すため。つまり、目立ちたくなかったのだ。窓口でトラブルを起こしたり、ごねたりというのは、一番避けるべきことだっただろう。

「趣味が悪い話なんですけど……」

梓が突然声を上げ、私は現実に引き戻された。

「何だ？」

「写真、ありますよね。『飯田』さんの写真。あれを見せて回るしかないと思います」

「しかし、ちょっとショックが大きくなるぞ」血塗《ちまみ》れの顔面。顔つきが分からないほどではないが、顔の左半分の傷は、見る人に衝撃を与えるだろう。「少なくとも、素人には見せられない」

「ですよね……」梓が唇を噛む。目のつけ所は悪くないが、実際にやれるかどうかは別問題である。

「旅行会社の窓口をパニックに巻きこみたくないんだ」

「となると、写真も役には立ちませんかね」

「いや、そうでもないかもしれない」警察官の間で写真を回す、という手を考えた。もしも犯罪に関係している人間——例えば前科者だったら、顔を覚えている刑事がいてもおかしくはない。ただし、支援課がその手配を回していいかどうかは分からなかった。

通常、刑事事件――主に刑法で定義された犯罪と言っていい――の捜査を行うのは、刑事部の各課である。少年犯罪やストーカー関係なら生活安全部、交通事件なら交通部、暴力団関係は組織犯罪対策部と、事件の種類によって担当は細かく分かれている。

それに対して、犯罪被害者支援課は、あくまで総務部の一セクションだ。総務部は会計や広報など、警察の屋台骨を支える課が集まる部で、基本的に捜査は担当しない。その中で、被害者支援課は異質な存在と言っていい。刑事部や交通部、所轄と共同して通常業務を行うし、時に捜査に――勝手に、というパターンが多いが――乗り出すこともある。それが「本来の職務に関係ない」と非難されることもしばしばだが、私の感覚では仕方がないことなのだ。普通の刑事は、まだ被害者支援の理念を完全に理解しているとは言えない。いや、理解していても、通常の捜査優先になって、被害者支援にまで手が回らないこともままある。そういう時、私たちは被害者のために、勝手に独自捜査に乗り出す時がある。

支援課、失踪課、捜査一課の追跡捜査係の三つをまとめて、「警視庁内の三大厄介者」と呼ぶ口の悪い人間がいることを私は知っていた。管轄をはみ出して仕事を行うのはとんでもない悪事だ、と考えている人間が多いのは事実である。

そういう硬直した考えでは、被害者を支えることはできないのだが……。

救う、ではなく支える。

自分の力だけで被害者を救済できると考えるほど、私は図々しくない。

7

東京駅へ着いてホームへ降り立った途端、どこかで見張っていたかのように、松村から電話がかかってきた。

「今着いたんじゃないか?」

「ああ」

「写真のことなんだけどな……」松村の言葉は歯切れが悪い。つい先ほど、私は彼に写真を送信していたのだ。

「見覚えがあるのか?」

「ある」

「誰か分かるか?」私は思わず、スマートフォンを強く耳に押し当てた。人混みに流されながらなので、ひどく話がしにくい。とはいえ、避難する場所もない……。

「いや、それは分からない」

「実は俺も、何となく見た記憶があるんだ」

「お前も？」松村が声を張り上げた。

「ああ。やっぱり何か……関係者じゃないかな」私は慎重に言葉を選んだ。

「そうかもしれない。取り敢えず、写真をできるだけ多くの人に見てもらうのが一番いいだろうな」

「効率は悪いけどな……お前、今どこにいるんだ？」

「まだ署だよ」

「こんな時間に？　この件を調べてたのか？」

「いや、今日は当直なんだ」

何だ、そういうことか……所轄は二十四時間営業であり、署員にはローテーションで泊まり勤務が回ってくる。

「これからそっちへ行っていいかな」

「構わないけど、それで何が分かるとは思えないぜ」松村は及び腰だった。

「そうかもしれないけど、顔を見れば何かアイディアが浮かぶかもしれない」

「俺の顔を見たってしょうがないだろうが」ぶつぶつ言いながらも、松村は「絶対拒絶」という感じではなかった。今日の当直は暇なのだろう。

「とにかく、これからそっちへ行くから。一時間で着く」

「俺はまあ……いいけどさ」

電話を切り、梓に手短かに事情を話す。彼女は「私も行きます」と主張したが、私は「必要ない」と断った。無駄足に終わる可能性が高いのだから、彼女を疲れさせるのは得策ではない。早く休んで、明日に備えてもらおう。

「やっぱり今日は帰ってくれ。何か状況に変化があったら知らせるから。その時は夜中でも出動してもらうかもしれないけど」

「……分かりました」梓はまだ不満そうだった。いつも少し前のめりなのは、彼女の美点でもあり欠点でもある。

中央線に乗る梓とは、東京駅で別れた。松村が勤務する北大田署は、京急本線の大《おお》森町《もりまち》駅から歩いて行ける場所にある。東京駅からだと、品川駅経由で一時間もかからないだろう。

それでも、一刻も早く松村と額《ひたい》を突き合わせて相談したい——山手線のホームへ向かう私は、いつの間にか駆け出していた。膝の痛みも忘れていた。

京急の大森町駅を出て、ささやかな商店街を抜けると、すぐに第一京浜《だいいちけいひん》に出る。渡って、第一京浜沿いにしばらく北上すると、北大田署のまだ新しい庁舎が姿を現す。一階部分は駐車場で、入り口は二階だ。階段を駆け上がって二階の警務課に顔を出したときには、まだ十時になっていなかった。

松村に会うのは久しぶりだった――彼が警部に昇任して、本部の捜査三課から北大田署に異動になった時に、内輪で栄転祝いをして以来だから、一年ぶりだろうか。髪型が少し変わったことに、すぐに気づいた。一年前よりも短く刈り込まれ、ほとんど坊主頭に近くなっている。

「どうした」私は自分の頭を撫でて見せた。

「髪の毛に色々問題が生じたんだ」

むっつりした表情で松村が答える。私は、あまり追及しないことにした。髪の毛と体形の問題は、どれだけ親しい仲でも慎重に触れねばならない。

「どうだ？　何か思い出したか？」

松村は、警務課の席で、他の当直員たちと時間を潰していたようだったが、急に立ち上がった。階段の方へ向けて顎をしゃくる。上で話そう、ということか……。

三階まで上がり、刑事課に入る。部屋の灯《あか》りは半分落とされており、若い刑事が一人、必死の形相でパソコンに向かっていた。やはり当直なのか、報告書の作成が遅れているだけなのか。松村は若い刑事を無視して、自席に座った。隣のデスクの椅子《いす》を引いて、座るよう促す。

「富山から帰ったばかりなんだろう？」

「ああ」

「お疲れなことだな。支援課は、そんなに忙しいのか？」

「今回が特別だよ。ほとんど総出で富山県警の応援に入っている」

「お前、膝は大丈夫なのか？」

気遣いが嬉しかった。私は捜査一課時代に事故に遭い、膝を負傷している。仕事で歩き回るのに支障が出るぐらいの大怪我で、刑事としてのキャリアを断念する一つの原因になったぐらいだった。取り敢えず回復しているものの、この不自由な膝とは長いつき合いになるだろう。

「何とかね。そんなに歩き回ったわけじゃないから、大丈夫だ。それより、例の写真なんだけど……」

「すまん、やっぱり分からないんだ」松村が坊主頭を掻いた。「それより、指紋やDNA型鑑定はどうなんだよ」

「指紋については、遺体の——特に両手の損傷が激しいんだ。墜落時のショックだとは思うけど……両手で体を庇《かば》ったせいかもしれない」

「採取不能か」

「富山県警が頑張っているけど、難しそうだな。DNA型鑑定については、もう少し時間がかかるだろう。でも、そもそも対照できる材料がない」

「そりゃそうだろう」松村が、自分のスマートフォンをデスクに置いた。鬚《ひげ》の浮き始めた顎を撫で、目を細めるようにして画面を見下ろす。「取り敢えず、できるだけ多くの人に写真を見せて、思い出してもらうしかないな。俺もお前もどこかで見た記憶があるんだから、絶対に犯罪に関係した人間だよ」

「あるいは警察関係者とか」

「まさか」松村が苦笑した。「警察官だっていうのか？　何で警察官が偽名で飛行機に乗るんだよ」

「……そう考えると、そこで考えがフリーズするんだよな」私は認めた。

「取り敢えず、そこにいる奴に見せてみるか」小声で言って、松村がまだパソコンと格闘している若い刑事に向けて顎をしゃくった。「役に立つ可能性は極めて低いけど」

「そうなのか？」松村に合わせて私も声を潜《ひそ》めた。どこの署にも、早々と「刑事失格」の烙印を押されてしまう若い刑事はいるものだが……。

「おい、玉木《たまき》！」

松村に声をかけられ、若い刑事が蹴飛ばされたような勢いで立ち上がった。

「ちょっと来い。これを見てくれ」

玉木と呼ばれた刑事はすぐに飛んで来た。松村はすぐに、自分のスマートフォンを取り上げ、彼の目の前に晒《さら》した。

「この仏さんに見覚えはないか」

「ちょっといいですか」

玉木がスマートフォンを取り上げ、眼鏡を外してから顔に近づけた。しばらく目を細めて凝視していたが、やがて「ああ」と短く声を上げて、松村に視線を向けた。

「何だ、思い当たる節でもあるのか」

「本井《もとい》忠介《ただすけ》じゃないですか。殺人で指名手配中の」

「はあ？」松村がいきなり甲高い声を上げて立ち上がる。「本井って……あの本井か？」

「その本井です」

私もすぐにピンときた。というより、今まで思い出せなかったのが問題で……クソ、刑事としての勘と記憶力は、完全に失われてしまったのか。

「これだけ傷ついてると、手配写真とはだいぶ違うよなあ」

自分も気づかなかったことが悔しかったのか、松村が言い訳した。助けを求めるようにこちらを見たが、私としては何も言えなかった。

玉木が自分のデスクの引き出しを開け、一枚の写真を持って来た。松村はその写真と自分のスマートフォンを並べてデスクに置き、立ち上がって見下ろした。視線がかすかに左右に動く。ほどなく、「間違いないな」と結論を出した。

「ああ」私も同意した。

「本当に本井だとしたら、確認する手はいくらでもある」

「分かってる。そこから先は……どうなるのかな」私も経験したことがないケースだった。殺人事件で指名手配されていた人間が偽名でNAL機に乗り、事故に遭う——厄介な事態で、しかもマスコミの連中が喜んで飛びつきそうなのは目に見えていた。

「玉木、よく覚えてたな」松村が渋い表情で若い刑事を褒めた。褒めるのがもったいなくてしかたない、とでもいった様子だった。

「たまたまです」休めの姿勢を取ったまま、玉木が言った。いかにも嬉しそうで、笑みで顔が明るくなっている。普段、よほど馬鹿にされているのでは、と私は想像した。被害者が本井だと気づいたことは、珍しいポイントになるのではないか。

「仕事に戻っていいぞ」

松村が冷たく言うと、玉木は一礼して自席に戻り、またパソコンに齧りつき始めた。その様子をちらりと見て、松村が皮肉を零す。

「奴にとっては、一生に一度の手柄かもしれないな」

「彼は、そんなに普段の成績が悪いのか？」

「何で警察官になったのか、俺には理解できない」

「そこまでひどいと、逆に普段の仕事ぶりが気になってくるよ」

「見たいか？」

「お勧《すす》めしないね。見ているだけでストレスが溜まるから……奴は早く第二の人生を見つけた方が、関係者全員が幸せになるよ」

「何となく」

「本当かね」私は首を傾《かし》げた。警察の「選別」はかなり厳密だ。警察学校を卒業できずに辞める人間がそこそこいるのも、使えない人間を選り分けるために、敢えて厳しくしているからだ。

「そうだよ」

「でも、俺たちは、そういう彼にも勝てなかったわけだけど」

私の指摘に、松村が渋い表情を浮かべた。

第二部　家族

髪がごっそり抜ける。

その恐怖は容易に想像できる。ブラシをかけている時、あるいは朝起きた瞬間に、抜け落ちた髪の束を発見する――最悪だ。

彼は、急激に少なくなってきた髪を何とかしようというつもりはないようだった。まばらになり、頭皮がすっかり透けて見えるので、急に老けたようだ。元気もない。下半身に力が入らず、立ち上がる時にはテーブルに両手をつかないと、椅子から離れられない。

惨《みじ》めなものだ。

もう少しすると意識が混濁し、訳が分からないことを言い出すだろう。幻覚にも襲われるはずだ。そうなったらあと少し――時間の問題である。

治療さえ受ければ、生き延びる可能性もある。しかしこの男は典型的な健康自慢、医者嫌いで、「最後に病院へ行ったのは二十五歳の時だった」といつも豪語していた。健康を誇る人間ほど、病院を怖がり、嫌う。そこに、こちらがつけ入る隙があるのだ。

じっくり計画を立て、ゆっくり殺す。焦りは禁物だ。

どうせ死ぬのだから。

1

本井忠介――その名前が浮上した直後、私はまず本橋に電話を入れた。本橋は起きていて、しかもテンションが高かった。久しぶりに現場で動き回って、捜査一課時代の血が騒いだのかもしれない。そして私の情報は、彼の血圧をさらに押し上げてしまったようだ。

「これは大変なことですよ」

「分かっています」私自身は、少しだけ冷静になっていた。「情報を流して終わり、というわけにはいかないでしょう」

「もちろんです」本橋が言葉を切る。頭の中で、何をするべきか、手順を考えているに違いない。「取り敢えず、富山県警と警視庁の捜査一課には連絡します。指名手配しているのは、警視庁の特捜本部ですからね」

「ええ」

「身元の確認は、警視庁側に任せましょう。DNA型鑑定を急がせます」

「時間はかかると思いますよ。鑑定待ちの長い列ができていますから」

「この際、そんなことは言っていられない——順番など、飛ばしても構いません。とにかく、この件の確認が最優先です」

「もちろん特捜本部は、すぐに家族にも確認するでしょう。その際は、我々も立ち会った方がいいんじゃないですか」

「それは……」本橋が判断を留保した。「指名手配犯の家族ですよ。本来は、我々が関わるべき相手ではありません」

「いや、今は事故の被害者です」私は即座に反論した。「特捜は、あくまで指名手配犯の家族として、乱暴な扱いをするかもしれません。でも、指名手配された件にも、NAL機の事故にも、家族は関係ないじゃないですか。どんな状況でも、家族は守られるべきです」

「分かりました。とにかく、特捜の連中が家族と面会する時には、立ち会えるように調整します。その立ち会いは、あなたに任せていいですね？」

「ええ。安藤もいますから……二人いれば、問題ありません」

「今は、どこにいるんですか？」

「北大田署です。ちなみに、本井忠介の家族は恵比寿《えびす》に住んでいます」考えてみれば、私の家のすぐ近くだ。「家に帰りがてら、寄ってみてもいいですが」

「今夜はやめておいた方がいい。しっかり確認できてからの方がいいでしょう」

「そうですね……しかし、特捜はいきり立つでしょうね」私は言った。指名手配犯が航空機事故で死亡——他の仕事を全て放り出して確認したくなるのが普通だ。

「確かに重大なミスですが、我々は、その件については考えなくていい。家族のフォローが第一です……とにかく、今晩知らせるのはやめましょう」

家族の役目——富山で遺体を確認してもらわなくてはならない。もちろん、車を使えば時間帯に関係なく現地へ向かえるが、一晩中車を飛ばすことになるだろう。徹夜明けで遺体と対面するのは、体力的にも精神的にもきついはずだ。それなら、朝一番で訪問した方がいい……遅れは数時間で済むし、その遅れが致命的になるとは思えない。

「取り敢えず、身元に関する判断は特捜に任せましょう」

「分かりました」

事態は流動的になる……仕方ないとはいえ、気持ちがざわついた。電話を切って肩を上下させ、何とか緊張を逃す。改めて松村に礼を言った。

「いや、役に立ててよかったよ」松村が丸い顔に笑みを浮かべる。基本的に気のいい男なのだ。

「仕事中に悪かったな」

「いやいや、どうせ今夜は暇だったし。それにしても、本井とはびっくりしたな。まさか、殺人犯が飛行機に乗ってるとは」

本井は半年ほど前、IT企業の役員・深沢学《ふかざわまなぶ》という人物を殺したとして指名手配されていた。手口は、珍しい「毒殺」。フリーライターの本井は、何らかの取材で深沢に接触したようで、一緒に酒を呑んでいたことも目撃されていた。どうやらその時に、毒を盛ったらしい。「毒殺」という手口、それに深沢の会社がそこそこ有名だったこともあり、当時はだいぶ話題になった。

私たちは、ぶらぶらと署の一階まで降りて行った。富山ほどではないが、やはり寒さが身に染みる。十一時……交通量も少なくなり、街は寒々とした色に染まっている。

「お前も、厄介な仕事をしてるんだな」肩をすくめたまま、松村が言った。

「警察の仕事は、全部厄介だよ」私も彼に合わせて肩をすくめた。「一つ一つ、事件は全部違うんだから」

「まったくだな。あと二十年もこんな仕事を続けていくのかと思うと、ぞっとする」

「まあな」

本音ではない、と分かっていた。基本的に松村はやる気満々なのだ。だからこそ、三十代で警部の昇任試験にも合格した。これからは、幹部として中枢部を歩いて行くだろう。

私の前に、その道はない。現場の人間として、今後も身をすり減らしていくつもりだ。終わりなき旅——しかし、頼りになる仲間が近くにいると考えただけで、力が湧いてくる。

山手線に乗っている時に、本橋から電話が入った。電車の中なので出られなかったが、恵比寿駅のホームで確認すると、メッセージが入っていた。

特捜は明朝七時に自宅訪問。立ち会って下さい。

やはり今夜は見送りか……まあ、常識的な判断だ。本井は既に死んでいるし、死体は動かない。被疑者の身柄を確保、という理想的な結末とは重みがまったく違うわけで、特捜本部の連中は肩透《かたす》かしを食い、焦る必要はないと判断したのだろう。今後「被疑者死亡」で送検して、特捜としての仕事は終わりになるはずだ。

日比谷《ひびや》線の方へ向かいながら、私は本橋に電話を入れた。短い会話で終わり、次いですぐ梓に連絡を入れる。彼女はまるで私からの連絡を待っていたようで、呼び出し音が一回鳴っただけで電話に出た。

「安藤です」

「身元はほぼ確認できた」私は事情を説明した。梓は一度「ええ？」と驚きの声を上げただけで、後は黙って私の話に耳を傾けていた。

「ミスですね」私が話し終えると、ぽつりと零した。「指名手配犯の顔ぐらい、頭に入っているべきでした」

「俺たちは、捜査を担当するセクションの人間じゃない」言い訳がましいなと思いながら、私はつい言ってしまった。「しょうがないことなんだ。でもとにかく、身元が割れそうなんだからいいじゃないか」

「まあ、そうですけどね……」梓はまだ不満そうだった。

「明日七時、本井の自宅に集合だ。特捜の連中が無茶しないように警戒しよう。いつもと同じ仕事だよ」

「分かりました」

「あまり休めないけど、頼む」

「今からなら、たっぷり寝られますよ」

電話を切り、私は溜息をついた。これで今日の分の仕事は終わり、という感じになる。後は短い休憩を取って、明日に備えよう。ついているのは、本井の家が私の自宅から近いことだ。スマートフォンの地図で確認すると、その気になれば歩いていけそうである。実際、歩いた方が早いだろう。たぶん、十五分ぐらいしかかからない。

自宅へ戻る途中、コンビニエンスストアに寄って明日の朝食を買いこむ。私は朝食を抜くことはまずないが、自宅ではほとんど食べない。ファミリーレストランやファストフード店、喫茶店のモーニングセットという外食が定番なのだ。そのために、三十分早く家を出るのは苦にならない。外でしっかり朝食を摂ることは、「一日が始まる」セレモニーになる。しかし明日は、そこまでの時間はないだろう。

洗濯とシャワーを済ませ、一段落したところでテレビに目をやる。今年のワールドシリーズ第七戦を録画したものを観るつもりでいたのだが……さすがに今日は無理だ。またの機会にしよう。既に二回も観直しているし、もう午前一時近い。

ふいに、愛《あい》と話したいと思った。かつての恋人で、今は民間の被害者支援センターでボランティアとして働く、西原《にしはら》愛。つき合っていた頃に一緒に事故に巻きこまれ、それ以来私たちの人生は大きく変わってしまったのだが、今でも被害者支援という一点において接点がある。一緒に仕事をすることも少なくない。元恋人という微妙な関係は、何かと面倒臭いものだが、それでもこと被害者支援に関しては、目的は一致している。今では、仕事が上手くいかない時に、真っ先に相談したくなる一人だ。

しかし、さすがにこの時間では電話もできない。メールやメッセージを送っても、返信は明日だろう。だいたい今の私は、まだそこまで追いこまれていない。やることが山積みで、悩んでいる暇もない——はずだ。

しばらくは、愛に愚痴を零さなくてもやっていけるだろう。

2

午前六時四十五分、私は本井忠介の自宅に到着した。かなり古びた、五階建てのマンションで、目黒中央署《めぐろちゅうおうしょ》まで歩いて行ける場所だった。すぐ側には目黒川が流れている。目黒川沿いといえば最近は桜の名所で、春には家からも花見が楽しめるかもしれない——もっとも、この家には主人《あるじ》がいない。残された家族は、肩身の狭い思いで生きているはずで、とても花見をする気分にはなれないだろうが。

梓は私より先に現場に到着していた。

「おはようございます」相変わらずの薄化粧だが、血色はいい。頬《ほほ》が少し赤いのは、化粧ではなく寒さのせいか。

「元気だな」

「ちゃんと休みましたから」梓が両手を擦り合わせる。そこまで寒くはないのだが……。

「特捜の連中は、まだ来てないんだな」

「ええ……ちなみに、ご家族は家にいると思います。今朝の朝刊が、郵便受けに入ったままでした」

「分かった」

「それにしても、何で偽名なんか使って飛行機に乗ったんですかね」梓が首を傾げる。

「意味が分からないよな。富山に用があったのは間違いないけど、それだったら、新幹線で行けばいいだけの話だ」

「そうですよね」梓がうなずく。「新幹線なら、チケットを取るのも飛行機より簡単でしょう。時間だって、二時間半しかかからないし」

「飛行機だと、いくら偽名を使っても、本人だとばれる可能性がある……空港は警備も厳重だからな」

「逆に言えば、羽田の警備陣は見逃していたわけですよね」

それはそうなのだが、責める気にはなれなかった。広い羽田空港で、指名手配犯を発見するのは至難の業《わざ》だろう。いずれにせよ、本人が死んでしまっている以上、確認しようがない。

七時五分前、車が二台、マンションの前で停まった。一台はセダン、もう一台はミニヴァン。どちらも覆面パトカー——間違いなく特捜の刑事たちだ。

合わせて五人が車から降りて来た。犯人を逮捕するわけでもないのに、この陣容は大袈裟《おおげさ》過ぎる。家族に無用のプレッシャーを与えてしまう、と私は心配になった。すぐに車に駆け寄り、その場のトップを探す。不思議なもので、警察官が何人かいる場合、誰が仕切っているかは自然と分かるものだ。今回はおそらく、一番年長に見える男だろう。グレーの背広にオフホワイトのステンカラーコートという、外回りの刑事の標準的な服装。背が高く、体格もがっちりしていて、いかにもな迫力がある。四角張った顔は、意志が強そうだ。すっと近づいて挨拶する。

「被害者支援課の村野です」

「ああ」男が、馬鹿にしたような表情を浮かべてうなずく。「中野《なかの》中央署の立花《たちばな》だ」

本井を追いかけていた特捜本部が置かれている所轄だ。

「本井忠介の家族への通告に、立ち会います」

「それは、おたくらの仕事と関係あるのか？」

「本井忠介の家族は、被害者の家族ですから」

「なるほど。そうとも言えるわけか」馬鹿にしたように立花が言った。

「実際、そうなんです」

早くもその場の雰囲気がピリピリと緊張してくる。しかし今までの経験で、こんなことは長続きしないのが分かっていた。お互いにやるべき仕事があるのだ。小競り合いをしている暇などない。

「立ち会うだけなら、好きにしてくれ」

「無理をしないように、お願いします」

「あの家族とは何度も会っている……容疑者の家族だから当然だ。もう慣れているから、心配するな」

「分かりました」

「今まで、本部の捜査一課で家族を担当していた人間が通告するのが、一番ショックが少ないだろう」

「結構です」

その「担当者」は女性だった。私はまったく面識がない、三十歳ぐらいの長身の女性だったが、梓は顔見知りのようで、素早く黙礼する。相手も気づいて、一瞬表情を緩《ゆる》めて礼を返した。

「知り合いか？」私は小声で梓に訊ねた。

「所轄の先輩です。私が支援課に行く半年前に、捜査一課に上がりました」

「こういうことがきちんとやれそうなタイプか？」

「大丈夫……だと思います」梓の答えは曖昧《あいまい》だった。捜査一課での仕事ぶりまでは知らないのだろう。所轄から本部へ上がるのは、若い刑事にとってまさに大きなステップアップで、それを機にすっかり変わってしまう人間も少なくない——いい意味でも、悪い意味でも。

「名前は？」

「三輪陽子《みわようこ》部長」

「お手並み拝見といくか」

特捜本部の刑事五人に私たちを加えた計七人が、マンションのホールに入った。あまりにも大袈裟、かつ異様な雰囲気で、住民が見たら一一〇番通報するかもしれない。

本井の家族の部屋は一階だった。陽子と立花が代表になってドアの前に立つ。陽子はまったく躊躇せず、インタフォンを鳴らした。表情にも態度にもまったく変化がない。なかなかタフそうなタイプだ。

反応はなかった。朝の七時にインタフォンを鳴らされても、用心してドアを開けないかもしれない。陽子もそれを心配したのか、今度はドアを軽くノックした。同時に、涼やかな声で「本井さん？」と呼びかける。

「三輪です。ちょっとお話しできませんか？」

それからさらに十秒が経ち、やっとドアが開いた。化粧っ気のない中年の女性が、おどおどした表情を浮かべ、ドアの隙間から顔を突き出す。陽子がわずかに身を屈《かが》め、相手と顔の高さを同じにしてから小声で話し始めた。内容までは分からないが、女性の顔に戸惑《とまど》いが広がるのが分かった。

ほどなく、女性の顔から一気に血の気が引くのが分かった。崩れ落ちそうになるのを、ドアを摑んで何とか持ち堪《こた》える。陽子が急いで手を貸し、彼女の腕を支えた。立花が振り向き、素早く私にうなずきかける。中に入っていい、という許可だろうと判断し、特捜本部の刑事たちをかき分けて前に出た。

部屋は、四人家族の家として私が予想していたよりも狭かった。玄関を入ってすぐが、十畳ほどのリビングダイニングルーム。ドアの数を見ると、他に二つの部屋が振り分けになっているようだった。昔のマンションによくある間取りである。

四人がけのダイニングテーブルには、子どもたち——高校生の男の子、中学生らしい女の子がついている。食事が始まったばかりだろうか、茶碗と味噌汁碗からは湯気が立ち上がっていた。立花が一瞬眉をしかめ、陽子に目配せする。

「取り敢えず奥さんにお話ししたいので、子どもさんたちは……部屋へ入っていてもらえますか」

陽子にそう言われても、本井の妻、真奈《まな》は動こうとしなかった。夫が逮捕されたという知らせを予期しているのだろう……実際は、それより悪い。

真奈は子どもたちに声をかけられず、子どもたちもテーブルで固まっている。陽子が子どもたちに静かに近づいて、柔らかい声で話しかけた。

「久しぶり……三輪です」

陽子の言葉に、女の子の表情が少しだけ和らいだ。どうやら陽子は、容疑者の家族といい関係を築いているようである。

「佐奈《さな》ちゃん、悪いけど、ちょっと部屋にいてくれない？　詳しいことは後で説明するから」

佐奈と呼ばれた少女が立ち上がる。高校生ぐらいの男の子――たぶん兄だ――はまだ、不審そうな表情を浮かべてテーブルについたまま。佐奈に促されると、急に気がついたように立ち上がり、さっさと別の部屋に消えた。

陽子は踵を返し、真奈に近づいた。腕に触れると、真奈がびくりと体を震わせる。

「真奈さん、ちょっと座りましょう」

腕を引くようにしてソファに座らせる。真奈は、陽子にリードされるまま、まったく逆らおうとしなかった。陽子が、真奈と少し距離を置いて脇に座る。私たちは、少し離れて二人を囲むように立った。狭い部屋なので、二人のやり取りが聞こえるだけでなく、息遣いさえはっきり感じ取れる。

「真奈さん、悪いお知らせです。ご主人が亡くなったかもしれません」陽子が躊躇せずに切り出した。

「え？」真奈が初めて言葉を発した。外見に似合わぬ太い声に、戸惑いが滲んでいる。

「事故です。一昨日、富山でＮＡＬ機が墜落した事故はご存知ですよね？」

「はい……え？　まさか、その事故で？」

「一人だけ、偽名の乗客がいたんです。顔が、ご主人そっくりでした。警察では、同一人物の可能性が極めて高いと判断しています」

真奈の体から力が抜けた。あまりにショックなことを聞かされると、気を失う恐れもある——私は少しだけ前傾姿勢を取り、つま先に力を入れた。何かあったら、すぐに助けに入らなくては。しかし陽子が素早く動いて、真奈の腕に触れた。

「大丈夫ですか？」

「大丈夫……分かりません」

「まだ、情報は確定したわけではありません。以前提出していただいたＤＮＡ型と、ご遺体から採取したＤＮＡ型の照合を行っていますから、それが終わればはっきりしたことが言えると思います」

「主人は——富山にいるんですか？」

「ご主人かどうかはまだ分かりませんが」陽子が訂正した。「ご遺体は、地元の病院に安置されています」

真奈がいきなり立ち上がり、「恭平《きょうへい》！　佐奈！」と怒鳴った。ドアが開き、二人が飛び出してくる。佐奈はもう泣いていた。どうやらリビングルームでのやり取りが聞こえてしまったらしい。恭平と呼ばれた長男の方は、まだ事情が呑みこめない様子で、ぽかんと口を開けている。顔面は蒼白《そうはく》だった。

「富山へ行くわよ。今すぐ。早く準備して！」

そこまで焦る必要はない。しかし真奈は、子どもたちを急かすことで、何とか正気を保とうとしているようだった。

私たちは、家族の準備が整うのを待つ間、一度外へ出た。真奈たちには、陽子がつき添っている。

覆面パトカーのところへ戻ると、立花が素早く煙草《たばこ》を取り出し、火を点けた。旨味は感じていない様子で、煙を吸いこんだ瞬間、渋い表情を浮かべる。

「うちの三輪の対応はどうだい？　おたくら、被害者支援ではいつも口うるさく言ってるけど……」

「今のところ、百点です」それは認めていい。「ご家族と、上手く信頼関係を築けているようですね」

「可哀想な一家なんだよ。父親がいきなり殺人容疑で指名手配……家族には何の罪もないのにな。だから、相当気をつけて対応してきたんだぜ」

それがいきなり、今度は被害者家族になってしまったわけだ。こんなことを経験する家族はまずいない。

「何だったら、彼女は支援課でスカウトしたいですね」

「冗談じゃない」立花が真顔で否定した。「うちにとっても期待の人材なんだ。そう簡単に手放すと思うか？」

「優秀な人間は引く手数多ですからね」

「余計な手出しは無用だ」

「取り敢えず、引いておきます」

立花が私を睨《にら》みつけた。本気で怒っているのか、ただ牽制《けんせい》しているだけなのかは分からなかった。

十分が過ぎたが、動きはない。焦れたのか、梓が「ちょっと見てきましょうか」と提案した。

「いや、待とう」私は時計を見た。「焦らせない方がいい。そう簡単に準備はできないよ……ちょっと課長に連絡してくるから、ここを頼む」

私はドアの前を離れ、マンションの外に出た。まだ午前七時半。本橋もさすがに起きたばかりではないかと思ったが、躊躇せずに電話を入れる。本橋は、完全に目覚めた感じで電話に出た。

「家族と接触できました。これから富山に行ってもらいます。我々も同行します」

「そうして下さい。特捜の方はどうですか？」

「家族の担当をしていた女性刑事が、上手く応対しています。彼女は家族との間に信頼関係を築けているようですね」

「その女性刑事にも一緒に行ってもらうのがいいんですが……初対面のあなたたちだけではなく、顔馴染みの担当者がいる方が、ご家族も安心できるでしょう」

「交渉してみます」

本来の特捜本部の仕事ではないものの、陽子がいれば何かと心強い。せめて、富山まで同行してもらえれば……そこから先は、私たちが引き継げる。

部屋の前に戻って、立花と相談した。貴重な人手を取られると思った立花は渋い表情を浮かべたが、結局は納得した。

「捜査自体は、急ぐものじゃないからな。何しろ……」立花が言葉を吞む。容疑者は死んでいるから、という一言を避けたのだろう。

「じゃあ、申し訳ないですが、彼女に同行してもらいます。然るべきタイミングでお返しますよ」

「別に、おたくらに貸し出すわけじゃない」立花がぶっきらぼうに言った。

「了解してます」余計な反論をせずに、私はうなずいた。

さらに十分が過ぎ、ようやくドアが開いた。真奈はコートを着て、両手にバッグをぶら下げている。佐奈と恭平は、制服の上にコート姿。それぞれ大きなバッグを一つだけ持っていた。三人とも顔色は悪く、寒そうに背中を丸めている。陽子が三人を先導し、覆面パトカーに案内した。セダンではなく、広いワンボックスカーを選んだのも心遣いだろうか。

私たちも覆面パトカーに乗せてもらい、二台で東京駅を目指した。ちょうど朝のラッシュにぶつかって、三十分以上かかってしまったが、八時三十六分発の「かがやき」に間に合う。富山着は十一時前……昼頃には、三人は本井の遺体と対面することになるだろう。真奈や恭平はともかく、中学生の佐奈にはショックが大き過ぎる。実際に会わせるかどうかは、その場で判断するしかない。

新幹線に乗りこむ前、私は梓に指示して人数分のサンドウィッチとお茶を用意させた。三人は朝食を邪魔されたわけで、腹も減っているだろう。とても食べる気にはならないかもしれないが、いざという時の準備だ。もしも余ったら、向こうで文句ばかり言っている長住の昼食に回せばいい。

自由席は七割方埋まっていた。親子三人は固まって座り、通路を挟んで横の席に陽子、三人の後ろには私と梓が並んで陣取る。これで、何があっても対応できるはずだ。

「かがやき」はほぼノンストップで北陸を目指す。大宮を出ると、次に停まるのは長野。新幹線が大宮駅を出て、周囲が一気に田園光景になると、陽子が通路に顔を突き出して、私に目配せした。私はうなずき返し、立ち上がった。梓にも目で合図する――三人に要注意。梓はすぐに察してうなずき返し、通路を挟んで隣の席に移った。そこからなら、斜め後ろの位置で三人を観察できる。

私と陽子は、後方のデッキに出た。揺れるデッキで立ち話はなかなかきついものがあるが、陽子の方では何か話しておきたいことがあるようだ。

「先ほどメールが届きました」

「内容は?」

「DNA鑑定の結果についてです。間違いありません。112便の事故で亡くなったのは、本井忠介です」

「そうか」昨夜から覚悟はしていたが、やはりショックはある。

「この件、家族には……」陽子の眉間に皺が寄る。

「今は言わない方がいいと思うけど、どうだろう」

「そうですね」陽子がうなずく。「遺体と対面するまでは黙っていようと思います。今から決定的なことを言われたら、ダメージが大きくなりますから」

「正解だね……あの一家は、これまでも散々苦労してきたんだろう？」

「ええ」陽子の表情が暗くなった。家族の苦労に、最初からつき合ってきたせいだろう。「何しろ、あれだけ話題になった事件ですからね」

「しかし毒殺、ねえ」タリウムを使った毒殺事件——本井に逮捕状が出たのは、被害者が死亡してから一年も経ってからだった。犯人を特定するまでに、それだけの時間がかかったのである。そもそもタレコミがなければ、まだ解決していなかったかもしれない。

「マル被、フリーライターだったよな？」

「ええ」

「そんな人が、人を殺すものかね」

「本人に確認できていないので何とも言えませんが……被害者とトラブルになっていたのは間違いありません」陽子が硬い表情で言った。

「殺すほど深刻なトラブル？」

「総体的に判断すれば……そうですね」

総体的？　微妙な言い回しに、私は思わず首を捻《ひね》った。私の疑念に気づいたのか、陽子が早口で説明する。

「被害者から直接話を聴いたわけではありませんし、本井からも事情聴取はできていません。あくまで周辺の証言から固めた状況です」

「それでよく、指名手配まで持っていけたな」私は正直に疑問をぶつけた。

「自宅からタリウムが発見されましたからね」

一家が住む自宅に毒物――それを知らされた時の家族の衝撃を想像すると、暗い気分になった。

「それは、一般的に手に入るものだろう?」

「殺鼠剤《さっそざい》ですからね。しかも無味なので、食べ物や飲み物へ混入しやすい……毒殺としては、王道の方法と言っていいでしょうね」

「なるほど」何となく疑問は残るが、特捜本部がヘマをするわけがない、という確信はあった。特に、毒殺の捜査は難しいから、普通の捜査よりもずっと入念に行われたはずである。「君は、家族とは最初から接触していたんだね?」

「事情聴取は、私が中心になってやりました。傍流の捜査ですけどね」陽子が皮肉っぽく言った。

「そんなことはない。家族に話を聴くのは、極めて重大な捜査だよ」

「お気遣い、恐縮です」陽子が丁寧に頭を下げた。顔を上げた時には、暗い表情が浮かんでいた。「きつい捜査でした」

「分かるよ……」私は周囲を見回し、人がいないことを確かめた。「家族は、潜伏に関与していない？」

「そう判断しています」

「となると、相当きつかったんだろうな」

「ええ……指名手配が半年前。その前から家族には事情聴取を行って――そういうことがあると、やっぱり周囲に情報が漏れるんですよね。子どもたちは学校でいじめに遭うし、奥さんは仕事を辞めざるを得なくなりました」

「もしかしたら、実質的に家計を支えていたのは奥さん？」

「フリーライターの収入なんて、たかが知れていますから。実質的には、保険会社に勤めていた奥さんが一家の大黒柱でした」

「奥さんの仕事がなくなったら、経済的にはあっという間に窮するね」狭くつましい家を思い出し、私はまた暗い気分になった。

私たちの仕事は、あくまで「被害者家族」の支援だ。しかし「加害者家族」も様々な問題を抱える。世間の見る目が厳しくなるという意味では、被害者家族よりも大きなハンディと苦しみを背負うかもしれない。しかし加害者家族への支援については、はっきりしたマニュアルもないし、対応部署も存在しない。現場の刑事が、一存であれこれ世話を焼く程度である。時に刑事の方が度を越して入れこみ過ぎ、冷静な判断能力を失ってしまうこともあるが。

「それから半年も、行方不明の本井を待っていたわけか」

「そうですね。私たちも、定期的に接触はしていました。もしかしたら、本井から連絡があるかもしれないので」

「一度もない？」

「なかったですね」

「家族が嘘をついていたとは考えられない？」

「ないと思います。奥さんは、罪は罪として、とにかく一度会ってちゃんと話をしたいと言っていましたから。それは本音でしょう」

「そうだな……しかし、本井というのもいい加減な男だな。人を殺したことも許せないけど、家族に迷惑をかけたんだから、罪は二倍だ」

「ご家族は本当に大変だったと思います。しかも今回、こういうことになって……」

陽子が唇を噛む。

「さっき、君が一緒にいた時、ご家族はどんな感じだった？」

「とにかくずっと動き回っていました。何もしていないと、辛くて仕方がなかったんでしょうね。だから準備もあれだけ短い時間で済んだんですよ」

私の感覚では、かなり時間がかかったような気がするが、実際にはフルスピードだったのだろう。夫の遺体を確認しに行く——一体何が必要かも分からないはずだ。

「結局、食事はしていないんだね？」

「ええ。とてもそんな時間はなかったです」

「サンドウィッチを用意してあるから、もしも食べられるようなら食べてもらってくれ。君が言ってくれた方が、いいんじゃないかな」

「様子を見て、言ってみます。お気遣い、ありがとうございました」陽子がすっと頭を下げる。「さすが、支援課ですね」

「これぐらい、当然だ。今は、あのご家族は俺たちの担当だからね」

3

昼前に、市立病院に到着。安置されていた遺体に対面して身元を確認したのは、母親の真奈と長男の恭平だった。佐奈は病院に着いた途端にソファにへたりこみ、とても遺体を見られる感じではなくなってしまった。

佐奈の世話を陽子に任せ、家族と遺体の対面には、私と梓が立ち会った。いつもながらの、重く長い時間……真奈はすすり泣き、恭平は魂を抜かれたように立ち尽くしている様子である。明らかに、どうしていいか分からない様子である。

こういう時は声をかけてはいけない。いつまでもここにいられないことは、ショックを受けている家族も分かっているのだが、とにかく足が動かないのだ。遺体から一瞬たりとも離れると、絆が切れてしまいそうで怖い――後からそんな風に説明してくれた被害者家族もいた。

私は時々腕時計を見て、時間の経過を確認した。一分……二分……五分になろうかという時、ようやく恭平が再起動する。

「母さん……」声をかけて、母親に近づく。そこで初めて、傷だらけの父親の顔とまともに対面することになったのだが、涙は堪えた。いかにも今時の若者らしい、線が細い雰囲気にもかかわらず、意外に芯はしっかりしているようだ。母親の両肩を摑んでゆっくり立たせると、遺体の安置台からそっと引き剝《は》がす。真奈は本井の手を摑もうとするかのように手を伸ばしたが、届かない。小さく短い悲鳴。今この瞬間が、今《こん》生《じょう》の別れになるとでも思っているようだった。

廊下に出ると、私は二人に向かって一礼した。恭平は母親の肩を抱いて支えたまま、何とか返礼してくれた。見た目と違って精神的にタフで、礼儀もしっかりしている。格好こそだらしないが、この長男がいれば、家族は何とか立ち直れるのでは、と私は期待した。

「大変な時に申し訳ないんですが、間違いなくご主人——本井さんでしたか？」

「……はい」恭平が消え入りそうな声で答える。

奥さんはどうですか、と再度確認しようと思って、私は言葉を呑みこんだ。実質的には、DNA型の鑑定で本人の確認は済んでいる。その事実を今から告げなくてはならないのだが……ある意味、死刑宣告のようなものだ。

「つい先ほど、DNA型の鑑定結果が入ってきました。ご遺体はご主人で間違いありません——この度は、御愁傷様でした」

最後まではっきり言い切って、私は深く頭を下げた。お悔やみの言葉ははっきり発音すること、とマニュアルには太字で書かれている。こういう言葉は、ただモゴモゴと口にするだけで終わってしまうことも多いのだが、それでは駄目なのだ。私たちは心の底から同情して、手助けをしたい——そういう意図を、相手に明確に伝える必要がある。

「これから、いろいろと手続きが必要になります。ご遺体についても、詳しく調べなければなりません。二、三日こちらにいていただく必要がありますが、大丈夫ですか？」

「大丈夫です」突然真奈が、強い口調で言った。「主人の面倒は、私たちが最後まで見ます」

「私たちもできるだけお手伝いさせていただきます。それと今回は、大きな事故ですので、NALの方でも特別態勢でご家族のお世話をすることになっています。あとで担当者を紹介しますので、必要なことがあったら、何でも言って下さい」

「お手数です……」真奈が頭を下げたが、いかにも苦しげだった。ずっと恭平が体を支えている。「佐奈に言わないと……」歩き出したものの、真奈は膝から崩れかけてしまう。恭平が慌てて支えようとしたが間に合わず、真奈は前のめりに倒れた。梓が素早く動いて手を貸し、近くのベンチに座らせる。バッグから水のペットボトルを取り出し、キャップを捻り取って、半ば無理やり真奈に持たせ、「少しでも飲んで下さい」と勧めた。真奈が虚《うつ》ろな目で梓を見て、まるで操《あやつ》られたように指示に従う。一口飲んで長々と吐息を漏らし、ペットボトルをきつく握りしめた。梓はさらに飴玉を取り出し、真奈の手に握らせる。

「血糖値が下がっていると疲れます。取り敢えず、飴を舐めて下さい。これだけで、ずいぶん違いますから。食事はまた、別途用意します」

真奈は無言でうなずくだけだった。これ以上会話をする元気もないらしい。

こういう時、事態はゆっくりとしか進まない。やるべきことは山積しているのだが、家族を急かすことはできないのだ。ひとまず、一番大事な佐奈への通告……真奈が何とか話したが、その瞬間、佐奈は病院のロビー全体に響き渡るような大声で泣き出してしまい、収拾がつかなくなった。この病院に112便の事故の関係者が収容されていることは、外来の患者も知っているはずだが、さすがに今の悲痛な泣き声は、衝撃的だったようだ。心配そうな視線が集まる中、母娘は抱き合い、ひたすら涙が涸れるのを待つ——私たちには、これ以上できることはなかった。

二人を梓と陽子に任せ、私は歌川と話をした。

「指名手配犯？」歌川が眉根を寄せた。「まさか、そんなことが……」

「偶然だとは思いますが、かなり厄介な事態です」私は声を潜めた。「精神的なフォローも大事なんですが、一つ、もっと心配なことがあるんですよ」

「何ですか？」

「マスコミの動きです。指名手配犯がこの事故で亡くなっていたと知ったら、マスコミは間違いなく食いつきますよ」

「ああ、それは確かに……ご家族を、そういうことから守らないといけないんですね」

「もちろん、家族については、マスコミには明かしません。解剖が終わった後、こちらで火葬して、遺骨を東京へ持って帰る手配をしたいのですが……マスコミの連中には気をつけないといけません。こういう時は妙に鋭く、しつこくなりますからね」

「それは分かっています」歌川が苦笑した。「本社を守る広報の連中も大変なようです」

「お察しします」私はすっと頭を下げた。「もちろんこの件に関しては、ＮＡＬさんは直接関係ありません。ただし、マスコミはどう解釈するか分かりませんから……何か対策を立てておいた方がいいかもしれませんね」

「検討します。ご家族に対するフォローも考えましょう」

「ただし、距離感が難しいので、十分注意して下さい。ＮＡＬは指名手配犯の家族を庇うのか、と馬鹿なことを言い出す連中がいるかもしれませんから」

「いや、まさか……そこまでひどい連中、いますかね」歌川が首を傾げる。

「ネット上では言いたい放題ですし、それに乗っかってくる無責任なマスコミもありますから」

「確かに、それは危険ですね」歌川が顎を撫でた。「情報漏れには最大の注意を払いますから、うちからご遺族の方の情報が漏れることはない、と考えていただいて結構です」

私はうなずいたが、これで安心したわけではない。何故なら警察は、どこかのタイミングで「本井忠介が１１２便の事故で死亡した」と発表しなければならないからだ。指名手配したことは公表しているわけだし、意外な形で「居場所」が判明したのであっても、隠しておく理由はない。警察的には、この件はできるだけ小さく扱いたい。考えてみれば、指名手配犯を確保できず、むざむざ死なれてしまったわけだから……批判を抑えこむためにも、いち早く発表するだろう。

それだけで済めばいいのだが。

私の懸念は、その日の夕方には現実になった。本井の葬儀に関してはＮＡＬ側が手配を始めていたのだが、特捜本部がどうしても真奈たちから詳しく事情聴取したいと迫ってきたのである。

真奈が本井の居場所を知っていたのではないか、と疑っている。

被疑者本人が死んでしまったのだから、これ以上調べる意味はないとも言えるのだが、そこは警察のやることだ。足取りが摑めるものならぜひ知りたい……もしかしたら共犯がいるかもしれないのだ。私は、一課時代の考え方を少しだけ取り戻していた。

しかし今は、立場が違う。事情聴取は仕方ないにしても、支援課も立ち会うことを、本橋が特捜本部に要求した。あくまで今は、被害者家族。強引な捜査で、これ以上のショックを与えるようなことだけは避けねばならない。

幸い、本橋が心配しているようなことにはならなかった。私と梓が事情聴取に立ち会ったのだが、真奈に話を聴いたのは主に陽子だった。これまでの良好な関係を買われたのだろう。立花も同席したが、ほぼ陽子に任せきりで、余計なことは何も言わなかった。

富山県警本部の一室を借りての事情聴取は、一時間程度で終わった。真奈はまだ、ショックから抜け切れていないものの、嘘をついている様子はなかった。本井は指名手配される直前に、警察の動きを察知したように姿を消したのだが、以来、一度も会っていないという。電話やメールでの連絡すらなかった。事情聴取の最後に真奈は、「とっくに死んでいるかと思っていました」とぽつりと漏らした。ある程度覚悟はできていたわけか……短い一言が、私の胸に棘《とげ》のように刺さる。

NAL側の手配で、本井の通夜と葬儀は明日、明後日と富山市内で行われることになった。私は歌川と一緒に、NALが用意したホテルに家族三人を案内した。優里が一緒につき添ってくれているのも心強い。やはり支援課の中では、優里がこういう状況に一番慣れているのだ。

五時……私のスマートフォンが鳴った。本橋だった。電話に出ると、珍しく切羽詰《せっぱ》まった声が耳に飛びこんでくる。

「どうしました？」

「今、テレビはついていますか？」

「いえ……何かありましたか？」

「本井が死亡していたというニュースが流れました」

「了解です」私が予想していたよりも、ニュースになるのが早かった。広報課は情報を抑えなかったのか……。

「とにかく、テレビはつけないように。今は、ニュースは見せない方がいいです」

「分かりました。気をつけます」

私は優里に向かってうなずきかけた。何かあったと察した優里が近づいて来る。私は一度部屋を出て――ドアには爪先《つまさき》を突っこんでおいた――廊下で素早く事情を説明した。

「確かに、ニュースを見た後の反応が読めないわね。心配だわ」優里が渋い表情になった。

「今までも、いろいろだったね。ニュースになることで急に現実味を覚える人もいるし、他人事《ひとごと》のように眺めている人もいた」

「とにかく課長が言う通りに、ニュースは見せないようにしましょう」小声で言って優里がうなずく。「それと、明日の朝も新聞は入れないように、ホテルにお願いしないとね。ロビーで読まれたら仕方がないけど」

「そうだな……夕食も、部屋で食べてもらった方がいいんじゃないか？」

ＮＡＬは、エキストラベッドを一つ入れても十分余裕のある、広い部屋を用意していた。テーブルも大きいので、三人で食事ぐらいはできそうだ。

「そうね。あと、恭平君には話をしておいた方がいいかもしれない。彼はしっかりしているみたいだから、真奈さんを支えられるんじゃないかしら」

「俺もそうは思うけど、すぐには無理だろう。まだ高校生だぜ?」

「こういう状況に直面すると、一気に大人になれるものだから……辛いけど、家族の中で誰かが現実と向き合うべきよ。それに一番相応《ふさわ》しいのは、恭平君」

「分かった。俺が話すよ。君は、真奈さんたちの面倒を見てくれないか?」

「了解。恭平君とはどこで話す?」

「上のバーで」私は腕時計を見た。ホテルの最上階にあるバーは、大抵午後五時には営業を開始するはずだ。「下の喫茶室だと、マスコミの連中に摑まるかもしれない。ここに泊まっている連中もいるはずだから」

「そうね……じゃあ、お願いしていい? 今、呼んでくるから」

私はようやく、ドアの隙間から爪先を引き抜いた。それまでだいぶ無理な姿勢を取っていたので、古傷の膝が痛む。すぐにドアが開き、恭平が出て来た。改めて正面から向き合うと、やはり頼りない……背は高いが体つきはひょろっとしていて、制服のブレザーは体に合わずにだぼだぼだった。私としっかり目を合わせることもできず、弱気が透けて見える。

「ちょっとつき合ってくれないか？」

「はい……何ですか？」

「少し話がしたいんだ。いや、君に頼みがある」

恭平が無言でうなずく。自信なげで、相変わらず目は泳いでいる。私は無視して、エレベーターへ向かって歩き出した。エレベーターの中でも無言……一緒に乗って来たのは、中国からの観光客だった。やたらと大荷物の家族連れで、大声で話しているので、こちらは話しにくい。彼らが途中の階で降りると急に静かになり、私たちは顔を見合わせて苦笑を交わした。

「中国の人は、どこへでも来るね」

「渋谷とか、すごいです」恭平がぽつりと言った。

「ああ……君の学校、渋谷だったね」

「何だか歩き辛いですよ」

「分かる。でも、金を落としてくれるわけだから」

恭平はぼんやりうなずくだけだった。何となく会話が嚙み合わない。

バーは予想通り開店したばかりで、まだ客はいなかった。私は店員に事情を話し、窓際の席を取ってもらう。もう一つ、マスコミの人間が来たら、すぐに知らせてくれるように頼みこんだ。今はできるだけ、連中を避けたい――このホテルには１１２便の事故関係者が多数宿泊していて、緊迫した空気が流れていることもあり、店員はすぐに了解してくれた。

バーなのでコーヒーというわけにはいかないが、水を出してもらった。ただの水ではなく発泡水。一口飲むと、意外ときつい炭酸のせいで一気に目が覚める。恭平は遠慮しているのか、グラスに手をつけようとしなかった。

「お母さんが、大変だと思う」

敢えて彼自身の話題には触れなかった。何を言われるかと警戒していた様子の恭平が、ゆっくりと顔を上げる。私は少しだけテーブルの上に身を乗り出し、さらに声を低くした。

「まだ、心ここにあらずといった感じだ」

「そうですね」

「君もちゃんと話せてない？」

「まあ……あの、話せませんよ。でも、母親より佐奈の方が大変だけど」

「中学生だからな」私はうなずいた。「事態は理解できていても、嚙み砕けないんだと思う」

「俺も同じです」

「そうだよな」私はまたうなずいた。

「それで……何ですか？」

「これは息抜きだよ」

「え？」恭平がはっと顔を上げた。

「家族が一緒にいるのは大事だけど、ずっと一緒だと、悲しみが凝縮されるんだ。同じ悲しみを持った人同士だから……分かるかな？」

「何となく」うなずいたが、恭平の目は虚ろだった。

「で、ここからが本題だ」

「息抜きじゃないんですか？」恭平が目を細める。

「さっき、五時のニュースで、本井さん——君たちのお父さんが亡くなったことが流れた」

「はい」恭平の目がすっと暗くなる。

「当然、指名手配されていたことも報道された。つまり、警視庁が指名手配していた人が、飛行機事故で亡くなったという内容だった——これは、マスコミ的には美味《おい》しい事件になる」

「美味しいって……」恭平が顔をしかめる。

「大きく扱いたくなる事件、ということだよ。それで、俺が懸念しているのは、君たちに取材が集中する可能性なんだ」

「まさか」恭平が口をぽかりと開ける。マスコミが何に食いつき、どう動くか、想像もできない様子だった——高校生なら当たり前か。

「マスコミの連中は、君たちを取材したがると思う。そこで君には、お母さんと妹さんを守って欲しいんだ」

「俺が？　守るって、どうやってですか？」恭平が困ったように目を細める。

「それは分からない」私は正直に打ち明けた。

「じゃあ、どうしようもないじゃないですか」恭平が唇を尖《とが》らせる。

「向こうの出方が分からないうちには作戦も立てられない」

「ああ……」呆けた声で言って、恭平がようやくグラスに手を伸ばした。一口飲んで顔をしかめる。無味の発泡水など、今まで飲んだことがないのかもしれない。

「こちらでお父さんを火葬に付して、それから東京へ戻る。問題はそれからだ。葬儀では、我々が君たちを守れると思う。マスコミをシャットアウトするのは、そんなに難しいことじゃないから。ただ、東京へ戻ってからマスコミの連中が直当たりしてきたら、防御は難しい。家に押しかけられたら困るだろう？」

「それは……困りますよ」

「親戚の家に泊まるとか、ホテルを利用するとか、いろいろ手はある。ただ、お母さんと相談するのは難しいと思うんだ。まだショックが残っているから、冷静な判断はできないだろう。それで、君にいろいろなことを決めて欲しいんだ」

「俺ですか？」恭平が自分の鼻を指さした。「俺なんか……何もできないですよ」

「いや、できる」

「だけど、高校生だし……」

「高校生だから、だ」私は声に力をこめた。「高校生は、十分大人なんだよ。だいたい、お父さんが行方不明になってからはずっと、君が家族を支えてきたんじゃないか？」

「何もしてない――できてないですよ」

「いるだけで十分なんだ」

我ながら説明になっていない。しかし恭平は、少しだけ落ち着きを取り戻したようだった。ゆっくり深呼吸して肩を上下させると、また水を一口飲む。

「お父さんがいなくなって、大変だっただろう？　でも、そういう経験は、こういうきつい状況でこそ生きてくるんだ」

「そうですかねえ」恭平は疑わしげだった。

「そうだよ。俺はたくさんのケースを見てきたけど、最初にきつければきついほど、その後を乗り越えるのが楽になる。だから、あまり悲観的に考えない方がいいよ」

気休めだと分かっていながら、そう言わざるを得なかった。恭平も佐奈も、これから長く苦労させられるだろう。父親が殺人犯――その事実は一生ついて回る。就職や結婚の時などに、そういう問題を持ち出して反対する人間はいくらでもいるのだ。特に佐奈……これからどれだけ多くの偏見や差別に直面するのだろう。本井は「被害者」なのだが、世間の人は「犯罪者」として記憶することになる。

「父さん、本当に人を殺したんですかね……」恭平がぽつりと言った。

「警察はそう判断している」

「信じられないんですよ。確かに父さんは、事件なんかの取材をしていたけど、取材することと、自分が事件を起こすことはまったく別でしょう？」

「ああ」

「取材とかで、問題を起こしたりすることもあるんですかね」

「ないとは言えないだろうね」私はうなずいた。「取材って言っても、話を聞かれて喜ぶ人ばかりじゃないから。特にお父さんのように、事件や事故の関係を取材していると、話したくない人に無理に話を聞かなければならないことも少なくないはずだ。恨《うら》みを買うこともあると思う」

「でもそれで、殺人事件になったりするんですか？」恭平はまだ疑わし気だった。

「お父さんは、行方不明になる直前、どんな仕事をしていたんだろう？」彼の質問には答えず、私は訊ねた。

「それは分かりません」恭平が首を横に振った。「どんな仕事をしているかは、家では全然話さなかったですから。記事や本になって、初めて知る感じでした」

「じゃあ、現在進行形の仕事に関しては、まったく知らなかったんだな」

「そうです」

本井は元々、出版社に勤務し、総合週刊誌の編集部で働いていた。三十歳を前に独立し、その後はフリーのライターとして、事件・事故を中心に、週刊誌などで記事を書いていた。著書も何冊かある。専門が専門だけに、警視庁にも顔見知りの人間が何人かいたようだ。そういう人間が殺人——しかも相手を毒殺したという事実は、衝撃を以《もっ》て受け止められた。

本井は決して、売れっ子というわけではなかった。元々、雑誌などでライターの仕事をしていても、それほど稼げるものではないだろう。取材では持ち出しも多いし、たとえ苦労した取材が一冊の本にまとまったとしても、売れる保証はないのだ。というより今は、基本的にノンフィクションのベストセラーなどほとんどない。

実際本井は、経済的には苦労していたようだ。妻の真奈とは学生結婚で、恭平が生まれたのは二十四歳の時。佐奈が生まれた直後には、身分も給料も安定した出版社での仕事を捨て、フリーになった。その後は、保険会社に勤める真奈と二人三脚で家を守りながら、仕事に集中してきた——幸せな人生だったかどうかは、私には分からない。いや、幸せなわけがないか。犯罪者となり、最後は飛行機事故で死亡。人生の最終盤は、想像もしていなかった暗い穴に落ちたような気分だったのではないだろうか。

そして、自力で這《は》い出せる穴と、這い出せない穴がある。

「村野さんは……父さんのことを調べていたんですか」

「いや、担当が違うから。まったくタッチしていない」

「そうですか……」

「お父さんとは上手くいっていたのか？」

「どうですかね」恭平が寂しそうな笑みを浮かべた。「いつも家にいなかったし、あまり話もしなかったので……普通の家じゃないと思います」

私はうなずいた。「普通の家」の定義などないのだが、一般のサラリーマン家庭と違っていたのは間違いない。

「あまり話もしなかったし……何でこんなことになっちゃったんですかね」

恭平の声が潤《うる》み、目が濡れた。私は無言で、彼が落ち着きを取り戻すのを待った。ほどなく、涙をこらえたまま、恭平が顔を上げる。

「やれますかね」

「やれるさ」

「自信、ないです」

「フォローするよ。それが俺たちの仕事なんだ。何か困ったことがあったら、いつでも連絡してくれ。こっちは二十四時間営業だから」

4

本井の通夜と葬儀は、厳戒態勢の中で行われた。予想した通り、葬儀場にマスコミが殺到したのである。家族は関係ないのに……暗い怒りを腹の底に抱えたまま、私たちは徹底した防御策を取った。富山入りしていた支援課のメンバーは総動員。NALの社員や葬儀場の職員にも協力を依頼し、マスコミをシャットアウトした。駐車場の出入り口で車は全てチェックし、マスコミ関係者だと分かると、丁寧にお引き取り願った。その際には、葬儀場の職員に矢面に立ってもらう。私たちやNALの職員がガード役になると、何かと問題が起きるからだ。しかし、葬儀場の管理者が「お断りします」と言えば、マスコミとて強引には出られなくなる。

後でテレビのニュースをチェックすると、葬儀場を外から写した映像は使われたものの、家族は写っていなかった。まず、ガードは成功だったといっていい。

しかし、葬儀が終わっても私たちの仕事が終わるわけではない。昼過ぎに火葬が終わると、真奈たちはその足で東京へ戻ることになった。普通なら新幹線なのだが、敢えて車を使う。新幹線のホームも車両もオープンスペースのようなもので、マスコミの連中を遠ざけておくのは難しい。特に新幹線の中では、トラブルも容易に想像できる。時間は二倍近くかかるが、車の方が安全だ。

運転手役を命じられた長住も、さすがに今回は文句は言わなかった。護衛として優里も同乗し、先発する。私と梓は、新幹線で先回りして東京へ戻ることにした。

「ここまで警戒する意味、あるんですか？」新幹線が動き出した瞬間、梓が疑問を口にする。

「あるさ」私は答えた。「マスコミの連中は粘り強い。何とか家族から話を聞こうとするだろう。そういうしつこさを甘くみちゃいけないぜ」

「そうですか……本当は、親戚の家かどこかに籠《こも》っていてもらう方がいいですよね」

「それは難しいみたいなんだ」

残念なことに、本井の一家は親戚づきあいがほとんどなかった。それぞれの実家は秋田と長崎で、一時避難するには遠過ぎる。それに二人とも、実家とは折り合いがよくなかった。学生結婚は、駆け落ち同然だったようで、以来、子どもが生まれても、それぞれの実家に帰ることはほとんどなかったという。そして、本井が容疑を掛けられた殺人事件——それぞれの実家はこの一件でさらに頑なになり、特に真奈の実家は

「これで完全に絶縁する」と宣言してきたという。さすがに葬儀には顔を出したものの、私も異様な緊迫感は感じ取っていた。その後恭平から事情を聞いて、私は実家を頼ることは諦《あきら》めた。実家と折り合いが悪いということは、親戚とも上手くいっていない──つまり、近親者にはまったく頼れないわけだ。

「家には近づかない方がいいかもしれない」

「だったらホテル、ですかね」

「そうしたいけど、まだ奥さんと話ができていないんだよな」

「そういう雰囲気じゃないですよね……嫌な予感がします」

「実は俺もなんだ」

私はシートを少しだけリクライニングさせた。上手い手がない……真奈と話ができない以上──まだショック状態からまったく抜け出せていない──恭平に相談するしかないが、金の問題に関しては、高校生では判断するのが難しい。

「とにかく、臨機応変に行くしかないな」

「それがうちの仕事ですからね」

梓が応じたが、どうにも釈然としていない様子だった。不安を感じている──それが私にもじわじわと伝わってきた。

悪い予感は、東京へ戻った途端に現実になった。一家のマンションの前で、報道陣が張っていたのである。それに気づいた私たちは、少し離れた場所で様子を観察した。テレビが三社……新聞の連中もいるようだ。

「家族は関係ないですよね」梓が嫌そうに言った。「話を聞いても、何も分からないのに」

「連中はそうは考えないだろう。それに、一言でもコメントが取れれば、記事が一本書けるんだから」

「……どうします？」

「取り敢えず、松木に連絡しておこう。ここへ来ないですぐに宿を探すか、あるいは警視庁の施設に一時避難してもらう」私はスマートフォンを取り出した。

「どこまで来た？」前置き抜きで切り出す。

「もうすぐ練馬《ねりま》インターチェンジ」

「早いな。ずいぶん飛ばしたんじゃないか？」普通なら、富山から東京まで五時間はかかる。ただ、長住たちの方が出発が早かったし、私たちが新幹線に乗るまでには多少のタイムラグがあった。

「あと三十分ぐらいで着くわ」

「そうだな……自宅前でマスコミの連中が張ってる」

「早いわね。まったく、あの連中は……」

優里が眉をひそめる様が容易に想像できた。彼女は露骨に怒りを吐き散らすタイプではないが、この状況には苛ついているだろう。

「取り敢えず、ホテルへ入るように説得してくれないか？　今日は家に戻らない方がいいと思う」

「分かった。調整してからすぐ連絡するわ」

電話を切ったものの、すぐには返信はなかった。優里は何をやるにも手早いタイプだが、話し合いが長引いているのは間違いない。真奈が拒否して、優里が説得して――そうなったら、真奈の希望が通る。最終的に判断するのは家族なのだ。

十分後に電話がかかってきた。優里が一言、「無理」と告げる。辛《つら》そうな口調だった。

「自宅を希望、だね？」

「ええ」

「分かった」無理強いはできない。「覚悟を決めて強行突破しよう。近くまで来たら、もう一度連絡してくれ。何か穴がないか、探してみる」

「了解」

私と梓は、マンションの偵察を始めたが、「穴」はなさそうだ……建物は広い通りに面しており、そこ以外に中に入れる場所はない。反対側は他のマンションとくっついており、裏側から敷地内へは入れない。結局、玄関ホール前に強引に車を停めるしかないようだ。

「応援、頼んだ方がいいんじゃないですか？」梓が腕時計を見ながら言った。

「今から間に合うかな」

所轄の目黒中央署は、ここから歩いて行ける距離にある。パトカーなら三分で到着するだろう。若い制服警官の存在は頼もしいが、連中がぞろぞろやって来ると、逆に本井の家族が帰って来ることを報道陣に知らせてしまう。

「やめておこう」私は結論を出した。「いきなりの方が、連中も対応できないはずだ。とにかく強行突破だ。警察官が四人いるんだから、何とかなるさ」

ただし、マンションの管理人には協力してもらわないといけない。以前にここを訪ねた時、挨拶はしておいたから、事情は分かってくれるだろう。初老の、いかにも人がよさそうな感じの人……このマンションを管理する立場だから、マスコミの連中を追い払う時に頼りになるかもしれない。管理室の電話番号は把握していたので、すぐに電話を入れて事情を説明した。管理人は迷惑がるというより、恐怖を感じているようだったが――報道陣が集まっているのは管理室からも見えているはずだ――それでもできる限りの協力はする、と約束してくれた。

一応の準備が整ったタイミングで、優里から連絡が入る。

「あと五分ぐらいで着くわ」

「マンションの正面に車を停めてくれ」

「報道陣の真ん中に突っこむわけ？」優里は疑わし気だった。

「長住に任せるよ。上手くやってくれ」

優里が何も言わずに電話を切った。私は梓を見やり、「戦闘開始だ」と宣言した。梓が緊張した面持ちでうなずく。「戦闘」になったら、小柄な彼女はあまり役にたちそうにないのだが。

私たちは、マンションの正面近くまでゆっくりと移動した。慎重に報道陣の輪の中に割って入る。文句は言われなかった。自分たちが歩道を占拠して、通行の妨害をしている後ろめたさはあるのだろう。

覆面パトカーが見えてきた。警察車両だとすぐに分かったようで、報道陣がざわめく。長住は、スピードをまったく緩めずに突っこんできた――おいおい、全員轢《ひ》き殺すつもりか？　しかし、車の勢いに報道陣がたじろぎ、輪が乱れたところで長住はスピードを落とし、人の隙間に上手く入りこんで車を停めた。私と梓はすぐに駆け寄り、後部左側のドアの前に立つ。すぐに報道陣が寄って来て、背後から圧力がかかった。助手席に座っていた優里が、乱暴にドアを押し開ける。ドアに腰を直撃されたカメラマンが、「おい！」と乱暴な声を上げたが、優里はいつも通り涼しい表情だ。長住も運転席から飛び出し、報道陣の中に割って入る。それで塊が崩れた。私はその隙を狙って後部座席のドアを開け、左端に座っていた恭平にうなずきかけた。蒼白い顔を引き攣《ひつ》らせていた恭平が、辛うじてうなずき返す。頭を低くし、骨壺を抱えたまま外へ出た。長住がいつの間にか背後に回りこんでいて、「はい、どいて下さい」と声をかける。荒っぽい調子ではなく、道路工事現場で車の誘導をするような感じだった。

真ん中に乗っていた佐奈、一番右端の真奈が続いて降りて来る。佐奈は恐怖で顔を引き攣らせ、すぐにうつむいてしまった。しかし真奈は顔を上げ、真っ直ぐ正面を見据えている。私と梓が両手を広げて細い通路を作る中、三人は足早にマンションのホールに入った。報道陣から声がかかるが、完全無視。「何も話さないように」と優里がアドバイスしていたのだろう。

ホールに入って、ようやく一息つく。さすがに、ここまで入りこんで来るような図々しい人間はいないようだ。私は、立ち会ってくれた管理人に目配せし、「終了」の合図を送ると、三人を追って部屋に急いだ。

真奈ではなく恭平が鍵を取り出してドアを開ける。「一家の大黒柱」の役割を早くも果たしてくれているようだ、と一安心する。

全員で部屋の中に入る。最後に入った私は、しっかり施錠を確認した。ここまで入りこんで来る人間がいるとは思えないが、念のためだ。

誰も一言も発しない。話しにくい雰囲気……しかし、誰かが何か言わなければ、いつまで経ってもこの状況は変わらない。私は、リビングルームの真ん中で呆然と立ち尽くしている真奈に声をかけた。

「我々はこれで、いったん引きあげます。サポートが必要なら残りますが……」

「大丈夫です」意外にしっかりした声で、真奈が答える。

「食事は大丈夫ですか？」既に午後七時を回っている。

「何とかします。いつまでもご迷惑をかけるわけにはいかないので……」

私は優里と目配せし合った。「大丈夫」と本人たちが言っているなら、適当なところで手を引くしかない。サポートするのは、相手が望んだ時だけだ。

「では、何かあったらいつでも連絡して下さい。我々は二十四時間待機していますから。それと明日、東京都の支援センターの人間が面会に来ます」

「何ですか、それは」真奈が不審気な眼差しを私に向けた。

「我々と同じような仕事をしているんですが、警察ではなく民間の組織です。今後、長期的にフォローが必要になることがありますので、そのための相談です」

「必要ないです」真奈は強硬だった。意地になっているだけだとは分かったが、このタイミングで支援センターに入ってもらう必要はある。後から困って泣きつきたくなった時にも、顔見知りがいた方がいいのだ。

私たちと支援センターは被害者支援の両輪であり、警察が初期段階を、その後のフォローを支援センターが受け持つ。そのため、常に連携が必要なのだ。今回は、東京に居残った芦田が、調整を終えているはずである。この事故の後始末は長引きそうだから、相当入念な打ち合わせをしただろう。しかし真奈の態度を見ると、いつも通りの手順で進めることもできない。明日の様子を見て、今後の対応を決めるべきだ。

「では、一度失礼します。明日、支援センターの人が来る時には、我々も同席しますから」

真奈は無言だった。自分たちの私生活に、見知らぬ人間がどんどん入って来る——プライバシーが侵《おか》されている、と感じるのが普通だろう。「放っておいて下さい」と叫びたくなっても不思議ではない。だが何とか耐えている……これから数日が山場だろう、と私は考えた。何もなく、この数日を乗り切ることができれば、この家族には立ち直るチャンスが生まれる。

富山での支援課の仕事は一段落していた。まだ現場に残っている課員もいるが、数日内には完全撤収する、と本橋は明言していた。実際彼自身も、私たちの後を追うように東京へ戻って来ていたのだ。

今日はそのまま解散になるかと思ったのだが、本井家を辞した後、本橋から電話が入った。

「ちょっと食事でもしませんか？」

「構いませんけど……」このメンバー全員で行ったら、食事というより宴会になってしまう。「全員ですか？」

「いや、あなただけ」

「何かヘマでもしましたか？」個人的に叱責しようとでも考えているのだろうか。

「違いますよ」本橋が声を上げて笑った。「ちょっとした区切り……打ち上げというわけではありませんが」

「構いませんが――どこにしますか」

「あそこはどうですか？『西洋亭』では」

「ああ、いいですよ」

有楽町にある洋食屋だ。古めかしい――それこそ明治時代からありそうな名前だが、実際には数年前にオープンした新しい店で、支援課では打ち上げなどでよく使っていた。酒は豊富に揃っているし、あまり混まないので、長居しても問題はない。ただ、いつもあまりにも客が少ないので、「そのうち潰れるのではないか」と私たちは心配している。雰囲気がよく、料理の味も上々で、課員の評判がいい店なのだが。

優里たちに、本橋と食事をすると告げる。

「あなただけ？」優里が怪訝そうに訊ねる。

「ああ……でも、その方がいいだろう？　せっかく東京に戻って来てお役御免になったんだから、今日ぐらいは早く家に帰ってやれよ。子どもたちにも会いたいだろう？」

「まあね」素っ気なく言いながら、優里の表情は綻んでいた。

梓と長住も、明らかにほっとしていた。今回の出張はきつかった……大きなトラブルはなかったものの、神経をすり減らす仕事だったのは間違いない。せめて今夜ぐらいは、誰にも気を遣わずにゆっくり過ごしたいというのが本音だろう。だったら私は、どうして課長と会わねばならない？


店に着くと、本橋は既に席について、赤ワインを呑んでいた。それほど積極的に酒を呑むタイプではないので、今日は珍しい……さすがに神経が高ぶっているのだろう。酒で少し気持ちを落ち着けたいのでは、と想像した。

私はビールにした。すかさず本橋が「酒は一杯だけにしておきましょう」と提案する。

「呑みたかったんじゃないんですか？　仕事は一区切りなんでしょう？」

「これはあくまで、食欲増進剤です」本橋がグラスを持ち上げ、大きくぐるりと回す。「東京へ戻るとなったら、何故かここの料理が食べたくなりましてね」

「ああ……何となく分かります」私たちの出張は、「非日常」である。何か重大な事件が起きたから、急遽現場に出る——そのため、食事に気を遣っている余裕などない。食事は、取り敢えずのエネルギー補給のために、そそくさとかきこむものだ。今回も、せっかく富山に行ったのだから美味い魚を食べるべきだったと思うのだが、それに気づいたのは東京へ帰ってからだった。

本橋はビーフシチューを、私はハンバーグのセットを頼んだ。この店はデミグラスソースがしっかりしているので、こういう料理を頼めばまず間違いはない。ただし、フライ物はイマイチだ。

軽く呑んだビールは、確かに食欲増進剤になった。こってりとした味つけのハンバーグを、するすると食べてしまう。つけ合わせのジャガイモやコーンも上々の味わいだった。つけ合わせに手を抜かないという点でも、この店は信用できる。

食事を終えると、本橋が「本井さん一家はどうですか」と切り出した。

「今のところは何とか持ちこたえています。長男の恭平君に、家族をしっかり支えるようにアドバイスしました」

「大丈夫ですか？」

「非常時に成長することもあると思います」優里の言葉を借りて私は言った――そうあって欲しかった。

本橋は、本井一家の今後を懸念しているようだった。マスコミの攻勢、近所の視線……しばらく避難が必要だ、というのが彼の意見だった。

「ホテルに泊まるように勧めたんですが、断られました」

「意地になっているだけかもしれませんが、あまりきつく言わない方がいいでしょうね」本橋が一歩引く。

「ええ。困ったら手を貸す――そういう方針でいきます」

「いつも通りに」

私は無言でうなずいた。ライスを少し残してしまった……グラスの底に残ったビールを呑み干し、食事終了の合図とする。これで店を出ることになるだろうと思ったが、本橋は「コーヒーを飲みませんか」と誘って来た。断る理由もないが、今夜の本橋は普段と違って妙に粘る。本来、もっとさらりとした人なのだ。

食器が下げられ、コーヒーが運ばれてくると、本橋はさっと周囲を見回した。テーブルの上を紙ナプキンで素早く拭《ぬぐ》うと、両肘《りょうひじ》をついて身を乗り出す。

「実は、捜査一課の後輩が耳打ちしてくれたんですが」

「はい」私は思わず身構えた。本橋も捜査一課OB——支援課へ課長で来る前は捜査一課にいたのだから、向こうの事情にもまだ通じている。

「今回の特捜のやり方に、疑義を呈《てい》している人間がいるそうです」

「それは……本井事件の特捜ということですか？」

本橋が無言でうなずき、背中を椅子に押しつける。急に広く開いた二人の間の空間を、冷たい風が吹き抜けるようだった。

「まさか、犯人説に疑念が出ているとか？」

本橋がまた何も言わずにうなずいた。おいおい、本気か……殺人などの重大事件が起きて特捜本部ができると、本部の捜査一課からは待機中の係が投入される。基本的には、事件が解決するまで一つの係が面倒を見る決まりで、他の係は応援以外では手を出すことはない。口も挟まない——というのは建前で、同僚の捜査に対する批判ややっかみが渦巻いているのは、捜査一課に在籍したことがある人間なら誰でも知っていることだ。

「捜査がちょっと強引だった、という批判があるそうです」

「しかし、逮捕状は取れたんですから」言いながら私は、陽子の説明に自分も突っこんだことを思い出した。世間的な注目も高かったから、解決を急いで無理な捜査をした可能性は否定できない。

「本井と被害者の接点が薄い……動機面が今一つ分からないんです。それに、本井の情報をタレこんだ人間の正体も、未だに不明ですしね」

「そうなんですか？」重大な事件の情報提供者に対して、警察は慎重に接する。基本的には、直接会うように努力するものだ。悪意を持って警察を騙《だま》そうとする人間もいるわけで、まずは直接会っての人物評定が優先になる。

「今回は、一刻も早く事態を動かしたかったんでしょうね。決まりを飛ばして、情報提供者には会っていません。まあ、向こうから何度も連絡があって、情報は一々正確でしたから、問題ないという判断だったんでしょう」

「とはいえ、直接捜査をしていない人間から見れば、邪道ですよね」

「そういうことです。担当していない人間のいちゃもんとも言えますが、ちょっと気になるんですよね」

「分かります。毒殺の場合、『動機なき殺人』はあり得ません。でも、本人が亡くなってしまっているんだから、どうしようもないじゃないですか。それに、本井の動機を調べるのは、我々の仕事ではないですよ」

「それは承知の上ですが……心配なんです。何しろ本井さんの一家は、容疑者の家族から被害者の家族へと立場が一気に変わった。マスコミの連中が引っ掻き回したがるのは分かるでしょう？　特に雑誌系は要注意です」

言ってしまってから、本当にそうなのかと疑問に思った。本井が「主戦場」にしていた雑誌は、事件報道に強いので有名だが、果たして自分のところで使っていたライターの家族を悪く書くだろうか。惻隠の情で、触れないような気もするが……もちろん、他の雑誌は喜んで報じるはずだ。被害者家族には同情が集まって然るべきだが、この家族に関しては「面白い」と書きたくなるのも分からないではない。

問題は、私たちがマスコミの取材攻勢から本井家を守る手立てがないことだ。さすがに報道を抑えることはできないし、そんなことはすべきでもない。

ここで手詰まりにならないといいのだが、と私も心配になってきた。

5

翌朝、私は午前七時半に真奈たちのマンションの前に到着した。途端に、「まずい」と舌打ちしてしまう。昨夜、報道陣は一度解散したはずなのに——所轄にも警戒してもらっていた——今朝はまたテレビカメラが二台、スチルのカメラマンも三人集まっている。冗談じゃない、家族を犯罪者扱いする気かと、頭に血が昇った。かといって、強く出るのはまずい……管理人に相談するしかないだろう。スマートフォンを取り出そうと思った瞬間、目の前で一台の車が停まった。愛。助手席の窓が開き、愛が「何で怒ってるの？」と不思議そうな視線を向ける。

私は何も言わず、助手席に乗りこんだ。私とデート中に一緒に事故に遭い、下半身の自由を失った愛だが、今は改造車を使って、どこへ行くにも自分で運転していく。下半身が不自由になってからの方が行動的になったようだった。

「見てくれよ。マスコミの連中が張ってる」

「あらあら」ハンドルを抱えこんだまま、愛が呆れたように言った。「轢き殺す？」

「冗談はやめてくれ」私はスマートフォンを取り出し、恭平の電話を呼び出した。

「はい」私から彼に電話をかけるのは初めて……恭平は怪訝そうだった。

「支援課の村野です。おはよう」

「あ、おはようございます」急に気の抜けたような声に変わる。

「昨夜は休めたか？」

「いや、全然」

「だったら今日は、学校は休んだ方がいいな。だいたい一週間ぐらいは忌引きできるんじゃないか？」

「たぶんそうですけど、何かあったんですか？」

「マスコミの連中が、マンションの前で張っている」

「マジですか……」恭平が溜息をついた。

「だから取り敢えず、外には出ない方がいい」

「……分かりました」

「俺たちは、しばらくしてから中に入る。何人か一緒だから少し騒がしくなるけど、許してくれ」

「許すって……拒否権もないでしょう」

まだ、自分たちが完全な「味方」だとは思われていないようだ。人間不信というわけではなく、誰を、そして何を頼ったらいいか分からない状態なのだろう。本当の闘いはこれから始まるのだが。

電話を切ると、愛が即座に「詳しい話は松木から聞いてるから」と言った。私と愛、そして優里は大学時代の同級生でもあり、三人の間の情報の流れは常にスムーズだ。

「まだ、まったく落ち着いていないと思う」

「奥さんはショック、息子さんは呆然、娘さんは判断停止、みたいな状態かしら」

「ああ、そんな感じだ」

「ゆっくり時間をかけるしかないわね。でも、私たちがきちんと引き継ぐから、心配しないで」

「分かってる」

「今回、大変だった？」

「そうだな……」私はゆっくりと顔を擦った。「これだけ大規模な現場は初めてだったから。結局、ばたばたしているうちに時間が経ってしまった感じだ。大きなトラブルがなかったのは幸いだったけどね」

「この件だけが、トラブルみたいなものね。それにしても、マスコミの連中のデリカシーのなさには驚くわ」

「不思議なんだけど」私は前方で固まっている報道陣に視線をやった。「ああいうのは、仕事として楽しいのかな。遺族に話を聞くような仕事が楽しいとは思えない。意味もないだろう」

「でも、そういう話を読みたがる人がいるのも事実なのよね」愛が淡々と言った。「人の不幸を見て、自分よりも不幸な人がいることを再確認したいのか、そもそも不幸な話が好きなのか……人間の本性みたいなものかもしれないわよ。それに私たちだって、辛くても被害者と向き合うでしょう」

「俺たちの場合は、意義があるから」

「個人の感情を無視すべきほどの、ね……あ、応援が来たわ」

愛がバックミラーを覗いた。車が一台近づいてきて、愛の車のすぐ後ろに停まる。外へ出て確認すると、私も顔見知りの支援センターの職員が二人、車から出て来た。

軽く挨拶してから、愛が車を降りて車椅子に乗るのを手助けする。一時は、リハビリで松葉杖で歩けるようになるかもしれないと期待を寄せていたのだが、今でも車椅子が手放せない。もっとも、それで苦痛を感じているのは彼女ではなく私だ。事故から守りきれなかった後悔……愛の方では、さほど苦にしている様子もない。一切表に出していないだけかもしれないが。

私が愛の車椅子を押した。普段、愛は自分で車椅子を動かすのだが、「同情を引きましょう」という彼女の一言で、今回はこういう作戦になった。車椅子の人間がいれば、まともな神経の持ち主なら黙って道を開ける。今回も愛の読みは当たった。私は、昨夜もここにいたカメラマンの顔を見つけたのだが、向こうではこちらに気づく様子もない。結局、何の悶着もないまま、無事にマンションに入ることができた。

管理人室に顔を出して挨拶する。人の良さそうな管理人は、半紙に筆を走らせていた。墨痕《ぼっこん》鮮やかな達筆。「マスコミの皆様へ」とまで書かれたのが見える。

「警告文ですか？」

「理事会の方で、昨夜急遽決まりまして」管理人が渋い表情を浮かべる。「あんなところで張り込みされたら、出入りするにも迷惑です。この張り紙をして、後で理事長が報道陣にお願いするそうです」

「その際には、各社から名刺を貰った方がいいですよ。忠告しても解散しなければ、会社に直接電話を突っこんで抗議すればいい」

「分かりました。理事長に言っておきます」

本井家に向かう廊下を、梓は自分で車椅子を動かして行った。途中で振り返り、私に向かって「メディアスクラム」とぽつりと一言漏らす。

「残念ながら、俺たちは口出しできない」上層部も弱気なのだ。マスコミとのトラブルはご法度、とはっきり釘を刺されている。明白な違法行為でもあればともかく、そうでなければ摩擦は起こすな、と。しかし、被害者家族を守るためだったら、警告ぐらいは許されるのではないか。

「警察も、マスコミには弱いものね」

「そういうわけじゃないけど……」

一家とは顔見知りの私がインタフォンを鳴らし、ドアが開くのを待つ。開けてくれたのは、恭平だった。顔色はよくない。髪はぼさぼさで、トレーナー一枚という軽装だった。制服を着ていないということは、やはり登校は諦めたのか。

「ちゃんと食べてるか？」私は小声で訊ねた。

「いや、適当に……」

「昼には何か用意するよ。お母さん、まだ食事の用意ができるような状態じゃないだろう」

「無理ですね」

「ちゃんと食べないと、君たちが参ってしまう。その辺は、こっちに任せてくれないかな」

「はい……すみません」恭平がぴょこりと頭を下げる。顔を上げた瞬間、その視線が愛に向いた。車椅子に違和感を覚えたのだろう。私は愛を手始めに、支援センターの面々を紹介した。

「昨日も言ったけど、今後は支援センターが君たちをフォローする。警察が手を引くわけじゃないけど、いつまでも俺たちに周りをうろつかれたら、かえって迷惑だろう」

恭平が曖昧な笑みを浮かべた。まだジョークに反応するほどの余裕がないようだ。

私は一礼して、「中へ入るよ」と告げた。恭平がすっと身を引き、私は彼の代わりにドアを押さえた。愛はここで車椅子を降り――靴を脱ぐ感覚に近いのだと言う――そこからは松葉杖を使って玄関に入った。

部屋へ入ると、愛が主導して話を進める。彼女は支援センターの正規の職員ではなくボランティア――本職はIT系の制作会社の社長だ――なのだが、場慣れしているので、こういう場ではリーダーシップを取ることが多い。他の職員たちもそれに慣れたもので、彼女に任せていた。適材適所。

私の方からは、しばらく言うことはない。愛が、今後支援センターとしてどういうフォローをするかを説明している間、私は室内をざっと観察した。骨壺はダイニングテーブルに置かれたまま。ひどく違和感のある光景だが、仏壇があるわけでもなく、他に置く場所がないのだろう。狭いマンションに家族四人——今は三人——で暮らしているので、仕方ないのかもしれない。

そう言えば、佐奈がいない。説明が一段落したところで、私は恭平に訊ねた。真奈とはまだ、まともに話ができそうにない。

「妹さんは？」

「寝てます」

「自分の部屋で？」

「昨夜はほとんど眠れなかったみたいなんです」

「一応、中学校に電話を入れておいた方がいいね」

もう、学校の始業時間はとうに過ぎているのだが……恭平が慌ててスマートフォンを取り上げた。

真奈はダイニングテーブルについたまま、じっとうつむいている。精神的なダメージは相当大きい。家族で一番心配なのが彼女だ。夫が犯罪者と断定された上に事故で死亡。それだけでも「裏切られた」想いで絶望しているうえに、今後の心配もある。

実家などからの援助も得られないまま、これからどうやって子どもたちを支えていくのか考え、答えが出ぬまま思考が袋小路に入ってしまっているのだろう。

　恭平が佐奈の学校への電話を終えたところで、私は説明した。

「今朝もマスコミの連中が家の前で張っています」

　真奈がゆっくりと顔を上げる。暗い表情。世の中の全てにうんざりしたような顔つきだった。

「できれば、一時的にホテルかどこかへ避難した方がいいと思います。連中が近くにいなければ、少しは身が休まるでしょう」

「そんなお金はありません」真奈が消え入りそうな声で言った。

「安いホテルを紹介できますよ」

「ここにいます」意外にはっきりした口調。「この家にいます。ここが私たちの家ですから」

「分かりました」本人の希望が最優先だ。「マスコミの連中に対しては、できるだけ上手く対処します。マンションの理事会の方でも、きちんと説明するそうです」

「そんな迷惑、かけられません！」急に真奈が声を荒らげた。「そんなことするぐらいなら、私が直接話します」

「でも、話すことは何もないでしょう」

「私が頭を下げるのを見たいだけなんでしょう？　主人が馬鹿なことをしてすみませんって言って、ちょっと泣いて見せれば、それで引っこむでしょう！」

　真奈が立ち上がる。前に座っていた愛が、素早く両手を広げた。小柄な彼女が座ったままそうしても、何の妨害にもならないのだが、真奈は目の前に壁が立ちはだかったかのようにぴたりと動きを止めた。すぐに、へなへなと椅子にへたりこんでしまう。

「そういう無理はしなくていいです」愛が低い声で言った。「あなたには、そんなことをする義務はないんですよ」

　真奈は一言も発しなかった。先ほどの怒りはほんの一瞬のようで、体から一気に力が抜けたようだった。恭平はどうしていいか分からない様子で、ぼうっと突っ立っている。まだ、一家の大黒柱としての自覚がはっきりした訳ではないだろう。

　この家族の再生には、やはり長い時間がかかりそうだ。

「マスコミ関係は、取り敢えずこちらに任《まか》せて下さい」

　愛が宣言して、この件はこれでお終い。その後はさらに、事務的な説明が続いた。全て終わったのは一時間ほど後。文章で残しておけることもあるが、そうでないことは……恭平がメモも取っていないのが気になった。全て頭に入るはずもなく、できればきっちりメモに残して欲しかったのだが。

「私、少し残ります」愛が唐突に宣言し、私に目配せした。もう少しゆっくり、かしこまった形ではなく家族と話してみたいと思ったのだろう。

ここは彼女に任せることにした。愛自身も事故の被害者であり、その前後で人生が大きく変化するのを経験している。それ故、被害者家族の気持ちを自分のものとして考えることができるのだ。恐らく彼女は、真奈たちが「吐き出しきっていない」と判断したのだろう。それは確かに……初めて会った時以来、真奈が怒りや悲しみを激しく爆発させる場面は一度も見ていない。先ほどの一件が初めてと言ってよかった。日本人は、悲しみや苦しみをただひたすらうつむいて耐え、乗り切ろうとするものだが、時には感情を爆発させた方がいい。吐き出すことで、気持ちに整理がつく時もあるのだ。

結局、愛とセンターの職員を一人残して、私も引き上げることにした。一家三人のことが気にはなったが、いつまでも引きずり続けるわけにはいかない。支援課は常に、「次の事件」に備えねばならないのだ。

6

その日の夕方、愛から電話がかかってきた。

「特に異常はなかったわ」

「何をもって異常なしというのかね」

「それは分からないけど、パニックにもならなかったし、何とか話もできたから」

「奥さんの様子は？」

「結局、まだ気持ちが整理できていないのよ。普通、ご主人が殺人犯だと断定されて指名手配されたら、それだけで人生が崩壊したみたいに感じるでしょう？　それに加えて今回の事故だから……これで平気な人がいたら、逆にまともな精神状態じゃないわね」

「確かに」

「午後から長池《ながいけ》先生も来てくれたから。今後は先生と協力して、カウンセリングを進めていくわ」

長池玲子《れいこ》は、支援センターで働くベテランの臨床心理士である。もしも私が再び被害者になるようなことがあったら、ぜひ相談に乗って欲しいタイプだ。

「長池先生が来れば、ひとまず安心だな」

「そうね……取り敢えず、あなたの方はしばらく手を引いていても大丈夫じゃない？」

「マスコミの連中は？」

「理事会の人たちが追い払ったわ。一応、マンションの周りを見てみたけど、それらしい連中はいなかった」

「よかった」私は安堵の息を吐いた。これで取り敢えず、外出には問題がなくなるだろう。家をずっと囲まれていたら、生活にも困ってしまう。

「ただね……」愛の口調が急に暗くなる。

「何か問題でも？」

「その後で、マンションの理事会の人たちが家を訪ねて来たの。ご家族に応対させるわけにはいかないから、私が話をしたんだけど……もちろん、はっきりとは言わないんだけど、迷惑がっていたわ」

「冗談じゃない」愛に抗議しても意味はないと分かっていたが、私はつい言ってしまった。「事件も事故も、ご家族には何の責任もない。不可抗力だ」

「そうなんだけど、事件が起きた時から、マンションの住民の間にはずいぶん不安が広がっていたみたいよ。犯罪者が住んでいるのも嫌でしょうけど、部屋で毒物が発見されているんだから、不安になるのも理解できるわ。それに加えて今回の事故でしょう？　一言《ひとこと》言いたくなる気持ちも、理解できないじゃないわ」

「ある意味、マンションの住民も被害者みたいなものか」

「一つ犯罪が起きると、波みたいに影響が広がるのよね」

彼女の言い分は、私にはよく理解できた。人は社会の中で――他人とのつながりの中で生きている。どんなに小さな事件でも、関係者の周囲に渦は起きるのだ。大きい、小さいの差はあるものの、必ず。

「取り敢えず、お疲れ。丸一日、大変だったね」私は愛にねぎらいの言葉をかけた。

「慣れてるわよ」愛は平然とした口調で言った。

「明日以降は？」

「私は明日も顔を出すわ。まず、ご家族と信頼関係を築かないと」

「二日も続けて会社を休んで、大丈夫なのか？」

「うちの社員は優秀だから、私がいなくても仕事は普通に回るわよ。判子を押す仕事はあるけど、そんなのは、これから会社に行ってやればいいから」

「無理するなよ」事故から何年も経っているが、彼女の体調は決して万全ではないのだ。

「大丈夫。自分の体調は、自分が一番よく分かってるわ」

「それは、病人がよく言う台詞だぜ」

「私は病人じゃなくて怪我人よ」

それが、彼女の定番の台詞だった。どうも愛の中では、病気よりも怪我の方が「軽い」感覚らしい。

私は久々に、定時に上がることにした。重い疲れが体の隅々に残っている。今日ぐらいはゆっくり休んで、明日に備えるか……それぐらいは許される、と私は自分を納得させた。今晩は家のことを済ませて、ビールを呑みながらワールドシリーズをゆっくり観直そう。

普段の生活が戻ってきた。本来、支援課の仕事は、毎日追いまくられるような忙しさとは縁がない。何か事件が起きた時に現場に出ることはあるが、出動を要請される大きな事件など、実際にはあまりないのだ。

ＮＡＬ１１２便の事故から十日が経過した。私は毎日、事故関係の続報に注意していたが、事故原因についても、被害者の動きについても、注目すべき続報は掲載されなかった。二十人が亡くなった時にはどうなるものかと思ったが、どうやら事故処理は無事に収束に向かっているようだ。

しかしその日の朝、私はまた事故に引き戻された。出勤途中、中目黒《なかめぐろ》駅へ向かう最中に、恭平から電話がかかってきたのである。

「朝からすみません」

「いや、大丈夫だ」

私は立ち止まった。山手通りで、駅まであと十メートルというところ。歩道は通勤客でごった返しており、私がいるだけで邪魔になっている。少し歩き、線路脇の細い道に入りこんだ。まだ開店していないスーパーの前に立ち、彼の声に意識を集中させる。

「どうかしたのかな？」

「妹なんですけど……学校に行かないって言ってるんですよ」

「君は？」

「一応、昨日から行ってます。本当は妹も昨日から行く予定だったんですけど、体調が悪いからって……それで今日も、行かないってごねてるんです」

「無理しなくてもいいんじゃないかな。その辺の事情は、話せば学校側も分かってくれると思う」

「はあ……でも、母親も……」

「何かあったのか？」私は思わずスマートフォンをきつく握り締めた。支援センターはしっかりフォローしていないのか？　後で愛に詳しく聞いてみないと。

「近所の人とちょっと……昨日、久しぶりに外へ出たんです。買い物へも行かなくちゃいけないので……それで、スーパーで会ったマンションの他の部屋の人と言い合いになったらしいんです」

「何か言われたのか？」

「いや、その……」恭平が躊躇した。「母親が勝手に勘違いしたみたいで。近所の人は、単に挨拶しただけなんですけど、母親は非難されたとでも思ったようで、食ってかかったそうなんです」

「君は、どうしてそれを知ってるんだ？」

「学校から帰って来て、母親と口論になった人から言われたんですよ。あの、怒られたわけじゃなくて、心配されたっていうか……驚いてました」

「その件、支援センターの人には話した？」

「いえ、何か、言いにくかったので……すみません、朝早くに」

愛は、あの一家と上手く信頼関係を築けなかったのだろうか。彼女が、こういうことに失敗するとは思えなかったが。

「今からちょっと出て来られるかな」

「え？」

「俺の家は中目黒なんだ。だから、十分ぐらいでそっちへ行ける。でも、君の家では話さない方がいいと思うから……ちょっと外でお茶でも飲まないか」

「分かりました」

恵比寿銀座の入り口にあるコーヒーショップ、と指定すると、恭平はすぐに分かってくれた。何となく、彼は朝食を食べていないような予感がする。私もまだだし、ついでに奢《おご》ろうと考えた。

恭平は一足先に店に着いていた。しかし中には入らず、外で背中を丸めて立っている。相変わらずオーバーサイズのブレザーを緩く着て、ズボンもずり落ちそうだ。普段と変わらぬ感じ——しかし、数日会わぬ間に、顔が少し痩せていた。ろくに食事もしていないのでは、と心配になる。

「飯にしようか」

「え?」恭平が、それでなくても大きな目をさらに大きく見開く。

「俺も食べてないんだ。君に朝イチで呼び出されたからね」

「すみません……」心底申し訳なさそうに恭平がうつむく。

「とにかく何か食べようよ」

私は恭平の肩を押して、店内に誘った。この時間でもほぼ満員……恵比寿は、ここに住む人もいれば、会社などに通勤してくる人も多い雑多な雰囲気の街だ。この時間目立つのは、スーツ姿のサラリーマンである。

私は野菜のサンドウィッチ、恭平はホットドッグのセットを頼んだ。私は強引に、他のものも食べるように恭平に勧めた。学校へ行くとしても、弁当も持っていけないだろう。せめて朝食ぐらいは、腹いっぱい食べさせないと……恭平は、遠慮しながらもハムと卵のサンドウィッチを追加した。

辛《かろ》うじて空いた席に座った。コートを脱ぐ余裕もない。あまり食べたそうな様子を見せなかった恭平は、しかし料理を前にすると旺盛な食欲を見せ始めた。ホットドッグなど、三口で食べ切ってしまう。

「もうちょっとゆっくり食べた方がいいよ」私はさすがに苦笑した。

「……すみません」慌ててホットドッグを呑みこんでから、恭平が頭を下げる。

私は時間をかけて自分の分のサンドウィッチを食べ、コーヒーを飲んだ。出勤が遅れることを連絡し忘れたな、と気づいたが、恭平がいる前では電話もかけられない。後で説明すればいいだろう。

恭平はあっという間にサンドウィッチを食べきってしまい、アイスコーヒーにミルクとガムシロップを加えて啜った。表情が少しだけ緩んでいる。

「妹さんの件だけど……普通に話はできるかな」

「それはちょっと……話しかけても、『ああ』とか『うん』とかしか言わないんです」

「今になってショックが来たんだと思う。専門家に話を聞いてもらった方がいいな。長池先生とも会っただろう？」

「はい」

「あの人は、こういうことの専門家なんだ。一度、じっくり話し合うのがいいと思う。支援センターの人たちも、最近は来てないんだろう？」

センターの支援活動にも限界はある。毎日のように新しい仕事も入ってくるので、四六時中一つの被害者家族にくっついているわけにはいかない。そんなことは、物理的に不可能だ。

「来てないですね」恭平が認めた。

「俺の方から、またきちんと話しておくよ……それで、君の方はどうなんだ？」

「どうって？」

「例えば、学校では？」

「ああ……」恭平が、耳が隠れるぐらいに伸びた髪を撫でつけた。「何か、居心地悪いですけど、それは今に始まったことじゃないんで」

「お父さんが……以前にあんなことになってから？」私は声を潜め、曖昧《あいまい》な言葉を選んだ。

「当たり前ですよね。別に何があったわけじゃないけど、友だちと距離が広がるっていうか……教室で馬鹿話もできなくなったし」

「避けられている感じ？」

「苛《いじ》めとかじゃないけど、要するに、関わり合いになりたくないんでしょう。まあ、変にちょっかい出されるよりも、無視されてる方が楽ですよ」

「ずいぶん開き直ってるんだな」高校生ぐらいだと、周りに無視されるのが一番辛いはずだが。

「元々、そんなに友だちもいないので……大したことはないですよ。部活もやってないし、LINEでやり取りする人もそんなにいないし」

「無理してないか？」

「いや、別に……そういう人間もいます」

恭平が笑みを浮かべる。どこか寂しげな笑顔だったが、彼が現状をしっかり受け止めているのは分かった。乗り越えてはいないが、現実の凄まじさに溺《おぼ》れてしまうこともない。意外に、彼のように飄々《ひょうひょう》とした人間の方が、こういう悲劇に溺れずに済むのかもしれない。私の経験から言って、真面目《まじめ》一辺倒の人間の方が、立ち直るのに時間がかかる。

「お母さんはどうだ？」

「相変わらずです。ほとんど何も喋らないし、外へも行かないし」

「じゃあ、食事なんかはどうしてるんだ？」

「俺が買い物に行って、何とかしてます」

「料理なんかするのか？」私は大袈裟に目を見開いて見せた。

「まさか」恭平が苦笑する。「インスタントばかりですよ。でも、スーパーって嫌ですよね。俺なんかがカートを押して買い物してると、変な目で見られるし」

高校生が、生活感溢れる買い物をしていると、確かに奇妙かもしれない。だが恭平も、一つ気づいていないことがある。周りの人は恭平を、「あの」本井の息子と見るのだ。都心部の住宅街では、近所づきあいがあまりないとはいえ、殺人者の息子となれば気づかれ、色眼鏡で見られることになる。人間関係が濃厚な田舎だと、露骨な差別を受けることもあるのだろうが、東京ではそこまでいかないものだ。しかし、無視するわけでもなく……「変な目で見られる」という恭平の感覚は正しいだろう。ちらちらと、横目で窺《うかが》うように見られる感覚は、楽しいものではない。

「気にしない方がいいよ」他に上手い慰めの言葉も思い浮かばず、私は言った。「人の噂も七十五日っていうのは本当だから。すぐに忘れられるさ」

実際には、ネット時代にはそういう具合にはいかない。「本井の家族」を特定しての誹謗中傷は行われていないようだが、何かのきっかけでそういう馬鹿な流れが始まってしまうこともある。そして一度ネットに噂が流れると、取り消すのは実質的に不可能だ。噂を一度信じてしまった人は、それを否定する情報が流れても無視する。信じたいことだけを信じる人は結構多いのだ。

「お母さんとも、きちんと話した方がいいな」

「まだちょっと無理だと思います」

「これからどうするかとか、話しているのか？」

「いや、全然」

「マンションの人たちは、何か言ってる？」

「いや……」短く否定して、恭平が目を逸《そ》らした。

「何か気になることでも？」

「郵便受けにメモが入ってたんです。今朝、気がついたんですけど」

「メモ？」

「出て行けって、それだけです」

私は、瞬時に頭に血が昇るのを感じた。マスコミによるメディアスクラムを鬱陶《うっとう》しく感じた住人がいるかもしれないし、それ以前から、指名手配犯の家族と同じマンションに住むのが耐えられないと苛ついていた住人がいるかもしれない。

「そのメモ、どうした？」

「捨てました。気持ち悪いし」

郵便受けに入れた人間を特定できるかもしれないのだが……特定できたところで、処理は難しい。警察が乗りこんで忠告すべき話でもないのだ。もっとひどい嫌がらせがあれば、事件として対応できるのだが。

「気にしない方がいい。あの家、持ち家なんだよな？」

「ああ……でも、ローンがずいぶん残ってるそうですけど」

「お母さんは、しばらく仕事には復帰できないだろうね」

「……たぶん」

実際、本井が指名手配されてから、真奈は職場で肩身の狭い思いをしてきて、結局辞めざるを得なかったのだ。恭平を産んでからずっと働いて馴染んでいた保険会社だったが、それとこれとは別問題ということだろう。同じ職場に復帰できるか、あるいは新しい仕事が見つかるかどうかは分からない。今後も仕事がなければ、ローンの残るあの家に住み続けられるかどうか……家族は経済的にも追いこまれている。こういう場合に、国が被害者を助ける「犯罪被害給付制度」もあるが、あれはあくまで「犯罪」による被害が前提であり、今回のような事故の場合はどうしようもない。となると、頼りになるのは保険とNALの賠償金だ。NALは「一時的な見舞金を出す」方針を明らかにしているが、それは微々たるものだろう。賠償金となると、受け取れるまでにはかなりの時間がかかる。それまで無事にしのげるかどうか。見舞金については、後で歌川にでも確認してみようと思った。

「とにかく今日、長池先生に連絡を取って、家に行ってもらうようにする。君はどうする？」

「誰か来るんだったら、家にいますよ。母親と妹だけじゃ、ちゃんと対応できるかどうか分からないし」

「申し訳ないな」自分が謝るところではないと思いながら、私はつい頭を下げてしまった。「フォローが甘かった」

「いや……」恭平が首を横に振ってうつむく。

この家族の立ち直りには長い時間がかかる。行く末を見守るのは私たちの義務ではあるが、その重みを考えると、支援活動に慣れているはずの私でもげっそりしてしまう。

その日の午後、支援課にいる時に、玲子から電話がかかってきた。

「どうかしましたか、長池先生?」嫌な予感がして、思わず身構えてしまう。

「あなた、今からここへ来られる?」

「本井さんの自宅ですね?」

「そう……あなたに話したいことがあるそうよ」

「誰がですか?」

「奥さん」

「どういう内容ですか?」私は眉根に皺が寄るのを感じた。玲子はいつも率直に、最初に結論を言う人なのだが、今日は少しだけ回りくどい感じがする。

「それは、あなたに直接言うからって……私には話そうとしないのよ」

「何ですかね」嫌な予感が走る。

「分からないけど、私は重要な問題だと思うわ」

「そうなんですか？」

「この一件のターニングポイントになりそうな問題」

「どうしてそうだと分かるんですか？」

「経験から。相手の顔や言葉遣い……そんなことから察するのよ」

彼女ならではの観察眼だ。数値化が難しい「経験」は、馬鹿にしたものではない。

「分かりました。とにかくすぐに向かいます」

念のためにと、私は芦田に声をかけ、梓を同道することにした。ややこしい相談になったら、こちらは二人いた方がいい。

「何なんですかね」廊下へ出た途端に、梓が訊ねる。

「分からない。ただ、悪いことじゃないよ。向こうからアクションがあったのって、初めてじゃないかな」

今朝は恭平から電話がかかってきて、その後に真奈からの「相談」。家族はゆっくり動き出しているのかもしれない。

数日ぶりに会う真奈は、少しだけ生気《せいき》を取り戻したようだった。地味なグレイのニットに、足首まである長いスカート。化粧っ気がまったくないせいか、顔色が悪く見える。それでも以前と違い、目には光があった。

私は、ダイニングテーブルを挟んで真奈と向き合った。横には玲子が座り、梓は私の後ろで立ったまま待機中……話をしている時に立っている人がいると、集中力を削《そ》がれるものだが、小柄な梓は人にプレッシャーを与えることがない。優里の最大の弱点がこれだ。私とほとんど身長が変わらないぐらい、女性としては長身なので、存在感があり過ぎる。

「相談があると聞いて来ました」

「はい、あの……」

言いにくそうに、真奈が目を伏せる。私は言葉を切り、彼女が自分から話し出すのを待った。たっぷり一分ほど経った後、真奈がぽつりと口を開く。

「電話があったんです」

「電話？　誰からですか？」

「深沢と名乗って……女の人なんですけど」

「何ですって？」私は思わず腰を浮かしかけた。この家族の周辺で「深沢」という人物だと、一人しかいない。

本井に殺された被害者だ。

「何を話したんですか？」

「どういうことか説明してくれって」

「あなたは、相手が誰か分かりましたか？」

「……はい。被害者のご家族、ですよね」

「被害者の奥さん？」

「分かりません。深沢としか名乗らなかったので。中年の女の人でしたけど」

「その電話は、いつかかってきたんですか？」

「今朝です。八時過ぎに」

私が恭平と朝食を食べていた頃だ。もっと早く知らせてくれればよかったのに、と思ったが、真奈は正常な感情の動きも判断力も失っている。少し時間が経ってから、事の重大性に気づいたのだろう。

本当に被害者家族が電話してきたとしたら問題だし、被害者を名乗って誰かが嫌がらせをしたとしても、ふざけた話である。

「嫌がらせの電話はよくあるんです。『人殺し』とだけ言ってすぐ切れるような……被害者のご家族から電話があったのは初めてですけど」真奈が気の抜けた声を出した。「悪いのは主人ですけどね」

「気になるんじゃないですか」

「なりますけど、どうしようもないでしょう？　誰だか分かっても、責めることもできないし」

「じゃあ、どうして私に話したんですか？」

「誰かに知っておいてもらいたかったんです」

私は玲子と目配せし合った。玲子には話せずとも私には話したい——カウンセリングの専門家である玲子にすれば、「あなたは信頼できない」と言われたも同然なのだが、平然としている。個人的な感情など無視して仕事にまい進できるのが、プロというものだ。

「分かりました。頭の隅《すみ》に置いておきます。もしもまた同じような電話があって困るようだったら、連絡して下さい」

「はい……でも、どうでもいいですけど」

どうでもよくはない。悪意が、これからも真奈たちを苦しめ続ける可能性はあるのだ。しかし、薄いベールのようにこの一家を覆《おお》う不快感を一気に取り去る方法は何もない。

「どうしても分からないことがあるんです」真奈が突然、私の顔を真っ直ぐ見詰めた。これまでにない、強い視線。

「何ですか？」

「主人は、どうして富山なんかにいたんでしょう」

「それはまだ分かっていません」特捜本部がこの筋をどこまで追っているか、私は知らなかった。逃亡中の行動を詳細に解き明かすことに、どれだけの意味があるだろう……特捜本部がそれほど熱心に調べないとしても仕方はない。捜査の本筋とは関係ないのだから。

「調べてもらえませんか？」

「知りたいんですか？」

「指名手配になってから半年も……どこにいるのかまったく分からなくて、いきなり富山で事故に遭ったなんて、全然現実味がないんです。この半年、ずっと何をしていたかが分かれば、少しは気が楽になると思うんですけど……」

逃亡生活の全容を知れば、逆にショックが大きくなる恐れもある。この場で引き受けることはできない話だった。

「とにかく、知りたいんです」

私が返事をしないでいると、真奈が食い下がってきた。これまでになく真剣で、生気に溢れた目つき。事故の一報を聞いて以来初めて見せる、強い感情の発露と言ってよかった。

「お願いします」真奈が、テーブルに額がつきそうなほど深く頭を下げた。「何も分からない……そんな状態がずっと続くのだけは、我慢できません」

私は玲子と顔を見合わせた。リハビリの専門家としてはどう考えます？　玲子は無言で、小さく、そして素早くうなずいた。それを見て、私は決心を固めた。

「分かりました」

「調べてもらえませんか？」真奈が目を見開く。

「実は私もずっと、気にかかっていたんです。ただ、私の仕事柄、積極的に調べることはできません。担当が違いますから……ただ、本井さんがそうして欲しいというなら、調べてみますよ。被害者の希望を叶えるためなら、何でもやります」

「ありがとうございます」

「いえ……私からも一つ、お願いしていいですか？」

「何でしょう」真奈が警戒したように、目を細める。

「食事を作って下さい。みんなでご飯を食べるようにして下さい。まだそんな気にはなれないかもしれませんが、普段通りの生活を心がけることで、これまでと同じ人生が戻ってくるんですよ」

「それは……今はまだ……」真奈が唇を嚙む。

「料理が無理なら、掃除でもいいです。洗濯でも構いません。とにかく、体を動かすことが大事なんです」

「私からも勧めますよ」玲子が助け舟を出してくれた。「少しでも体を動かす……何かやっている間は、余計なことは考えないものです。乗り越えるんじゃなくて、忘れる努力も大事ですよ。それは別に、悪いことではありません」

真奈がかすかにうなずく。納得したのかしていないのか……しかし、このバーター取り引きは上手くいくだろう、と私は確信していた。

こういうケースもよくあるのだ。

悲しみの中に突き落とされた人は、自分には以前と同じ生活を送る権利がないと考えがちだ。ひたすら亡くなった人を悼み、喪中の感覚を保ち続ける——それも一つの生き方だが、どっぷり悲しみに浸ることを、贖罪《しょくざい》のように考えてしまいがちだ。被害者家族は、自ら罪を感じる必要などない。立ち直るためには、亡くなった被害者のことを一瞬でも忘れ、日常生活に戻る努力をすべきなのである。仕事や家事は、そのために一番いい方法なのだ。

真奈たちはゆっくりと動き出す。私も、調査を通じてその手伝いができるだろう。それこそが支援課の仕事と言っていい。

もちろん、特捜本部との軋轢《あつれき》が生じる可能性があるが……元々嫌われ部署なのだ。今更文句の一つや二つ言われても、何が変わるわけでもない。

開き直りこそ、支援課の仕事に一番必要なものなのかもしれない。

第三部　訪問者

大事なのは、生き延びることだ。

相手を殺す——これは問題なく完遂できるだろう。本当に大事なのはその後だ。自分が疑われずに逃げ切るための方法を考えねばならない。

完全犯罪。

いや、そんなものは小説や映画の中だけにしか存在しない。計画してきっちり相手を殺し、しかも自分に疑いが及ばないようにする——どんなに工夫しても、そういう計画が上手くいく保証はない。むしろ、何か工作をすれば、墓穴を掘ってしまう可能性が高い。

余計な小細工をせず、運を天に任せる——その方が警察も混乱するものだと、経験的に分かっている。だが、待つだけの時間は不安でしかない。その不安が精神の安定を削ぎ落とし、不安に陥れる。せっかく意を決して障害物を排除したのに、そんな状態が続けば余計にストレスがたまるだけだ。

突然、向こうから幸運が舞いこんでくることもある。それを摑め。上手く利用しろ。

利用した。

上手くいった。

そしてまた、自分の居場所に戻る。極めて安全に、誰にも気づかれずに。

1

支援課に戻り、まず本橋と芦田に相談する。さすがに、上司を飛ばして勝手な行動を取るわけにはいかない。

「引っかかりを一つ、取り除こうというわけですね？」本橋が念押しする。

「そうです。それが、家族が動き出すきっかけになるかもしれません。課長、先日の話なんですが……今でも懸念されていますか？」

「取り除く材料もないですからね」

「どういうことですか？」芦田が不安げな口調で話に割って入った。

「もしかしたら本井は犯人じゃないかもしれない──特捜本部が焦って犯人だと決めつけたんじゃないかと、捜査一課の中でも批判する声があるんです」

本橋が説明すると、芦田はあんぐりと口を開けた。やがて彼の口から出てきた言葉は「まさか」だった。

「殺人事件の捜査で、そんな迂闊なことがあり得ますか？」疑わしげに目を細めながら、芦田が疑義を呈する。

「ないとは言えないでしょう。もちろん、帳場《ちょうば》に参加していない連中の、勝手な憶測に過ぎませんけどね。ただ、火のないところに煙は立たないとも言うでしょう。もしかしたら、特捜本部の中にも、自分たちのやり方に疑問を感じている人がいるかもしれない。そういう連中が、仲のいい他の係の人間に愚痴を零して話が広がる……というのはよくあることです」

「しかし、今さらどうしようもないでしょう。何しろ被疑者はもう死んでいるんですから」髪を短く刈った頭を右手で撫でながら、芦田が一転して淡々とした口調で言った。「だいたい、特捜でさえ行方を摑めなかった犯人の動きを、我々が調べられますか？」

「まずは、特捜に確認することでしょうね」本橋があっさり言った。「もしかしたらもう、ある程度は足取りを摑んでいるかもしれません。何しろ、これまでまったく姿を現さなかったのに、112便に乗ったことだけは確認できているわけですから。一つでもきっかけが摑めれば、そこから一気に糸を引っ張れるかもしれない」

「そんなものですかねえ」腕組みした芦田が唸《うな》り声を発した。

「あるいは、既に状況が分かっていて、家族に話していないだけかもしれません。容疑者の家族に、捜査の事情を話す義務はありませんからね」

「それはそうです。しかし何となく、何も調べていない気もしますけどね」

狭い課長室で三人……次第に息苦しさを感じながら、芦田の言い分にも理はある、と私は考えていた。彼はおそらく、特捜はもう熱心に捜査しない、と読んでいる。刑事の習性として、それは当然あり得ることだ。犯人を逮捕し、裁判で有罪になるのを見届けて初めて、刑事としての仕事を全うした、と考える人間は少なくない。いきなり犯人に死なれるのは、まさに途中で梯子を外されてしまうようなものだ。それで一気にやる気を失ってもおかしくはない。そんな連中に話を聞いても何も出てこない——芦田が考えているのはそんなところだろう。

「とにかく、話を聞かないことには何も始まりませんよ。聞けば、こちらが調べるための糸口が摑めるかもしれないし——村野警部補、これからの予定は？」

「空いています」

「ちょっと残業してもらいましょうか」本橋が受話器を取り上げた。「一緒に特捜本部に顔を出しましょう」

「分かりました」

本橋が特捜本部に電話をかけて交渉する。少し難航しているようだ……それはそうだろう。特捜本部からすれば、支援課の要請に一々応じている余裕も義務もないはずだ。

芦田が無言で、私に厳しい視線を向けてくる。お前さん、無駄な動きをしているだけじゃないか——とでも問いたげな目つき。反論も言い訳も思いつかず、私は目を逸らした。

私と芦田の間には、被害者支援のやり方に関して意識の開きがある。芦田は係長として、仕事の差配《さはい》はきっちりやってくれるが、ここでの仕事では、自分からあまり積極的に出て行くタイプではないのだ。やはり、犯人と直接対峙する捜査三課の感覚が抜けきらないのだろう。

本橋が電話を終えた。話している内容から、交渉が難儀しているのは分かったが、彼自身は平然としている。最終的には上手くいったようだ。

「特捜の現場の仕切りは、川本《かわもと》管理官でした。後輩ですから、押し切りましたよ」

「じゃあ、行ってみますか」私は膝を叩いて立ち上がった。芦田がまだ、疑わし気な視線を向けてくるのは気になったが……。

課長室を出て、出かける準備を整える。既に夕方六時。用事のない課員は引き上げてしまっていて、支援係では梓だけが残っていた。私を見て、椅子から腰を浮かす。

「どうなりました？」

事情を説明すると、梓は「私も行きます」と言ったが、私はその必要はないとやんわりと諭した。

「大勢で押しかけると、向こうも警戒するよ。課長が一緒だから、これ以上の人数は逆効果になる」

「そうですか……」芦田と違って梓は「出たがり」で、どんな現場にも首を突っこみたがる。最近の若い刑事では珍しいタイプだ。

「何かあったら連絡するよ。今日は引き上げてくれ」

「分かりました」

梓の説得、完了。私はコートを着こみ、準備を整えた。間もなく十二月。薄手のコートでは朝晩は寒く、そろそろ厚いウールのコートが欲しくなってくる。この週末にでも用意しよう、と決めた。

年の瀬が迫ってくる。十二月になると毎年、雑務に追われて時間があっという間に過ぎてしまうが、この件は絶対に年越しさせたくない。真奈たちが立ち直るきっかけをつかみたいと、私は強く思った。

「中野区内における毒殺事件特捜本部」は、中野中央署に置かれている。被害者の深沢学の自宅が、中央署の管内にある関係からだった。

タリウムの大量摂取は急性の症状を引き起こすが、本井は少量ずつ何回かに分けて毒を盛っていた、と推測されていた。被害者本人に疑われないようにするための作戦だったのだろう。タリウムは無味無臭なので、酒などに致死量を混ぜこんで呑ませ、一気に殺すことも不可能ではないが、それだと疑いの目はすぐに、その時一緒にいた人間に向いてしまう。本井は即効性よりも、確実な隠蔽《いんぺい》を選んだということか。

ただし、深沢が担ぎこまれた病院では、直ちにタリウム中毒を疑った。嘔吐《おうと》、脱毛など、典型的な症状が見られたからである。懸命の手当の甲斐なく、深沢はすぐに意識混濁状態に陥り、三日後に死亡した。

毒殺というのは、殺しの手段としてはあまりポピュラーではない。毒薬を手に入れるのに手間がかかるし、相手に呑ませるためには特別の手立てが必要になる。相当入念な計画を立てないと難しい。

この事件を扱う特捜本部が、最初、普通の捜査よりも強い熱を持って動き出していたことは想像に難くない。特殊な事件、難しい事件になると、やたら張り切るのが刑事という人種なのだ。しかし意外な結末を迎え、今は閑散《かんさん》——まったく熱がない。私は何となく、「敗戦処理」という言葉を思い出していた。

中野中央署の大きな会議室に設置された特捜本部は、がらんとしていた。そろそろ外回りの刑事たちが帰って来る時間帯なのに、幹部連がぽつんといるだけ。書類に目を通したり、何かひそひそと話し合っているが、どちらかと言うと手持ち無沙汰な様子だった。

本橋がリードして、管理官の川本と面会する。小柄だが、肩と胸にみっしりと筋肉がついていて、軽量級の柔道の選手のようだった。本橋に気づくと、テーブルに置いたままだった眼鏡をかけて、軽く一礼する。

テーブルを挟んで向き合って座ると、本橋がいきなり切り出した。

「行方不明中の本井の足取りについて、何か分かりましたか？」

「分かりません」川本の反応も即座だった。

「どうして富山にいたか――ご家族がそれを気にしているんですがね」

「その件については、まったく分かりません」川本が語気を強めて再度言った。「本橋さん、さっきも言いましたけど、だいたいこの件はそちらには関係ないのでは？」

「ご家族が知りたがっているんです。その要望に応えるのも支援課の仕事ですから」

「見解の相違ですかねえ」川本が腕組みをする。どうもこの管理官は、先輩に対する敬意が薄いタイプのようだ。

「見解の相違があっても、仕事は仕事です」

「とにかく」川本が両手を組み合わせ、テーブルに置いた。「分からないものは分かりません。お答えしようがありませんよ」

「調べていない、ということですか？」私は思わず口を挟んだ。

「ああ？」川本が目を見開く。言葉遣いが急に乱暴になっている。

「調べる必要がないという判断なのか、あるいは調べていても分からないのか……意味がまったく違いますよ」

「死んじまった人間の行動なんか、簡単には分からないだろう」

「つまり、調べているけど分からない、ということですか」

私が指摘すると、川本が唇を引き結んだ。顎に力が入って皺が寄る。しかしそれも一瞬で、すぐに表情を緩め、皮肉っぽい笑みを浮かべた。

「俺を怒らせて喋らせようとしても無駄だよ。とにかく、分からないものは分からない。だいたい、あんたたちは家族、家族というけど、俺に言わせればあの人たちは容疑者の家族だ。フォローしてやる必要はないだろう」

「見解の相違ですかねえ」

私は、先ほど川本が言った台詞を繰り返した。川本がまた険しい表情を浮かべる。挑発に乗ってはいけないと分かっていても、抑えきれない性格なのだろう。こういう人は、いずれ切れて本音を漏らすか、あるいはこちらを叩き出す。

「まあまあ……偽名を使っていたわけですが、これは完全に架空の人物ですね？」本橋が具体的な質問に入る。まだまったく諦めていない様子だった。

「そうですね」川本もこれは認めた。

「偽名でも乗れるんだから、飛行機のセキュリティもいかがなものかと思いますけどねえ」

「それは、我々が心配することじゃないでしょう」川本の表情は緩まない。

「もしも実在の人間の名前を騙っていたら、そこが手がかりになるんでしょうけど……」

「名前からの手がかりは、すぐに途切れましたよ」

「富山に知り合いでもいたんですか？」

「それは把握していません」

「フリーライターですから、取材した相手やネタ元が全国にいてもおかしくないですけどね」本橋がしつこく攻める。

「とはいえ、今はそんな仕事はしていなかったわけだから……」

「友人関係は？」

「その線はありません」川本がぴしりと否定した。

特捜本部は本井を持て余しているようだ、と私は判断した。調べようにも、本人が死んでしまっているのだからどうしようもない。周辺調査である程度事情は分かるかもしれないが、最終的な確認は不可能だ。

「まあ……死なせずに済んだかもしれないですけどね」川本が耳を引っ張った。

「足取り、所々では摑めていたんじゃないんですか」先ほどとは話が違う……私は思わず突っこんだ。

「金だよ、金」川本が嫌そうに言った。「奴は何度か、銀行から金を下ろしている」

「つまり、完全に潜伏していたわけじゃないんですね？」

「ああ。その都度銀行から連絡が入って、急行したんだが、身柄は押さえられなかった。都心部から離れたところでばかり金を下ろしていてね。俺たちに押さえられないように、その辺は計算していたんだろうな」

「あの家族は……奥さんとは別口座ですよね？」私は確認した。

「そうだ」

「本井の口座、残高はどれぐらいあるんですか」

「現段階では十万を切ってる。この半年で引き出した金額は百万円ほどだ。それで暮らしていけるかどうか、ぎりぎりだっただろうな。日雇いか何か、身元保証があまり関係ない仕事でもしていたかもしれないが」

本井も、家族に対して無責任ではないか――私は軽い憤《いきどお》りを感じた。あのマンションのローンは、本井の銀行口座から支払われている。毎月八万円ほどだというが、あと一回の支払いで残高は底をつく。その後のことまで考えていたのかどうか。

「金を下ろした場所に、何か規則性はないんですか」

「ない」川本が即座に否定した。「立川《たちかわ》、東久留米《ひがしくるめ》、赤羽《あかばね》、小岩《こいわ》……脈絡はまったくない。それに銀行だったりコンビニエンスストアのATMだったり、ばらばらだ」

「あちこちを転々としていたんですかね」

「その可能性は高い……ただし、どこにも足跡は残していない」

「これ以上は追跡しないんですか？」

「捜査には必ずしも必要なことではない」川本があっさり言った。力を入れるポイントではない、ということだろう。

「だったら我々が調べても、気を悪くされることはないですよね」私は思い切って切り出した。

「おたくらの仕事に口は出せないからね」

「特捜の仕事とぶつかる可能性もありますが……」

「まあ、うちが困るようなことはないだろう」

馬鹿にしたような態度だが、私はこれで十分だ、とうなずいた。支援課が動くことに、特捜の「御墨つき」を得たようなものである。私の心情を察したのか、横に座る本橋がかすかにうなずき、膝を叩いて立ち上がった。

「いや、お忙しいところ、大変お邪魔しました」

皮肉だと思ったのか、川本が鼻を鳴らす。私も本橋に続いて立ち上がり、軽く一礼した。相手を怒らせるのは慣れている。そしてこれぐらいで引いていては、支援課の仕事はできない。

特捜本部を出た後、私は本橋に先に帰ってもらった。電話すべき相手がおり、一人になりたかったのだ。

携帯の怖さは、プライバシーの線引きが消えてしまうことである。路上で話しているサラリーマンがたくさんいるが、彼らは業務上の秘密を公衆の面前で平然と話していることに気づいているだろうか。それを避けるために、私は署内に止《とど》まった。既に当直体制に入っており、一階の警務課にいれば、外来者に会う恐れは少ない。当直責任者の交通課長に挨拶して、少しの間席を貸してくれるように頼んだ。

電話した相手は歌川。警察は熱心に捜査していなくても、ＮＡＬの方では事情は別かもしれない。何しろ本井は、ＮＡＬにとってはあくまで「お客様」なのだ。

歌川も富山から東京へ戻って来たという。私よりも長く現地で奮闘していたのに、声に疲れはなかった。

「村野さんも東京ですか？」

「ええ。向こうの仕事は一段落したので……そちらはどうですか？　大きなトラブルはなかったと聞いていますが」

「我々にとっては不幸中の幸いでした」歌川が率直に認める。

「こういうのは、事前の想定が本当に大事ですよね」

「起きてはいけないこと、起きて欲しくないことに対するマニュアルを作るのは、実に空《むな》しくしんどい作業ですが……それより、どうかしましたか？」

「食事でもしませんか？」私は思いきって言った。今回、ＮＡＬの対応は百点に近いと言えるが、その中でも歌川は信頼に足る人物である。学ぶべきことも多い。一度、じっくり膝を突き合わせて話をしてみたかったのだ。まずは本井に関する情報収集が大事だが、そこから話を広げていきたい。

「今日ですか？」

「いきなり過ぎますか？」

「いえ……私は構いませんよ」

「今は本社にいらっしゃるんですか？」

「ええ。世間的にはいろいろ煩《うるさ》いんですが、残業中です。まだ非常時ですからね」

「じゃあ、私が近くまで行きますよ」ＮＡＬの本社の最寄り駅は品川だ。「今、中野にいるんですが……三十分ぐらいでそちらまで行けます」

「ああ、三十分いただければ準備ができます。品川駅に着いたら電話していただけますか？　店を探しておきますから」

了解して電話を切る。歌川なら、何か手がかりを持っているのではないか……内輪から得られなかった情報が、外の人間からもたらされることもままある。

2

歌川は、品川駅の高輪口《たかなわぐち》にある居酒屋を指定してきた。この辺りは、巨大なホテルや企業の本社ビルが建ち並ぶオフィス街のイメージが強いが、高輪口には小規模ながら、気安い飲食店が並ぶ一角がある。

歌川が選んだのは「九州料理」を謳《うた》う店で、カウンターの奥に「酒屋か」と思えるほど大量の焼酎が並んでいた。「個室を取った」と言われていたので歌川の名前を出すと、すぐに案内される。ドアを開けた途端に、煙草の煙が襲いかかってきた。歌川が煙草を吸うとは知らなかった——しかし、富山で彼と会ったのは、ほとんど病院の中だったと思い出す。一番煙草に縁のない場所だ。

「ああ、失礼しました」歌川が慌てて煙草を灰皿に押しつけ、腰を浮かす。「村野さんは吸わないですよね？」

「人が吸う分には、気になりませんよ。歌川さんこそ、会社では自由に吸えないんじやないですか？」

「いろいろ煩くなりましてね……私が入社した頃は、まだ平気で自分の席で吸えたんですが」

「それはいつ頃ですか？

「二十年ほど前」

　ということは、彼は四十代前半、私より少し年上になる。

「勝手に店を決めて申し訳ありませんね」歌川がさっと頭を下げる。

「いや……ここ、歌川さんの行きつけなんですか？」

「実は、高校時代の友人がやっている店なんです。私たち、熊本の出身でしてね」

「となると、お勧めは……」

「そろそろ十二月ですから、もつ鍋がいいでしょう」

「それは博多ですよね？」

「熊本の料理だけでは持ちませんから、九州各地のメニューを揃えたんですよ。もつ鍋をメーンに、サブにはぜひ熊本名物の辛子レンコンと一文字ぐるぐるを……お勧めですよ」

　結局料理は、全て歌川に任せることにした。酒はビール。歌川は最初から焼酎をロックで頼んだ。九州の料理には合いそうだが、私は焼酎はいま一つ苦手である。

「今回は本当に大変でしたね」注文を終えると、私はまず彼を労った。「もしかしたら、これからの方が大変かもしれませんが……補償交渉なんかは、これからが本番でしょう？」

「何年もかかるでしょうね」料理の説明をする時には饒舌《じょうぜつ》だった歌川が、急に重々しい声を出した。「一度大きな事故が起きると、会社員人生の大半が遺族対応で終わってしまう人間もいます」

「そんなに？」

「航空機事故というのは、そういうものなんです。ただ……」

歌川が言葉を濁し、煙草を取り出した。掌の上で転がしていたが、ほどなく口にくわえ、火を点ける。顔を逸らして煙を吐き出すと、私の顔を正面から見た。

「ただ、何ですか？」

「前にもちょっとお話ししましたが、バードストライクの可能性はありますね。否定できません」

「そういう事故だと、航空会社側の責任はどうなるんですか？」

「我々が判断できることではないですが、操縦ミスや機体整備のミスに比べれば責任は小さい……車を運転していて、いきなり落石で事故が起きたようなものですよ。もちろん、だからといって、責任がまったくないわけではありません。ご遺族の方には、十分な補償をさせていただきます」急に官僚答弁になった。

「でも、多少は気が楽、ということですか？」

「ここ以外では話せないことですが」歌川がにやりと笑う。

「今日は一つ、ヒントを貰えないかと思ったんです」

「何でしょう」歌川が煙草を灰皿に置き、背筋を伸ばした。

「本井さんのことなんです」

「ええ」

「東京へ戻ってからもフォローを続けているんですが、ご家族が、あることを気にしていましてね……本井さんが何故富山に行ったか、なんです」

「ああ……しかも、偽名を使ってまで」

「今のところ、本井さんが富山に行った理由が何も見当たらないんですよ。何か、手がかりが摑めないかと思いまして」

「それはちょっと――私にも分かりません。申し訳ないですが」歌川がさっと頭を下げた。「むしろ我々が、乗客の方や家族からお話を聞いて、富山での目的を知るぐらいですからね。本井さんについてはまったく不明です」

「そうですか……」

期待し過ぎただろうか。今夜の会合は、珍しい九州料理を食べただけで終わるかもしれない。

「ちょっと聞いてみましょうか」歌川がスマートフォンを取り出した。

「誰か、確認できる人がいるんですか?」

「うちの人間はまだ現地に残っていますから……現地対策本部のスタッフには、何か情報が入っているかもしれません」

「いいんですか?」

「こんなことでお役にたてるなら」

歌川が焼酎を一口啜り、煙草を灰皿に押しつけてから、電話をかけた。

「はい、歌川です。お疲れ様です——ちょっと調べて欲しいことがあるんですが、お客様で、本井さん——本井忠介さんの、富山での足取りについてなんです。ええ、お亡くなりになった方です……例えば、ホテルとか……そうですか。では、何か分かったら私の方に折り返し電話してもらえますか?」

会話は短く終わった。歌川は、少し厳しい表情を浮かべている。

「向こうにいる連中も、完全には情報を共有していません。全体を把握するには少し時間がかかります。分かれば、すぐにお知らせしますよ」

「お手数おかけします」私はさっと頭を下げた。

そこで料理が次々に運ばれてきて、仕事絡みの話は一時中断した。熊本名物の辛子レンコンや一文字ぐるぐるは渋く鄙《ひな》びた感じ……日本の田舎の素朴さをそのまま閉じこめたような味わいだった。もつ鍋はやはりもつ鍋で、ニンニクと唐辛子が利いてパンチがある。細葱が美味い。キャベツが美味い。もつ鍋は、もつの濃厚な旨味が染みこんだスープで野菜を食べる料理だと思い知る。

「一つ、聞いていいですか」歌川が切り出した。

「何でしょう」

「村野さんの仕事は、警察ではちょっと異例……というか、私たちが知っている警察の仕事とは少し違いますよね」

「それが悩みのタネなんです」私は苦笑した。「私たちの仕事は、世間ではあまり知られていません。もっと知ってほしいと思うんですけどね。被害者の人が、困った時にいつでも相談できるように……」

「警察では、ずっとこういう仕事をしているんですか？」

「いや、元々は捜査一課です」

「花形ですよね」歌川が目を見開く。「捜査一課の仕事なら、私でも知ってますよ。殺人事件なんかの捜査をする部署ですよね？」

「そうです。まあ……世間の人が警察と聞いて、真っ先に思い浮かべるのが捜査一課ですよね。だいたい新聞でも、警視庁の幹部が交代して大きな記事になるのは、警視総監と捜査一課長だけです」

「それがどうして、今の部署に？」

結構ぐいぐい聞いてくるな、と私は苦笑した。しかし嫌な気分はしない。歌川の柔らかい性格故だろうか。

「事故に遭いまして……仕事とは関係ない、プライベートな時の事故だったんですけど、それでもう、捜査一課の刑事としてやっていく自信がなくなりました。膝をやられたんです」

「ああ、刑事は靴をすり減らすってよく言いますよね」

「万歩計が必要ないぐらいですから」私はうなずいた。「自由に歩き回れなければ、刑事の仕事は無理です。それに、事故に巻きこまれたことで、私は一種の被害者になったんですよ」

「自分が被害者だからこそ、被害者の気持ちが分かる……」

「分かるとは言えませんけどね……とにかく警察も、なかなか被害者支援まで手が回らないのが実情なんです。しかし警視庁には専門の部署が――犯罪被害者支援課がありますから、そこでなら自分の経験を活かせるんじゃないかと思ったんです」

「活かせましたか？」

「どうですかね……この仕事には、正解もなければ終わりもないんです。自分がやっていることが正しいかどうかも、自信がありませんよ」

「それでもやる訳ですね？」

「苦しんでいる人がいますから」

歌川は私を褒めなかった。感心もしなかった。ただうなずくだけ――それで私の仕事を全肯定してしまった。自分を認めてくれる人がいる、誰かに背中を押されているという感触。

こういうことがある限り、私はこの仕事をまだまだ続けていける。

食事の最中には現地からの回答がないまま、私たちは別れた。しかし中目黒の駅を降り、自宅に向かって山手《やまて》通《どお》りを歩き出した瞬間、スマートフォンが鳴る。別れたばかりの歌川だった。

「ちょっとした情報です」歌川の声は少しだけ弾んでいた。

「何ですか？」

「本井さんは、富山でホテルを予約していました。二泊……飛行機を予約したのと同じ偽名でした」

「どうして分かったんですか？」私は思わず立ち止まった。特捜本部でも割り出していなかったのに……いや、特捜本部は、この辺を真面目に調べていなかったのでは、と私は訝《いぶか》った。今、連中を責めても仕方がないが。

「実は、うちの系列のホテルに予約していたんです」

「ああ、なるほど……」それなら確かに、情報は引っかかりそうだ。

「もちろん、予約はキャンセルになったんですけどね。この程度しか分かりませんが……」

「いえ――ありがとうございます」

礼を言って電話を切る。手がかりになるかどうか……しかし一つだけはっきりした。本井は、富山に二泊するだけの用事があったのだ。

3

できるだけ東京で情報を収集したい――真奈の願いを叶えるのが支援課本来の仕事かどうかは、微妙なライン上にある。そのため、できるだけ金と時間をかけずに仕事を進めたかった。しかも外部に知られずに。
それにしても――東京でやれることには限りがある。特捜本部は非協力的だし、歌川は好意的な姿勢を見せてくれたものの、これ以上の情報は出てこないだろう。かといって私には、富山にネタ元もいない。

翌朝出勤すると、まず本井が泊まる予定だったホテルに電話を突っこんだ。フロントではすぐには話をしてくれず、支配人にまで話が回ってしまったが、結果的には好都合だった。最終的には支配人を相手にした方が話は早い。

「はい、間違いなく飯田基康さんのお名前でご予約がありました」

「予約は電話で、ですか？」

「そのように記録が残っています」

「連絡先の電話番号は……」

支配人が告げた電話番号をメモし、自分が持っているデータと照合する。本井の携帯電話の番号とは別物だった。失踪後、本井が携帯電話を変えたという情報はないから、プリペイド式の携帯の番号だろうか。あるいはまったくのでたらめ、適当な思いつきで告げたものかもしれない。

「偽名だということには、いつ気づいたんですか？」

「ニュースが流れた時点で、予約していたお客様だということは分かりましたが……偽名だと分かったのは、その後で指名手配されている人だと報じられてからです」

「予約の際、富山へ行く目的について、何か話していませんでしたか？」

「いえ、そういう話は出ていないそうです。予約の電話を受けた人間と話しましたが、特に変わった様子もなく……ごく普通の予約の電話だったそうです」

「これまで、飯田基康、あるいは本井忠介という名前で、そちらのホテルに予約が入ったことはありますか？」

「記録にはないですね」

もちろん、他の偽名を使っていた可能性もある。富山で本井が動き回っていたかどうかは、やはり分からない。調べるためにまず考えた手段は、富山県内の全ての宿泊施設や飲食店に電話をかけ、本井らしき人間が利用しなかったかどうかを確認することだった。気が遠くなるような作業……ビジネスホテルの類だけではなく、観光旅館などを含めると、富山県内の宿泊施設はどれぐらいの数になるのだろう。

実質的に不可能だ。

しかし今のところ、他に方法を思いつかず、私は電話作戦を決行することにした。まず、県の観光課に電話を突っこみ、県内の宿泊施設のリストを送ってもらう。その数、四百超……全てを確認するのに、いったい何日かかることか。

それでも、あれこれ考えているよりは、手と口を動かした方が早い。リストの上から順番に電話をかけ始めた。

十軒を超えたところで、早くもうんざりしてくる。本井忠介という名前を出しても、112便の事故とすぐに結びつけて理解してくれる人ばかりではない——というより、一人もいない。あれだけ大きな事故でも、ニュースをきっちりチェックしている人は少ないのだろう。一から説明しなくてはいけないので、手間がかかるだけだった。

十五軒。電話をかけ始めてから既に二時間が経ち、もう昼近くになっている。まだ二十分の一も終わっていないのだと考えると、げんなりしてきた。できるだけそっと受話器を置いて溜息をついたところで、隣に座る優里が声をかけてくる。

「本井さんの足取りを調べてるのね？」

「ああ」

「それぐらい、手伝うのに」

「いや、こんな地味な仕事で君の手を煩《わずら》わせるわけにはいかないよ」

「電話している先は？」

優里が手を伸ばし、私の手元にあったリストを拾い上げた。一瞬目を通して、すぐに顔をしかめる。リストをめくって……顔を上げると、眉間の皺が深くなっていた。

「四百軒以上って……これを全部、一人でチェックするつもりだったの？」

「ああ」

「富山にも、ずいぶんたくさん宿泊施設があるのね」

「新幹線が開通してから、観光客も増えてるんじゃないかな」私は適当な推測を口にした。

「富山をスルーして、皆金沢に行くような感じがするけど」

「富山だって捨てたもんじゃないのにな」

「そう？　この前出張で行ってみて、もう一度行きたいと思った？　遊びで？」

「よせよ」私は苦笑した。「お互い、あまりいい思いはしてないんだから」

「一枚、引き受けます」

黙って話を聞いていた梓が、口を出してきた。立ち上がって手を伸ばすと、優里がすかさずリストを渡す。梓は、何枚も重なったリストの、下から二枚分を取った。

「一人でやれるけど……」

私は遠慮したが、梓は気にしない様子だった。自席に腰を落ちつけると、さっさと電話をかけ始める。

「じゃあ、私も二枚」優里もリストの後ろから二枚を外した。

「これは、支援課本来の仕事じゃないんだぜ」私は警告した。

「支援課の仕事の枠を押し広げてきたのは、あなたでしょう……拡大解釈で」優里が軽く皮肉を言った。「私が作ったマニュアルにきちんと従っているだけだったら、ここまで仕事は忙しくならないと思うけど」

「俺たちの仕事は、融通無碍《むげ》じゃないか」

優里が何も言わずに肩をすくめ、受話器を取り上げた。

どんな仕事でも、「つき」がある人間はいるもので、支援課では梓がしばしばラッキーガールになる。電話をかけ始めてから十分後、三本目の電話でいきなり「当たり」を引き当てたのだ。

「はっきりしませんけど」電話を切ってから、遠慮がちに切り出す。「事故の二週間前に、本井らしき人間が泊まった、という証言があります」

「名前は？」私は思わず立ち上がった。

「112便の偽名――飯田基康の名前を使っています」

「当たり、だな」この名前にこだわりがあるのか、あるいは何か別の理由があるのか、本井は「飯田基康」を第二の名前として利用していたようだ。

「富山観光中央ホテル――富山市内にありますけど、記憶がないですね」

梓が首を捻る。私はすぐに、パソコンで地図を確認した。駅の南口――ホテルの密集地帯にある。

「どうするの？」優里が訊ねた。「現地へ行く？」

「そうだな……課長と相談するけど、とにかく一度現地で話を聞いてみたい。その前に、安藤？」

「はい？」

「セプテンバーコールアップだ」

「はい？」梓が怪訝そうな表情を浮かべる。

「九月になると、大リーグのアクティブロースターは二十五人から四十人に拡大する。メジャーの試合で出場のチャンスがあるぞ」

「何の話ですか？」梓は本気で困っていた。

「分からない？　褒めてるんだよ」

「ああ……どうも」梓が曖昧な笑みを浮かべた。

「何でも大リーグに喩《たと》えるの、やめたら？」優里が忠告する。

「俺にとっては、これが一番分かりやすいんだ」

「他の人が分からないでしょう」

私は苦笑しながら立ち上がり、課長室に向かった。大リーグのことを知ろうと思わない人は、人生の半分を損している。


富山出張はあっさり許され、私は今回は一人で現地へ向かった。二人一組で動くのが警察の仕事の基本だが、今回は正規業務とは言えないわけで、一人で何とかするしかない。

昼過ぎに出発したので、現地入りしたのは午後も遅く……私はまず、真っ先に富山観光中央ホテルに向かった。駅から歩いて五分、観光でもビジネスでも拠点になりそうな場所だ。

　電話がかかってきてから数時間後に、予告なしで警察官が現れたので、ホテルのスタッフは驚いていた。しかし、その驚きにつき合っている暇はない。私はすぐに支配人を呼んでもらった。

　このホテルはそれなりに古く、格式もあるようだった。支配人は白くなりかけた髪を短く刈りこんだ清潔な印象の男で、制服のブレザーが体にぴたりと合っている。ホテル一筋三十年、という感じだった。

　ロビーのソファに落ち着くと、私はさっそく切り出した。

「午前中に、うちの刑事が電話で確認させてもらったんですが、飯田基康という名前で宿泊した人間がいるんですよね？」

「はい」支配人はすぐに認めた。

「この人ですか？」私は手帳に挟んでおいた写真を取り出し、支配人に示した。遺体の写真ではなく、指名手配の時に使われた免許証の写真。不自然に大きく目を見開いているが、人相はよく分かる。

「はい」

「よく確認していただけますか？」

「もちろん、何度も確認しました」支配人は自信ありげだった。「先ほど電話をいただいてから、驚いて確かめたんです。新聞にも顔写真が載っていましたよね」

「そうですね……我々が電話する前に、飯田基康が本井忠介だということは把握していましたか？」

「いや、少なくとも私は分かっていませんでした」

「かなり大きくニュースで扱われたんですけどね」

「ニュースを全部チェックしているわけではないので……」

支配人が言い訳するように言ったので、私は話を切り替えた。別に、このホテルが犯罪に関わっていたわけではない。

「宿泊の日程を教えて下さい」

支配人が手帳を取り出した。飯田基康――本井忠介がこのホテルに宿泊したのは、先月の事故の二週間前で、二泊していた。

「富山へ何をしに来たかは、ご存じですか」

「いえ、そこまでは……」

「滞在中、誰かが訪ねて来ませんでしたか？」

「それは確認できません――部屋に直接行かれたら、分かりませんからね」

「今、部屋は空いていますか？」

「ちょっとお待ち下さい」

支配人が立ち上がり、小走りにフロントへ向かった。一言二言言葉を交わすと、すぐに戻って来る。私は立ち上がって彼を出迎えた。

「今は空室です」

「ちょっと見せていただけますか？」

「構いませんが、お泊りになられたのは、もうずいぶん前ですよ？」

「構いません。雰囲気を摑みたいだけですから」

支配人は、若い女性のスタッフを一人伴って、部屋に案内してくれた。五階の禁煙室。シングルルームで、古いホテルのせいか、ひどく狭苦しい。必要最低限の設備しかないのは、値段を考えれば当然か。カーテンを開けてみたが、他のホテルとマンションしか見えない。

「この部屋にもう一人泊まるのは、大変でしょうね」

「そうですね……」支配人が認めた。「シングルルームですから。エクストラベッドも入りません」

ベッドの他には一人がけのソファ、それにデスクと椅子があるが、二人で泊まるのはやはり無理だ。ただ、話し合いはできるだろう。本井がこの部屋にネタ元を招き入れて、密かに相談している様子は容易に想像できたが、それもリアリティがない。逃亡生活を送る中で、本井が本来の仕事のための取材をしようとしていたとは、とうてい考えられなかった。

「あの……」同行してきた女性職員が、遠慮がちに声を上げた。

「何でしょう?」私は彼女に向き合った。まだ二十代……小柄で、何となく梓に似ている。

「このお客様ですけど、立山方面に行ったかもしれません」

「どういうことですか?」

「私、フロントで何度か顔を合わせているんですけど、立山方面へ行くにはどうすればいいか、聞かれたんです」

「どう行くんですか?」

「基本的には、富山地鉄《ちてつ》が一番便利です」

「立山は、奥が深いんですよ」支配人が割りこんできた。「見所はたくさんあるので、どこを見たいかによって、行き方は全然変わるんですが……」

「例えば?」

「一番有名なのは、立山黒部《くろべ》アルペンルートです。地鉄で立山まで行って、そこから先はロープウェーやケーブルカーを乗り継いで、最終的には長野の大町《おおまち》まで出ます」

「本井は、どこへ行こうとしてたんですかね」呑気に観光に来ていたとは思えないのだが……。

「アルペンルートではないと思います」女性職員が遠慮がちに答える。「岩峅寺《いわくらじ》まで行きたいと仰ってました」

「岩峅寺？　どこにあるんですか？」聞き覚えのない地名だった。

「ちょっと説明しにくいんですけど……」

「下に地図がありますから、それをご覧になった方が分かりやすいでしょう」支配人が提案した。空室とは言え、あまり長々と部屋に居座られるのは気にくわないのだろう。私としても、これ以上この部屋にいる意味はなかった。何か感触を摑めればと思ったのだが、どうにも上手くいかない……毎日掃除が行われるホテルの部屋では、人の痕跡を見つけるのは難しいのだ。

部屋を出て、フロントに戻る。ちょうどチェックインで忙しい時間帯だったので、邪魔にならないよう、先ほど座ったロビーのソファで事情聴取を再開した。支配人は分かりやすい観光地図を持って来てくれた。

前回来た時には乗る機会がなかったのだが、富山地鉄の路線は意外に広範に、そして複雑に張り巡らされている。立山方面へ行く路線も、宇奈月《うなづき》温泉にまで行く路線もある。宇奈月温泉へ行くのが「本線」で、立山が終点になるのが「立山線」、その他に「不二越《ふじこし》・上滝線《かみだきせん》」というのがあった。

問題の「岩峅寺駅」は、立山線と不二越・上滝線が乗り入れる駅である。「ターミナルですね」と言うと、支配人が笑いながら否定した。

「行けば分かりますけど、渋い田舎の駅ですよ。趣《おもむき》があるとも言えますけど、言い換えれば古いだけですしね……映画の撮影で使われたのを売りにしていますが、それも結構前の話です」

「観光名所があるわけでもないですよね？」

「そうですね。大きい公園はありますけど、そこへ遊びに行く人は基本的に車を使うでしょうし」

「でも、人は住んでいますよね」

「それは、もちろんです」支配人は苦笑した。

本井は、誰かを訪ねて行ったのだろうか。こんなところに知り合いがいたのか……援助者、ということを考えた。逃亡生活を、金銭的、精神的に支えてくれるパトロンがいたとか。となると、かなり深い関係だろう。殺人容疑で指名手配されている人間を匿ったり、金銭的な援助をするなど、普通はできない。家族でも避けたいだろう。

「立山町の中心地、というわけでもないんですよね」

「そうですね。役場があるのは五百石《ごひゃくこく》駅というところで、ここは立山町の中でも開けたところです。他に賑《にぎ》わっているのは終点の立山……立山観光の入り口ですね」

「岩峅寺駅は、二路線が乗り入れているから、富山から行くには便利そうですよ」

「ただ、田舎のことですから、本数は多くないんです。富山市内からだったら、車で行った方がよほど早いです」

それはそうだが、本井は車を借りることはできなかったはずだ。レンタカーを借りる時は免許証の提示を求められるから、身元がすぐにばれてしまう。半年も潜伏し続けた本井が、そんな危険を冒すとは思えなかった。

「実際に、岩峅寺駅まで行ったんでしょうか」

「それは分かりません」女性職員が口を開いた。「行き方を聞かれただけですから」

「昼間、ホテルを出ていたかどうかは分かりますよね？　カードキーの記録があるでしょう」

「そうですね」支配人がまた手帳を広げた。「お着きになった翌日は、朝九時に部屋を出て、お戻りになったのは午後六時過ぎです」

「一日中出ていた感じですね」

「そうですね」

誰かを部屋に招いたのではなく、自分から会いに行ったわけか……次の目的地は岩峅寺駅、とすぐに決まった。

電鉄富山駅は、ＪＲの駅に隣接している。駅ビルはホテルやショッピングセンターが入ったなかなか立派なもので、富山地方鉄道が地元の一流企業だと分かる。

コンコースに入ると、改札の向こうにホームが四番まであった。時刻表を確認すると、各方面にかなり頻繁に列車が走っている。岩峅寺駅方面行きを見ると、次の便は午後五時十五分発だった。駅員に確認すると、岩峅寺駅までの乗車時間は三十分程度。これは不二越・上滝線の方で、岩峅寺駅は終点になる。立山線も岩峅寺駅を通るが、こちらの方は少し遠回りで四十分近くかかるのが分かった。十五分発の不二越・上滝線に乗ることにして、それまでの間に駅員や売店の人たちに本井の写真を示してみる。

目撃証言なし——よほど奇矯《ききよう》な行動をしたのでない限り、一瞬通り過ぎただけの人を覚えているわけがない。取り敢えず、岩峅寺駅周辺で聞き込みをしてみるしかないだろう。

車両はレトロ——というか実際に古いもので、上部に白いビニール製のカバーがかかったシートなど、昭和四十年代そのままという感じでくたびれていた。もちろん私は、昭和四十年代の列車の様子を知らないが、こういう感じだったのではないか。車内はがらがら……そろそろ通学客が使う時間だと思うが、目立つのはむしろ、中国人観光客だった。彼らの話し声は、どうしても耳に飛びこんでくる。

三十分が長かった。車窓の光景は、いかにも地方の大きな都市の中心部という感じから、郊外、そして家も見当たらない田園地帯へと変わってくる。暗がりの中なのではっきりと見えるわけではないが、ちらちらと見える光景に目を奪われてしまう。どうせ終点まで乗るのだから、少し眠って体力を回復させたいところだが……。

駅は、教えられた通りに古かった。ホームにかかる屋根もベンチも木製。駅舎から出て振り返ると、瓦葺きの二階建て、木造だと分かった。出入り口には、木造のがっしりした門がある。いったいいつ頃建てられたのだろう。

駅の前の道路に目を向けた瞬間、私は固まった。何もない……駅舎の正面がＪＡの事務所、その横に小さな商店があるぐらいで、あとは民家が連なっているだけである。街灯は頼りなく、街はほぼ真っ暗で人通りも少ない。駅舎の横にある細長い公園は比較的最近整備されたようで、古びた街並みの中では浮いていた。

ＪＡの建物は既に灯りが消えている。もうすぐ六時だから、当然か……その横の商店が開いているので、取り敢えずそこに足を運ぶ。店の女主人は、あまり状況が摑めていない様子で、私が本井の写真を見せても首を横に振るだけだった。

取り敢えず、歩いて聞き込みを続行する。とはいえ、旅行者が利用するような商店も宿も見当たらず、ひたすら民家が続くだけの鄙びた町である。東京から訪れた刑事に対して、そんなに協力的な人がいるわけもなく、ドアをノックする度に怪訝そうな表情に迎えられた。本井の写真にも反応なし。

一時間ほど歩き回っているうちに、体が芯から冷えてきた。この辺りは富山市よりもずっと標高が高いようで、明らかに気温が低い。またもいきなりの出張で、準備不足を痛感する。今回は本当に、ダウンジャケットを調達しようと考えた。

それにしても、これほど手応えがないとは……途中、駐在所を見つけたので立ち寄ってみた。中年の駐在警官はさすがに私を歓迎して、お茶まで出してくれたが、やはり本井を見た記憶はないということだった。

「例の指名手配犯ですね？」

「そうなんです。事故の二週間ほど前に、ここに来たという情報があるんです」正確には、ここへの来方を知ろうとしていた、というだけだが。

「ちょっと警戒しておきますよ。この辺りの人にも聞いておきます」

「助かります」私は頭を下げた。暗闇の中での、一筋の光明だ。

「しかし、本井が訪ねて来るような人が、この辺にいるかなあ」駐在警官は顎を撫でた。「基本的に、何もない場所ですからね」

「それは、今歩き回ってみてよく分かりました」私は苦笑した。「意味不明な行動ですよね」

「もちろん、実際に本井とつき合いのある人がいても、おかしくはないでしょうけど……まあ、ちょっと情報を流してみますよ」

「お願いします。ところで、この辺で食事ができる店はないですか？」

「無理ですね」駐在警官が苦笑する。「美味い蕎麦屋がすぐ近くにあるんですけど、午後までしかやっていませんから」

「じゃあ、富山まで戻った方がいいですね」聞くまでもなかった、と苦笑する。実際、ここへ来るまで、飲食店はまったく見かけなかったのだ。

「そうですね……お役にたてずに申し訳ありません」

「いやいや、とんでもないです」

礼を言って駐在所を辞し、駅に向かって歩き出す。結局手がかりなしか……しかし明日もう一度、この街に来てみるつもりだった。おそらく岩峅寺駅周辺では、ＪＡが一番人が集まりそうな場所である。職員に聞き込みをすれば、何か手がかりが出てくるかもしれない。出てこなくても、情報をばらまいておけば、何かがひっかかってくる可能性もある。田舎故の濃厚な人間関係が、情報を手繰り寄せる網になるかもしれない、と私は期待した。

4

スマートフォンが鳴る音で、私は眠りから引きずり出された。手探りで引き寄せて確認すると、画面には見覚えのない電話番号が浮かんでいる。いったい誰だ……枕元の時計を確認すると、午前六時四十分。人に電話をかけてくるにしては、いくら何でも早過ぎる。

かといって、無視するわけにはいかない。寝ぼけた声を出さないようにと意識しながら、私は電話に出た。

「はい」警戒して名乗らずにおいた。

「村野さん、ですか？」

「そちらは？」自分から名乗らない人間は信用できない。

「私、内川《うちかわ》と言いますが……」

「どちらの内川さんですか？」私の頭の中の住所録にはない名前、聞き覚えのない声だった。

「岩峅寺の内川です」

昨日、私は岩峅寺駅周辺で名刺をばらまいて歩いた。その中の一人だろうか――しかし、内川という家のドアをノックした記憶はない。

「失礼ですが、昨日お会いしましたか？」

「いえ……ただ、名刺を拝見しました。平《たいら》さんの家で……」

「ああ、平さんは覚えています」最初にドアをノックした家だ。残念ながら情報は得られなかったが、比較的熱心に話を聞いてくれたので、よく覚えている。そこで渡した名刺、そして話しぶり——内川という人間は信頼して大丈夫そうだと判断する。

「本井という人を捜しているんですよね」

「正確に言えば捜しているわけではないんですが……本人はもう亡くなっています」

「ああ、NALの事故で——それは分かっていますけど、本井という人はたぶん、ここへ来ていますよ」

「どうしてそれをご存じなんですか」私はようやくベッドから抜け出し、床に足をついた。ざらざらした絨毯《じゅうたん》の感触が素足に鬱陶しい。

「知り合いから聞いたんです」

「その知り合いは——本井さんの知り合いなんですか？」

「それは分かりませんが、私の知り合いです」

当たりだ、とピンとくる。

「ちょっと詳しく話を聞かせていただけませんか？　これからそちらに行きますので」頭の中で、昨日の行程を思い出した。「三十分……一時間以内には岩峅寺駅まで着けると思います」

電話の向こうで内川が軽い笑い声を上げた。

「そんなに焦ることはないですよ。今は暇な季節ですから、私はずっと家にいます……ゆっくり朝ごはんを食べてからいらっしゃるといい」

そう言って、自宅の住所と電話番号を教えてくれた。何だか狐につままれたような気分――田舎のこと故、口コミの情報が広がるのも早いのだろうが、これだったら昨日のうちに情報が入って来てもおかしくなかった。私は念のために、昨日会った駐在警官に電話をかけた。早い時間にもかかわらず、丁寧に応対してくれる。

「内川さん？　内川保《たもつ》さんですか」

「本人はそう名乗っていました」

「その人なら大丈夫ですよ。地元で長年観光ガイドをやっている人で、自治会の役員でもありますから。人望も厚いです」

「だったら、信用できますね」

「もちろんです」

「ありがとうございます。今日は、またそちらで歩き回りますので」

許可を取る必要があるわけではないが、これで何となく気が楽になる。地元の警官に話が通じていれば、何かトラブルがあっても助けてもらえるだろう。

よし、とにかく急ごう。向こうはずっと家にいると言うが、なるべく早く顔を出して誠意を見せなくては……とはいえ、内川の勧めもあるので、朝食は摂ることにする。普段のペースを崩さないことで、仕事は上手く回転するのだ。

朝の身支度を最短で終わらせ、七時四十一分発の不二越・上滝線に駆けこみ、八時過ぎに岩峅寺駅に着いた。家まで行くつもりだったが、内川は駅まで来て待っていてくれた。申し訳ない……そこまで気を遣ってもらわなくていいのに。そう言うと、内川は人懐っこい笑みを浮かべた。六十絡み、小柄だががっしりした体格の男で、一言二言交わしただけでも、話し好きなのは分かった。観光ガイドと言っても、メーンの仕事は夏だという。あとは観光協会の仕事をしている――と自己紹介が終わったところで、いきなり切り出す。

「荒木《あらき》重道《しげみち》という作家をご存じですか」

「いえ」知っていないといけない人間だろうか。作家というからには小説を書いている人――私の本棚にはほとんど小説がないので、作家の名前には疎《うと》い。

「地元の作家なんですけど、私の中学の同級生なんですよ」

「その人が――」

「本井という人と会った、と言っていたんです」

「何ですって？」本井と作家。関係がありそうな、なさそうな……共通点は、活字の世界で生きているということだが、作家とフリーライターというのは、そもそも住む世界が違うような気もする。

「ちょっと聞いただけの話で、すっかり忘れていたんですけど、昨日あなたがこの辺で聞き回っていたと聞いて、思い出したんです。警察の人が知りたいのは、何か特別な事情があるからですよね？」

「本井の足取りを調べているんです」私は打ち明けた。「指名手配されてからの動きが全く分からずに、いきなり富山で飛行機事故に遭ったものですから」

「ああ、なるほど……警察の人も大変ですね」

「その荒木さんという作家さんと本井は、何か関係があるんですか？」

「いやあ、どうかな」内川が、両手で頭の両サイドを撫でつけた。「そこまでは聞いていないけど……直接荒木に聞いてみたらどうですか」

「それはもちろんですけど、まず電話で確認した方が確実じゃないですか？」

「電話がないんですよ」

「え？」今時電話がない？　携帯も持っていないのだろうか。

「変わった男なんですよ。本人曰く、電話は邪魔だから、と」

「それで仕事になるんですか？」

「そんなに締め切りに追われてるわけじゃないので、電話はなくてもメールで十分だと——おいおい説明しますけど、取り敢えず家に行きましょうか。車で十分ぐらいかかります」

となると、駅からは結構離れている。内川は、駅の前に停めた自分の車に私を案内してくれた。使いこまれた軽自動車は、この辺では自転車代わりだろう。

「同級生、と仰いましたよね」

「そうなんです。小学校から中学校まで……高校で別になりましたけどね。荒木は、高校を出てから、富山で就職したんです」

「ええ」

「それであれやこれやあって、四十歳になってから作家デビューしたんですよ」

「どんな作家さんですか？」

「何だか小難しい本が多くてね」内川が小声で笑った。

「純文学ですか？」

「どういう分類に入るかは、私にはよく分かりませんが……五年ぐらい前から、こっちに半分住んでいる感じなんです」

「実家ですか？」ぴんと来て私は訊ねた。

「ええ。ご両親が亡くなって、空き家になった実家を仕事場にしているんです。滅多に邪魔も入らないし、静かだし、仕事するにはちょうどいいんじゃないんですか？　それに家は、人が住んでいないとすぐにぼろぼろになりますからね」

「分かります」そうやって無人になった廃屋が、全国各地で問題になっている。

「富山の自宅には、たまに帰るだけのようですね――要するに、こっちで一人暮らしみたいなものです。最近はずっとそういう生活を続けてますよ。ここへ来るようになってから、私たちとの交流も再開しました……とは言っても、当時の同級生でここに残っている人間は少ないですけどね」

「荒木さんという作家さんは知らないんですが……どんな人なんですか？」

「そこそこ売れてるはずですよ――私が言うのも変だけど。大きい本屋に行けば、必ず本は置いてあります」

「一冊、買ってみますよ」富山市内に大きな書店はあるか……戻って調べてみよう。

「まあ、万人向けじゃないけど……私には、小説よりもノンフィクションの方が面白いですよ。犯罪実話っぽくて」

「ノンフィクションも書くんですか？」その類《たぐい》の本だったら、私が手にしたことがあってもおかしくはないが……。

「ええ。本人に言わせれば一種の修行、だそうです。現場を歩いて取材するのはきついらしいですね」

「ああ、何となく分かりますよ」机に噛りついてひたすら架空の物語をでっち上げるのと、現場で時に罵声を浴びせられながら取材するのとどっちが辛いか……現場でよくきつい目に遭っている私にすれば、デスクについている方が楽な気もするが。

「とにかくその辺のことは、本人から聞いてもらった方がいいでしょう。本も全部揃っていますから、刑事さんが見たことのある本もあるかもしれませんね」

「期待しましょう」

車は住宅街の中を抜け、大きな交差点に出た。昨日、私はここまでは来なかった。正面には鬱蒼とした森が見えている。あとは水田が広がり、民家が点在するばかり。この辺では確かに、車がないと生活にも困るだろう。「宮路《みやじ》（東）」と信号に書かれた交差点を左折する。真っ直ぐ伸びる道路をしばらく走って右折すると、民家がなくなり、道路は緩い上り坂になった。低い山の中に突っこんでいくような道……道路は、急に車のすれ違いもできないほどの細さになった。こんなところに家があるのだろうか。「落石注意」の看板があり、左側には切り立った崖が迫っていて、とても人が住むような場所とは思えない。

内川はやがて、左に入る細い道路に車を乗り入れた。一応舗装はされているのだが、ぼこぼこで、タイヤが時々穴を踏んで車が激しく上下する。

「なかなかすごいところですね」私は舌を嚙まないように気をつけながら言った。

「私道ですから……家はともかく、道路の方にまでは手が回らないんでしょう」

「元々、荒木さんの実家は、何の仕事をしていたんですか？」平地からはかなり上がってきている。農家だったら、もっと平地に家を建てるはずだ。

「陶芸です」

「陶芸家？」

「ええ」

「だったら芸術一家ですね」

「どうだかねえ」

ちらりと横を見ると、内川は苦笑していた。

「私としては、芸術家というより、怖い親父《おやじ》さんだったという記憶しかないんですよ。頑固というか、意固地《いこじ》というか……」

「気にくわない作品を叩き割ったり？」

「それ、実際に見たことがありますよ。それも一個や二個じゃありません。焼き上がった作品を十個、二十個……片っ端から地面に叩きつけて割ってました」

「いかにも芸術家っぽい話ですけど、そんなことが本当にあるんですね」私も思わず苦笑してしまった。

「荒木が普通に就職した時は何も言わなかったんですけど、小説を書き始めてからはぶつぶつ文句を言ってましてね。何なんでしょうね、『あんなのは芸術じゃない』って言ってました。荒木は苦笑して、受け流していましたけど」

「微妙な親子関係ですね」

「まあ、親子のことは、どんなに親しい人間にも分かりませんよ……そこです」

急に道が開けて、広い敷地が目の前に現れた。右手に、屋根だけがある建物——これが窯だろう。正面にかなり大きな母屋があった。古びてはいるが、きちんと整備された感じ。車を降りて周囲を見回していると、不意に違和感を覚えた。

ベンツ。

家の前に、鄙びた風景に似合わない、真新しいベンツのワゴン車が停まっていた。

「このベンツ、荒木さんの車ですか？」

「そうです」内川が答える。

「ずいぶんいい車に乗ってるんですね」

「それぐらいは儲けている、ということでしょうね。この辺で、他に外車に乗ってる人間なんかいませんよ」

となると、荒木の名前を知らない自分が無知なだけかもしれない。たまには本屋で小説のコーナーも覗いてみないと、と反省した。

「内川さん、声をかけていただけますか？　私がいきなりノックするより、いいでしょう」

「ああ、いいですよ」

気さくに私の頼みを受け入れ、内川がドアに手をかけた。どうやら鍵はかかっていない――かけない習慣らしい。実際、ドアはすぐに開き、内川が首を突っこんで声をかけた――が、彼の口から出てきたのは悲鳴だった。

「どうしました！」

ただならぬ様子に、私は急いでドアに駆け寄った。内川が後ろによろけ、倒れそうになる。慌てて支えようとしたが間に合わず、内川は尻から地面に落ちてしまった。彼を助け起すのは後回しにして、玄関を覗きこむ。

内川が腰を抜かすのも当然だ。

玄関先で、荒木らしき男が血まみれで倒れている。

5

現場が騒々しくなるまで、少し時間がかかった。所轄があるのは立山町ではなく隣町で、荒木の家からは結構離れているのだ。まず制服警官の乗ったパトカーが到着し、続いて刑事課員たちが覆面パトカーで殺到する。私が一一〇番通報してから二十分後、広い敷地が車で埋まった。自分で家を調べるだけの時間もあったのだが、何とか自重しておく。殺人事件、それも自分の管内で起きたのではない事件なのだ。余計な手出しをして、地元の警察を怒らせることはない。

取り敢えず現場の保存と調査を始めた県警の連中を横目に、私は顔を蒼くした内川の面倒をみた。自分の車の運転席に座らせ、ドアを開け放したままにする。梓に倣って、常に水のペットボトルを持つようにしてよかった……水を一口飲むと、内川の顔に血の気が戻る。

「間違いなく荒木さんですか？」

「間違いないです」かすれた声で内川が答える。「何であいつが……」

新しい遺体ではない。死後相当の日数……少なくとも一週間や十日は経っているだろう。気温が低かったとはいえ、腐敗が進んで死臭は相当きつい。今まで見つからなかったのは、荒木が電話を持っていないせいではないか、と私は訝った。電話があれば、「不通」を疑った家族が訪ねて来て、もっと早く遺体が見つかったかもしれないのに。

「ここまで来る人は多いんですか？　仕事の関係とか」

「どうでしょう。私も、荒木の仕事ぶりをよく知っているわけじゃないので」

山の中の一軒家。犯人にすれば、絶好の犯行現場だろう。近所の人に悲鳴を聞かれる心配はないし、逃げ出す時も誰かに見られる可能性は極めて低い。

「通報者の人は？」

厳しい声で呼ばれ、私はそちらを向いた。大柄な中年の男が、腕組みをして周囲を睥睨《へいげい》している。コートではなく、マウンテンパーカ姿。いかにも立山地域の警察官らしい格好とも言えるが、真っ赤な色は目立っていけない。私服の警官も、原則的には黒やグレーなどの目立たない色の服を身につけるべきだ。他人の印象に残らないことこそが大事なのだから。

「私です」私は軽く右手を挙げた。

「中新川《なかにいかわ》署刑事課の水崎《みずさき》です。ちょっと、うちの刑事の事情聴取にご協力下さい」

私はすかさずバッジを取り出し、自己紹介した。

「警視庁……？」水崎の眉がぐっと眉間の中央に寄った。「何か、こちらで仕事でも？」

「112便の関係です」

「あれは、うちの県警で捜査しています」水崎がわずかに胸を張った。縄張りを荒らすな、と宣言するようだった。

「私の所属は、総務部の犯罪被害者支援課です。112便の事故の犠牲者——そのご家族のための仕事です」

「ああ、なるほどね」

水崎の口調が一気に軽くなる。総務部の人間だから刑事ではない——与《くみ》しやすしと判断したのだろう。実際、私は今は刑事ではない。

「ま、警視庁の人なら話が早い。発見の状況を聞かせてもらえますか」

「分かりました」

言った途端に、私は三人の刑事に囲まれた。これはいかにもまずいやり方——一対一でじっくり話を聴くのが一番効率的なのに、三対一だと話があちこちに飛んでしまう。私はなるべく彼らに質問をさせないよう、一方的に話した。

「……というわけですが、実際の第一発見者はそちらの方です」私は、運転席に横向きに腰かけ、両手を膝の上に力なく置いた内川の方に向けて顎をしゃくった。「ただし、直後に私が遺体を確認していますから、聴いても同じ話しか出てこないと思います。同級生が亡くなってショックが大きいようですから、事情聴取は後回しにしていただいた方がいいでしょう」

「それはこっちで決める」水崎が割りこんできた。「あなた、しばらくこっちにいるつもりですか」

「それは……」会うべき相手が死んでいた。崖《がけ》の天辺に手をかけたら、いきなり崩れ落ちたようなもので、私の調査はゼロから巻き直しになるだろう。「まだ分かりません」

「まあ、被害者のための仕事は大事だからな。こっちの捜査に影響がない限りは、自由に動いてもらって構わない」

「そうですね……ちょっと家の中を見せてもらうことはできますか？」

「それは駄目だ」水崎の表情が一気に硬くなる。「今、鑑識が入っている」

「作業が一段落してからで結構です」私は食い下がった。「だいたい、今日、荒木さんと会う予定だったんですよ」

「約束していたのか？」

「いえ。荒木さんは電話も持っていなかったようなので」

「被害者、作家だって？」初めて聞く情報のように、水崎が訊ねた。

「地元では有名な人かと思っていましたけど……違うんですか？」

「そっちの方面には疎くてね」水崎が咳払いした。

「右に同じく、です」

私はにやりと笑ってみせたが、水崎は追従しない。私を警察一家の仲間ではなく、よそ者扱いしたいようだ。

「一段落したら、家の中を見せていただけますね？」私は念押しした。

「いつになるか分からないよ」

「結構です。待ちますから」

まず、支援課に報告しないと。踵を返した瞬間、刑事たちに取り囲まれた内川の姿が目に入った。怯えた表情……支援課員としての血が騒ぎ始めたが、考えてみると内川は犯罪被害者ではない。今は助けられないと心の中で手を合わせ、私は警察官たちの輪から離れた。既に午前九時過ぎ。支援課には全員が揃っているはずで、私は取り敢えず本橋に電話を入れた。

「どうですか?」

本橋が気楽な調子で訊ねてきたが、私としてはとても気楽に話せる状況ではない。だいたい、今朝起きてから今まで、あまりにも多くのことが矢継ぎ早に起こり過ぎた。私は取り敢えず、「手がかりにつながりそうな人物が殺されました」と告げた。

本橋は絶句したものの、あくまで一瞬だった。すぐに冷静さを取り戻し、落ち着いた口調で、「どういうことですか」と訊ねる。

私は今朝からの一連の出来事を、順を追って説明した。相槌をもらいながら話しているうちに、頭の中で情報が整理されてくる。本橋はやはり、いい聞き手だ。

「荒木重道なら知っていますよ」

「課長、小説なんか読むんですか?」

「小説ではなく、彼が書いたノンフィクションを読んだことがあります。いや、あれはノンフィクションノベルと言うんですかね。実際の事件を題材にしていますが、場所や固有名詞を変えて、基本的にはフィクションにしています。その本の後書きで、基本的には小説を書いていて、たまに『自分を鍛えるために』ノンフィクション、あるいはノンフィクションに近い小説を書いている、とありましたよ」

「そういうのって、物書きの仕事として成立するんでしょうか」私は思わず首を傾げた。

「私にもよく分かりませんが、調べてみましょう。何か手はあるはずです」

「お願いします」

「それで、そちらは？」

「今、鑑識が入っているので、それが一段落したら中を見てみます。何か手がかりがあるかもしれません」

「県警の邪魔はしないように」本橋が釘を刺した。

「分かってます」

報告、終了。本橋は非常にフラットに話をしたな、と思った。今の段階では、荒木の存在がどんな手がかりになるか分からなかったから、がっかりする気分にもなれなかったのかもしれないが。

私は、まだ刑事たちに囲まれている内川の近くに歩み寄った。どうやら質問が尽きかけているようで、会話は途切れ途切れになっている。

「内川さん、水を飲んで下さい」

私が話しかけると、内川ははっと気づいたように、握りしめたペットボトルに目を落とした。慌てて口をつけ、ごくごくと飲み干す。零れた水が顎を伝い、内川は慌てて手の甲で拭った。

「もうよろしいですか？」私は、三人の刑事たちに向かって下手に出た。「ちょっとお疲れのようですよ」

反論はない。私は内川の腕を引いて、刑事たちから引き離した。腕を摑んでいるだけでも、体が震えているのが分かる。

「大変なことでした」

「まったく……まさか、友だちがあんな風に死んでるのを見るなんて……」

「この件、本井さんの一件と関係しているんじゃないんですか？」

「え？」

「いや、何も分かりませんけど……何か、関係がありそうじゃないですか」

「そんなこと、私には分かりませんよ」内川が首を横に振る。

「あなたが荒木さんから何を聞いていたか、正確に教えて下さい」肝心のその話がまだだった、と思い出す。

「二週間ぐらい前かな……私の家で荒木と呑んだんですよ」内川が目を瞑《つむ》る。唾を呑むと、喉仏が大きく上下した。「その時に、本井が家を訪ねて来たことがある、と話し出したんです」

「急に？」

「ええ……秘密を打ち明けるみたいな感じで。私もすぐにピンときて、『殺人犯と会ったのか』と聞いたんですが、荒木は『本当に殺人犯かどうかは分からない』と言ったんですよ。思わせぶりに、ですけどね」

「もしかしたら荒木さんは、本井さんが起こした事件を調べていたんですか？」私は思わず目を見開いた。

「いや、それは分かりませんけど……あいつは、どんな仕事をやっているかなんて、言わない人間なんで」

しかし、事件の取材をしていてもおかしくはない。それこそ「修行」として。毒殺事件というのは、作家の興味を惹《ひ》く材料かもしれないし。

「会ってどうしたんでしょうね」

「預かったものがある、と言ってましたよ」

「預かった？」荒木はかなり危険を冒していたのではないか？　指名手配犯と接触して何かを受け取る。そしてそれを警察に通報しない――犯人隠匿と判断されてもおかしくはない。普段から事件について取材している人なら、それぐらいのことは分かりそうなものだが……敢えて危険を冒すほど、本井は大事な人間だったということか。

「ええ。ただ、それが何なのかは言わなかったんですけどね。私は、ちょっと危ない話だと思いました」

「それはそうですよね。殺人犯と接触する——しかも相手を家に招き入れるというのは、普通の感覚じゃない」

「招き入れたというか、向こうが訪ねて来たという話だったんですけどね」

私は一瞬、荒木を殺したのは本井ではないかと想像した。いや、それはあり得ないか……本井が荒木を訪ねて来たのは、おそらく事故の二週間以上前である。直後に荒木は内川にそのことを話し、その後で殺された——タイムラインはそういう感じだろう。

「二人は、以前から顔見知りだったんでしょうか」

「それは、私には分かりません」

ここから先は、私には聴く権利があるとは思えない。が、刑事としての本能から、つい質問をぶつけてしまった。

「荒木さんは、誰かに恨みを買っていたりしませんでしたか？」

「それは……ないとは思うけど……分かりませんね」内川の口調が曖昧になる。

「こういう場所で、電話も入れないでたった一人で原稿を書いているというのは、相当変わった人に思えますけど、どうなんですか？」

「まあ、その辺は親父さん譲りかもしれませんね。芸術家って、やっぱり変わった人が多いんじゃないですか？」

それは否定できない。自分では当たり前だと思っていることが、人の怒りを買ってしまう——芸術家には、そういう機会が多いような気がする。常識が、世間とはかなりずれているのではないだろうか。

「他に、この辺で荒木さんとつき合いのある人はいますか？　世捨て人というわけじゃないですよね」

「そうですね。昔の同級生とはたまに会いますけど、それ以外はどうかなあ。仕事の関係で人に会うことはあるでしょうけど」

「内川さんも、完全に様子を把握しているわけじゃないんですね」

「それはそうですよ」内川が唇を尖らせる。「別に、荒木と暮らしていたわけじゃないですから……あ」突然、顔が青褪める。

「どうしました？」

「家族に知らせないと……」震える手で携帯を取り出した。

「大丈夫です。それは警察が引き受けますから」

私が首を横に振ると、内川がゆっくりと手を下ろした。表情は少しだけ緩い。面倒な——嫌なことを自分で引き受けずに済んでよかった、とほっとしているのだろう。

本来なら——東京なら、この件は私の仕事になる。大抵は、事件現場に一番乗りした所轄の人間が被害者家族に通告するものだが、場合によっては、私たち支援課が早々に動き出すことになる。ただ、この場で私が口を出すのは明らかに筋違いだ。

「それより、しばらくは面倒なことになると思います。覚悟しておいて下さい」私は内川に忠告した。

「これで終わりじゃないんですか？」内川が目を見開く。

「これは始まりにすぎません。これから警察署でまた事情を聴かれるでしょうし、その後も、何度も時間を取られますよ」

「それは……しょうがないんでしょうね」内川の表情が歪む。「滅茶苦茶になるな」

「ええ。事件は非日常ですから」

昼近くになって、ようやく鑑識作業が一段落した。その間に、私のスマートフォンには何度も着信があり、電話やメールを多用した結果、午前中にして早くもバッテリーが怪しくなってきた。仕事で使うなら、スマートフォンよりも、絶対にバッテリーの持ちがいいガラケーだよな、と少し前の時代を懐かしく思い出す。

いかにも嫌々といった様子で、水崎が私を家の中に入れてくれた。監視役のつもりか、若い刑事が一人くっついてきたが、これは簡単に無視できる。

既に遺体は搬出されていたが、その痕跡はまだ残っている。荒木が倒れていた玄関先に、血痕がはっきり記されているのだ。しかも未だに漂う腐臭……内川にとっては、死体を直に見たことよりも、この腐臭が悪夢の記憶になるのではないだろうか。

荒木の遺体の様子を脳裏に思い浮かべる。私は直接検分したわけではないが、傷は後頭部だけのようだ。ドアに向かって前向きに倒れていたから、家の中で襲われ、外へ逃げ出そうとした時に背後から殴りかかられた感じだろう。だとすると、相当な力で一撃——凶器は何だろう。玄関には、おそらく荒木の父親のものであろう陶芸作品がいくつも飾ってあるが、一つたりとも落ちたり壊れたりしたものはない。ここで争った形跡はないと言っていいだろう。

家の中は、ある程度リフォームしたようだ。少なくとも一階部分は、古い家という感じがしない。

玄関を入って短い廊下を歩くと、広々としたリビングルームに出る。正確には、リビングルーム兼作業部屋、ということだろうか。まず目につくのは、壁一面の本棚だ。近づいて確認してみると、前面がスライドできる——すなわち本棚は二重になっている。ちょっとした図書館ぐらいの蔵書量だ。これだけ本があると、読書傾向もすぐには分からない。ただ、小説が多いことだけは見て取れた。

部屋のほぼ中央には、横幅が異様に広いデスクが鎮座している。木目を生かしたナチュラルな作りで、ここが彼の作業場所のようだった。デスクの上にはノートパソコンと本が何冊か、それに書類が大量に置いてある。ここを全て調べるには、相当時間がかかりそうだ。だだっ広い――おそらく三十畳はある――部屋の中央にぽつんとデスクがあると、集中できないような気がするのだが、荒木の場合は広い場所でも集中できるタイプだったのだろう。座ろうとすると若い刑事に止められたが、取り敢えず椅子の位置から窓を見ると、枯れきった森が視界に入る。今は侘《わび》しい光景だが、樹勢の盛んな春夏、それに紅葉が美しい秋には、顔を上げるだけで気持ちが癒されるだろう。

それにしても、窓が広い。天井まで高さのある窓がずっと広がっているので、冬は相当寒そうだ。その対策としてか、暖炉が設《しつら》えられている。脇には薪《まき》が積み重ねられ、暖炉の中には灰が溜まっているので、格好だけの暖炉ではないと分かった。この暖炉がないと、冬場には五分たりとも寒さに耐えられないだろう。

全体に、部屋はよく整理されている――しかし私はすぐに、広さに騙されているだけだと気づいた。部屋の隅の方は、ゴミ捨て場の様相を呈していたのだ。ゴミというのは抵抗があるが、本や書類、古くなったパソコンなどが無造作に置かれている。ここを全部調べるのは相当大変だろう。

「そろそろいいですか？」若い刑事が焦れたように声をかけてきた。

「まだ見始めたばかりだよ」

「しかし、ここ以外に見るべき場所もないですけど」

「まあまあ」

私は彼の言葉を無視して、他のスペースを確認した。このリビングルーム兼作業部屋の隣は、ダイニングキッチン。こちらも八畳ほどの広さがあり、キッチンにはちゃんと使われていた形跡があった。普段は家族と離れて暮らしていたというが、荒木はちゃんと自炊をするタイプだったのだろう。もちろん、この町では自炊しないと食事もままならないわけだが。

「二階は？」

「部屋が三つ……一つは寝室ですけど、残りの二つは使っていないようですね。物置みたいになっています。相当散らかってますよ」

「客が来た時にはどうするんだろう。来客用の部屋はないのかな」

「さあ……」

頼りないな、という言葉を呑みこむ。ここで喧嘩を売って、本橋に後始末を頼むのはあまりにも申し訳ない。

「外へ出ます」

若い刑事に声をかけ、玄関に向かう。一度外へ出てしまってから、オーバーシューズを脱いだ。清冽な山の空気を吸うと、家の中に黴《かび》の臭いと死臭が濃厚に籠っていたのだと改めて気づく。そこにさらに古い本の臭いが混じり、何とも言えない悪臭だった。

内川は、事情聴取のために所轄に連れていかれていた。ということは、私には足がない……駅からここまで、車で十分。歩いたらどれぐらいかかるだろう。近くに民家もない場所だし、取り敢えず広い道路に出てタクシーを呼ぶしかないか。

「満足しましたか」水崎が声をかけてきた。

「何とも言えませんね」

「だいたいあんた、どうしてこんなところへ来たんですか？　荒木さんが、112便の事故に関係しているとでも？」

「犠牲者の一人が、荒木さんと知り合いだったようなんです」

どこまで明かすか、難しいところだ。警視庁の特捜本部にも話していないことを、富山県警の人間に話すのはいかがなものか……しかし私は、少しだけずるい手をつかうことにした。

「実は、まだ上司にも捜査一課にも報告していないことなんですが……」

「うん？」急に興味を惹かれたようで、水崎が声をひそめる。人は「あなたにだけ」「内密で」「真っ先にお知らせする」と言われると、悪い気はしないものだ。

「112便の事故で、指名手配犯の本井が死んだのはご存じですよね」

「もちろん」

「その本井が、事故の二週間ほど前に、荒木さんに会いに来ていたようです」

「何だって？」水崎が目を見ひらく。「そんな話は初耳だ」

「私も今日聞いたばかりですよ」

「そのネタ元が、内川さんか」

「そういうことになります。どうして本井が荒木さんと会っていたのか、確かめようと思ってここへ来て、遺体を発見したんです」

「何だか怪しい話だな」

殺人事件は全て怪しい——そんなことは自明の理なのだが、あまり事件がない署で刑事課長をやっていても、経験は積めないのかもしれない。

「この件は、当然うちで引き取ることになる」水崎が宣言する。

「承知しています」

「もう、本部の捜査一課も入っている。捜査本部ができて、あとは通常の捜査になる手はずだ」

「ええ」

「だからあんたは——最初に手をつけたのはあんたかもしれないけど、これ以上は手も口も出さないでくれよ」

「もちろんです。それは私の職分ではありませんから。でも、一つだけお願いしていいですか？」

「何だ？」水崎が露骨に警戒する様子を見せた。

「荒木さんのご家族に会わせてもらえませんか？」

「いやいや……それはちょっと、図々し過ぎないかな」

「私は犯罪被害者支援課の人間です。普通の刑事が嫌がることもやりますよ……ついでにもう一つ、お願いがあります」

「いい加減にしてもらえないか？」

「足がないんです。このまま、歩いて山を降りるのも面倒ですから、同乗させて下さい」

水崎がうんざりした表情を浮かべた。

6

今回、被害者支援という観点からすれば、富山県警は非常についていた。

荒木の長男、元也《もとや》が応対してくれたのだが、彼は地元の会社に勤めながら、父親のマネージャー的な仕事もしているのだという。マネージャーが必要なほど荒木が忙しかったかどうかは分からないが、元也本人がそう言うのだから信じるしかない。それに、マネージャーを名乗るだけあって惨劇の後でも冷静で、きちんと話が聴けたのは、警察としてはありがたいことだった。

所轄に元也を呼び、事情聴取を行ったのだが、荒木と本井の関係を聴くのは後回しになった。本井はとうに死んでいるわけで、今回の殺人事件の犯人とは考えられない。事情聴取を担当した県警捜査一課の刑事は、荒木の一般的な交友関係から掘り起こし始めた。

「部外者をここに入れるのは異例だからな」水崎が私に恩を着せようとして、体を反《そ》らしながら言った。

「承知してます。しかし、こちらでも設備はちゃんとしてるんですね」

「当たり前だ。最近の警察だったら、これぐらいは当然だろう」

取調室を使うのは大袈裟なので、刑事課のすぐ脇にある会議室で事情聴取が行われたのだが、ここは実質的には取調室の役目も負っていた。監視カメラとマイクで、会議室の外にいながら相手の様子を確かめられる。狭苦しい取調室ではなく、陽光も入る会議室の方が、気を許して喋ってしまうこともあるだろう。そして他の刑事は、刑事課にいながらにして、容疑者の様子を確認できる。私は水崎と並んで座り、かなり大型のモニターを見守った。斜め上の位置から撮影されているので、天井の照明か何かに仕込まれたものだと分かる。音声もクリアだった。

「では、普段もほとんど人に会わない生活だったんですね？」取り調べ担当の刑事が訊ねる。何度目かの同じ質問だった。相手が嘘をついていないかどうか確認するために、同じ質問を繰り返す——取り調べの基礎テクニックの一つだ。

「ウィークデーは、基本的にはずっと一人でした。興に乗ると、週末も富山には帰って来ないで……一ヵ月ぐらい、自宅に戻らないこともよくありました」

「普段の生活ペースはどんな感じだったんですか？」

「決まったパターンはなかったんです。富山に戻って来た時に大量に食材を仕入れて、そのまま向こうへ行って……適当に自炊していたようです。向こうには古い友だちもいるので、一緒に食事をしたり酒を呑んだりもしていたみたいです」

「電話も入っていなかったそうですが」

「ええ」

「作家さんというのは、普通に電話で仕事の相談をしたりしないものですか？」

「電話は煩わしいという話で、あの家——私たちの祖父母の家を仕事場に改装した時に、契約を解除したんです」

「だったら、連絡は？」

「メールですね。でも、父は基本的にメールの返信もしないんです。とにかく、連絡されるのが嫌いなようで、いつも一方的に……それで最近は、私が父に代わって、編集者の方とお話しするようになりました」

「それでマネージャー、ですか」

「ええ。父の仕事のスケジュールを管理して、会って打ち合わせがしたいという編集者の人がいれば日程を調整して……別に、あの家から一歩も出ないわけじゃないんですよ？　編集者を招くこともあるし、富山の家で会うこともあるし、父が東京へ出て行くことも珍しくありませんでした。基本的に取材は好きな人なので、出かけるのは苦にならないんですよ」

「どうも、我々にはよく分からない仕事ぶりですね」取り調べ担当の刑事が首を捻る。

私にもよく分からなかった。荒木というのがどの程度のレベルの作家なのか、未だに摑めていないからだと思う。超売れっ子の作家なら、取材はアシスタントに任せて、自分はひたすら机にかじりついて執筆に専念するだろう。年に一冊ペースでゆっくり本を書いている人なら、長く取材の旅に出ていても、執筆作業には差し障りがないはずだ。荒木の実績については本橋が調べてくれることになっていたが、まだ連絡はなかった。

「荒木さんのことは、ご存じないんですよね？」私は水崎に訊ねた。

「ああ。ただ、署内では、そういう作家さんがいることを知っている人間は何人もいたよ。何しろ地元の名士だからな。ただ、それ以上の情報はない。犯罪者じゃないんだから、我々がマークする必要もないし」

「政治家や実業家とは違いますからね。その違いは——金があるかないか」

水崎が顔を引き攣《つ》らせるようにして笑った。その時、私のスマートフォンが振動する——本橋からのメール。確認すると、午前中一杯かかって調べ上げた荒木の経歴だった。

荒木は四十歳の時に、新人対象の文学賞を受賞して作家デビューし、エンタメから純文学寄りの作品まで幅広く執筆しているという。年平均で二冊から三冊の本を出版し、富山の山村を舞台にしたミステリ『峠の死』はベストセラーになって映画化もされた。四十五歳の時には勤めていた会社を辞めて、執筆活動に専念。作品はノンフィクション寄りの小説、あるいは完全なノンフィクションが多く、それらは全て犯罪絡みだった。地元紙で長くコラムを持ち、講演活動を行うなど、いわゆる「地元の文化人」でもあるようだ。

本橋は「個人的見解」としながら、「中堅作家」と位置づけていた。出す本全てがベストセラーになるわけではないものの、それなりに固定読者がいるようだ。田舎にいて生活費も安いので、それでも十分暮らしていけるのだろう。そして地元においてはそれなりに尊敬され、丁重に扱われる「文化人」になった……どうも、私の知っている範疇《はんちゅう》にはいないタイプの人物だ。

本橋はさらに、もしも荒木について地元で調べる場合に当たるべき人間を、何人かリストアップしてくれていた。地元紙の文芸部の記者、富山市内の文芸サークルの幹部、荒木が週末に教えていたカルチャーセンターの事務局の人間……相変わらず丁寧で早い仕事ぶりだ。ただ、この辺りの人に実際に当たるかどうかは微妙である。「参考まで」ということで、水崎に渡してしまうべきかもしれない。彼らも遅かれ早かれ、荒木の交友関係を解き明かすだろうが、私が情報を流すことによって、少しは手なずけられるかもしれない。今のところ、水崎が警戒心を解こうとしていないのが私にとってはマイナスだ。

——もう少し様子を見よう。私は取り調べの様子に意識を集中した。折しも元也が、最近の荒木の仕事ぶりに関して喋り始めたところだった。

「実は父は、以前から本井さんについて調べていたんです」

「何ですって?」担当の刑事が腰を浮かしかける。

「あの事件で本井さんが指名手配されたの、半年ぐらい前でしたよね?」

「そうですね」

「事件関係の資料を集めるように言われました。とはいっても、新聞記事や週刊誌の切り抜きぐらいですけど……」

「実際に取材していたんですか？」

「それは分かりませんが、この半年で、何度か東京に出かけていました。ただ、何の用事だったかまでは聞いていません」

「スケジュール管理をしているなら、それぐらいは把握しておいてもいいんじゃないですか」

モニター越しにも、元也の耳が赤くなるのが分かった。むっとした表情で刑事を睨んだが、それも一瞬だった。

「父は、肝心なことは何も言わない人でした。秘密主義っていうんですか……取材も、基本的には一人でやっていました」

本当だろうか、と私は首を傾げた。作家といっても、その名前が全国どこでも通用するのは一握りだろう。取材には、絶対に「肩書」が必要なはずだ。知り合いの新聞記者の顔を何人か思い浮かべてみたが、彼らだって新聞社の名前がなかったら、簡単には取材できないだろう。作家の場合、出版社の名前を使うか、編集者と一緒に取材に行くのではないだろうか。編集者に対しても秘密主義を貫いているとしたら、相当徹底している。

「取材のメモなんかがどこにあるかは分かりますか？」

「どう……ですかね」元也は自信なげだった。「部屋、ご覧になりました？」

「ええ」

「整理されているようで、結構滅茶苦茶なんですよ。メモはすごく細かく取るんですけど、使い終わったらすぐに二階の部屋に放りこんで、後はろくに整理もしないんです」

「直近の取材の資料は？」

「一階の部屋に大きな机がありますよね？　基本的には、あそこに載っていた資料が全てのはずです」

「なるほど……メモは、どういうものですか？　メモ帳？　それともノートですか」

「小さいノートです」元也は顔の前で指を動かし、四角形を作って見せた。「普通のノートより一回り小さいのが使いやすいと言っていました。いつもそのノートです」

「デスクにはなかったと思いますが……」

「なかった？」元也がテーブルの上に身を乗り出す。「いつもパソコンの横に置いてあるはずです」

「いや、なかったです。走り書きのメモのようなものだけですね」刑事は冷静だった。

「まさか。いつも、必ずそこに置いてあるんですよ」

「しかし、ないものはない……犯人が持って行ったのかもしれません。ちなみにあの家に、現金はどれぐらい置いてありました？」

元也がしばらく黙りこんだ後、ぽつりと「数万円、でしょうね」と答える。

「そんなものですか？」

「あそこに籠っている限り、あまり金を使うこともないんです。財布に入っている金額が全てだと思います」

「財布は、ご遺体のズボンのポケットに入っていました」

「ああ……いつもそこです」

「金目当てではないようですね」

「だと思います」

その後も事情聴取は続いたが、これはという情報は出てこなかった。話も次第にだれてくる。刑事が、意図的に隠しカメラを凝視した。助けを求めている——察した水崎が歩き出した。私も遅れず彼の後を追う。水崎が振り返り、「あんたは入って貰ったら困るよ」と釘を刺す。

「ちょっと話を聴きたいだけです——それと、情報があるんですが」

水崎がすっと眉を上げた。取り引き材料——荒木に関係する人間の名前を教えてやってもいいだろう。どうせ後で分かることだ。

「……まあ、いい。しかし、あまり刺激するようなことは言わないでくれよ」

「もちろんです。私は刑事ではないので、そんなに刺激的なことは言えませんよ」

「どうだかね」

鼻を鳴らし、水崎が大股で隣の会議室へ向かう。乱暴にノックしてドアを開けると、「お疲れ様でした」と大声で言った。元也が両手で顔を擦り、深く溜息をつく。顔色が悪く、今にも吐きそうな雰囲気だった。父親のアシスタントをしているとはいえ、基本は地元企業に勤める普通のサラリーマンである。こんな事件の矢面に立たされたら、たまったものではないと思っているだろう。もちろん、父親が殺されたショックもあるはずだ。

テーブルにお茶のペットボトルが載っているのに気づく。手つかず。私はキャップを捻り取り、飲むように元也に勧めた。怪訝そうに私の顔を見た後、元也はペットボトルを手にし、お茶を長々と飲んだ。それで、顔に血の気が戻ってくる。取り調べではなく被害者家族への事情聴取なのだから、少しぐらい気を遣ってやれ……。

「警視庁被害者支援課の村野と申します」私はできるだけ丁寧に自己紹介した。「実は私、第一発見者のようなものなんです」

「え?」元也が勢いよく顔を上げる。「どういうことですか?」

私はちらりと水崎の顔を見た。渋い表情を浮かべているが、発言を止めようとはしていない。取り敢えず彼の存在を無視して、事情を説明した。

「じゃあ、父はもう、本井と接触していたんですか」

「そうだと思われますが、確証はありません。本井が訪ねて来たとしても、結構前のことですからね……しかし、そもそもお父さんは、こんな大胆なことをする人なんですか？　殺人事件で指名手配された人と会うような？」

「それは……分かりませんけど、基本的には好奇心が旺盛です。身の危険がないと思えば、会うかもしれません。だいたい、向こうから訪ねて来たんでしょう？」

「そうだと思われます」

「殺人事件について調べていて、その犯人が直接話を聴かせてくれると思ったら、むしろ張り切るかもしれません」

「でも、あなたには話していなかった」

「秘密主義だったので」

元也が皮肉っぽく言った。息子は無視。その一方で、古い友人の内川には話していた。もっともそれは、酒が入って緊張が緩んだからかもしれないが。それに息子のことは、「雑用係」程度にしか思っていなかったのかもしれない。父と息子は、なかなか分かり合えないものだ。たぶん荒木自身も、陶芸家の父とは上手く折り合えていなかったのだろうし。

歴史は繰り返す。

「実際に本井さんについて取材していたかどうかは、分からないんですね？」

「ええ」

「本井さんが、お父さんに何か託していったという話があるんですが……心当たりはないですか？」

「まったくないです」元也が力なく首を横に振る。「会っていたことも、今日初めて聞いたぐらいですから」

「水崎課長……どうでしょうか」

「何が」水崎がぶすっとした口調で言った。

「息子さんに現場を見ていただいて、普段と何か違っていないかどうか、確認していただくのは」

「もちろん、それはお願いするつもりだ」水崎の耳が赤くなった。

「あの、葬儀の準備なんかは……」元也が話に割りこむ。

「それは改めてお知らせします。まず、ご遺体を詳しく調べなければならないので——それは明日までかかります」

水崎の言葉に、元也の顔から血の気が引いた。解剖だ、とピンときたのだろう。殺された上に、遺体を切り刻まれると想像したら、とても耐え切れまい。

「元也さん、他のご家族はどうしていますか？　奥さん——お母さんは大丈夫ですか？」

「今、親戚の人がつき添っています」

「誰ですか？」

「伯母――母の姉です」

「結構です」それなら一安心だ。犯罪に巻きこまれて精神的なショックを受けた場合、近くで慰めるのに最も適した人物は、女性の場合は姉か妹、というデータがある。玲子が統計的に導き出したものだが、聞いた瞬間に私は得心した。「今は、ご自宅ですか？」

「ええ」

「他のご家族は？」

「妹が名古屋にいるんですが……もう、こっちに着いているかもしれません。連絡したら、すぐに向かうと言っていましたので」

「妹さんは、向こうで働いているんですか？」

「いえ、結婚して専業主婦です」

「妹さんのご主人は、何をしている人ですか？」

一瞬、元也が怪訝そうな表情を浮かべる。そんなことに何の関係がある？　私は何も説明せずに、答えを待った。次第に居心地が悪くなってきたのか、元也がもぞもぞと体を動かす。

「あの……ええと、地元の電力会社に勤めています」

「一緒に来ますかね?」

「来ると聞いています」

「今からこんなことを言うのはおかしいかもしれませんが、お葬式では妹さんのご主人にある程度仕切ってもらうのがいいと思います。そういう立場の人は、客観的に、かつ冷静に動けますから。肉親だと、なかなかそういう風にはできないですよ」

「話してみます」

支援課からのささやかなアドバイスだ。もちろん、東京での常識がそのまま通用するわけではあるまい。田舎では、近所づき合いも東京よりずっと濃いはずで、近所の人たちの心遣いで助けられることもあるだろう。

「もしも本井さんとお父さんの関係について何か思い出したら、私にも教えてもらえますか?」

「はいはい、そこまで」水崎が両手を三度、叩き合わせた。「これ以上は、あんたの仕事じゃないでしょう。今後、この捜査は富山県警がきちんと担当しますから、連絡は私たちの方へ。お願いしますよ」

やはり、なかなか打ち解けない……水崎のような人間は、どこにでもいるものだ。

7

一度、署から出ることにした。歓迎されていないのは明らかだし、手伝いも求められていない。被害者家族の対応なら手を貸してもいいと思っていたのだが、そんな話はまったく出なかった。

庁舎を出て振り返る。改めて見ると、中新川署は本当にこぢんまりとしていた。庁舎の左側が三階建て、右側が二階建て……小さな町役場のような感じである。何しろ郡部の警察署であり、担当地域はやたらと広いものの、管内人口は少ないはずだ。おそらく、一番活躍するのは山岳遭難の時だろう。富山県警の山岳警備隊の実力は、全国トップレベルだと言われている。

普段は静かなはずの署も、さすがに今日はざわついている。報道陣の車が集まり、覆面パトカーも忙しなく出入りしている。このところ、富山県はやたらと事件・事故づいているのだ。事件は事件を呼ぶということか。

さて、どうしたものか……取り敢えず一人になってじっくり考えたい。しかし車があるわけではないし、この辺には時間を潰せる喫茶店もなさそうだ。スマートフォンを取り出して地図を検索すると、富山地鉄の上市《かみいち》駅までは歩いて出られるようなので、取り敢えず富山市内へ戻り、一人ホテルに籠るか。

「村野さん」

声をかけられて振り返ると、内川が蒼い顔で立っていた。私は急いで彼の下《もと》へ駆け寄った。

「大丈夫ですか？　今回は大変でした……私にあんな情報を流さなければ、友だちのご遺体を見ることもなかったですよね」

「いや、今日行かなければ、荒木はまだしばらくあのままだったでしょう。そういう意味ではよかったですよ。ただ、ショックが……」内川の喉仏が上下する。

「分かります」私はゆっくりうなずいた。「私だって、死体を見たらショックです」

「警察の人でもですか？」

「もちろんですよ。それで、こちらの用事は終わったんですか？」

「ええ、何とか。また後で話を聴かれると思いますけど」

「警察の用事は一回では済まないんです。申し訳ありませんが、よろしくお願いします」富山県警の代わりに頭を下げる必要はないのだがと思いながら、私は思いついて訊ねた。「ところで、食事はしましたか？」

「いや」内川が胃の辺りを擦《さす》った。「忘れてました」

「警察は食事も出さなかったんですか？」私は目を見開いた。大事な第一発見者に対する態度としては最悪だ。

「ええ。食べている暇もなかったですけどね」

「私も昼抜きになりました。こんなことを言うタイミングではないかもしれませんが、昼食をご一緒しませんか？」

「そうですねえ……ちょっと一人で飯を食う気にはなりませんね」

「この辺で、食事ができる店はありますか？」私は周囲を見回した。基本的には静かな住宅街で、食事ができそうな店は見当たらない。

「ぽつぽつと……ラーメンでもどうですか」

「富山ブラックですか？」

「いや、豚骨ラーメンです」内川が怪訝そうな表情を浮かべる。「富山ブラックは、別に富山を代表するラーメンじゃないですよ」

「全部があんな感じで真っ黒かと思ってました」

「いやいや……とにかくこの近くで食事ができるのは、ラーメン屋ぐらいかな」

「おつき合いします」

内川が車を出してくれた。エンジンをかけ、シートベルトを引っ張りながら盛大に溜息を漏らす。

「お疲れですね」

「疲れとショックです」

「お察しします」

「まあ、腹が膨《ふく》れれば、少しは元気になるでしょう」自分に気合を入れるように内川が言って、車を出した。

五分ほど走ると、住宅街の只中にラーメン屋が現れた。駐車場がやたらと広いのは、車社会の街だからこそか。昼飯時を外れているので、車は他に二台だけ。外へ出ると、冷たく湿った風に体を叩かれる。山が近いせいか、冷えこみもぐっと厳しいようだ。

なかなか年季の入ったラーメン屋で、味は期待できそうだ。年季が入っているということは、それだけ古い——長い年月、地元の人に愛されてきた証拠である。

テーブル席と座敷がある、一見蕎麦屋のようなラーメン屋だった。座席に上がりこみ、メニューを眺める。蕎麦屋のようだと思ったら、本当にうどんがあった。しかしあくまで売りは豚骨ラーメンのようなので、私は「あっさりとんこつ」の醬油味を頼む。気合を入れるつもりなのか、内川は「とんこつにんにく」の味噌ラーメン。

「変な感じですね」内川がぼそりと零した。

「何がですか？」

「何だか全然実感が湧かない……自分で見つけたのに、荒木が死んだことが信じられないんですよ」

「分かります」

「そうですか？」内川が右目だけを見開いた。「こういう時は、すぐにショックを受けるのが普通だと思いますけど……」

「それは、病気などで知り合いを亡くした時です」私は声を潜めた。「殺される……そんな非日常的な状態だと、すぐには実感が湧きません。小説や映画の世界の話みたいに思えるはずですよ」

「そう、そうなんです」内川が膝に両手を置いて身を乗り出した。「テレビの画面を見ていたような感じで」

「そういう風に言われる方は多いんです。むしろ、ショックがくるのはこれからだと思いますので……何か困ったことがあったら、私に電話して下さい。相談に乗ります」本当は管轄外で、手や口を出してはいけないところだ。しかし、富山県警がきちんとフォローしてくれるかどうかは分からない。そもそも内川は犯罪被害者でもないのだし。

ラーメンが運ばれてきた。私の分は、それほどとんこつ臭が濃厚ではない。というより、普通の醤油ラーメンのようだった。極太の麺はしこしこしていて、太いもやしの歯ごたえが好ましいものの、「とんこつ」の看板は下ろした方がいいだろう。一方内川のラーメンは、かなり強烈なにんにく臭を発していた。スタミナはつきそうだが、胃が弱っている時にはかえってダメージを受けそうだ。しかし、午前中に相当のダメージを受けたはずの内川は、勢いよく啜っている。

何も言わずに食べ終え、ようやく一息つく。腹が膨れて体が温まり、今日もまだ動けそうだ、とほっとした。

「これからどうなるんですか？」内川が訊ねる。

「警察は、交友関係を中心に調べるでしょうね。ただ、普段接している人ではなく、突然訪ねて来た人間が犯人だったとしたら、割り出すのは難しいでしょう。あの家、防犯カメラもないですよね」少なくとも、私が見た限りでは。「あの近くでも、防犯カメラのあるような家はないでしょう」

「泥棒の心配をするようなところじゃないですから」内川がうなずく。「本井の関係なんですかねえ」

「どうなんでしょう。本井が荒木さんに何を託していったか……それが分かればヒントになるような気もするんですけどね。しかし、不思議です」

「何がですか？」

「荒木さんは、犯罪関係に詳しかったはずです。そんな人が、指名手配犯と接触して、そのまま逃がすかどうか、ということですよ。警察にばれれば、犯人を匿ったと判断されてもおかしくない」話しているうちに、唐突に本橋の言い分を思い出した。彼は、本井＝犯人説に疑義を呈する人間が捜査一課にもいる、と言っていた。「もしかしたら、本井さんは無実なのかもしれません。荒木さんは取材でそれに気づいていたから、本井さんを逃したとか……」

「その辺は、私には分かりませんけどねえ」内川が首を横に振る。

「捜査を担当するわけではない私が、あれこれ言う資格はありませんけどね……これは、井戸端会議レベルの話です」

痛し痒しといった感じだ。積極的に捜査に手は出せない。だがそれが、被害者支援に結びつくなら……とも考えるし、刑事の血も騒ぐ。

「今頃、大騒ぎになっているでしょうねえ」内川が溜息をついた。

「いろいろ聞かれるかもしれませんが、余計なことは言わない方がいいと思います」

私はアドバイスした。「迂闊《うかつ》な一言が、大きな誤解を招くこともあります」

地鉄にはすっかりお世話になっている。上市駅から特急に乗ると、富山駅まではわずか二十分。車内はがらがらで、一人で考えるには最高の空間だったが、思考が散り散りになって考えがまとまらない。

荒木の線を追っていっていいものか。もしも荒木が健在なら、本井の話を聴くのは、彼の家族の願いに沿うことにもなる。しかし荒木は今や、富山県警が最も注目する人物になってしまった。そこへ首を突っこんだら、捜査妨害と文句を言われかねない。今回の状況では、私はそこまで無理をする気になれなかった。

何も決まらぬうちに、電鉄富山駅に着いてしまった。ふと思い出し、このタイミングでダウンジャケットを仕入れていくことにする。駅ビルの、メンズファッションのフロアに向かった。いかにも富山らしく、アウトドアショップが入っていたので、そこでダウンジャケットを探す。三万円台で、ちょうどスーツの上着の裾《すそ》が隠れる長さのものがあった。少し痛い出費だが、防寒対策の方が重要だ。色は当然……人の印象に残りにくい濃紺。

今まで着ていたコートが邪魔になるので、自宅宛に宅配便で送ってしまう。これで懸案事項が一つ消えた。寒さも気にならなくなったし、あとは何かで気合を入れ直せるといいのだが。

私は大股で歩き出した。

ホテルへ向かう途中、コーヒーショップを見つけて入った。眠気覚まし、集中力を高めるためにはコーヒーが一番だ……しかしここは、東京にもあるチェーン店である。この前来た時にも気づいていたのだが、富山市には喫茶店が少ないようだ。この街に住んでいたら、私は朝食にも困るだろう。

エスプレッソを頼んで、一息。手帳を取り出して今日の動きをまとめようとした時に、スマートフォンが鳴った。芦田だった。

「今、話していて大丈夫か？」妙に遠慮がちな声だった。

「ちょっと待って下さい」私はエスプレッソを一気に飲み干した。店内は空いているが、中で大きな声で話すのは気がひける。せっかくのまとまった時間が……と芦田を恨んだが、仕事なら仕方がない。

外へ出ると、寒風が体に突き刺さる。富山駅前はバス乗り場や路面電車の線路が通っているせいか、だだっ広い空間が開けており、いつも強い風が吹いている印象がある。

「お待たせしました」

「黒沢正樹《くろさわまさき》さん、覚えてるか？」芦田はいきなり本題に入った。

「黒沢さんですか……」記憶をひっくり返す。二十人の死者のリストにその名前はない。「112便の負傷者ですか？」

「まだ意識不明のままなんだが」

「ああ、思い出しました」

事故の直後、支援課では被害者を怪我の程度によって分けた。救急が行うトリアージのようなものだが、もちろん治療のためではなく、その後のフォローのためだ。死亡者はA、生命の危険がありそうな負傷者はB、骨折などの重傷者はC、軽傷者はD、無傷の人はE。五段階レベルに分けた中で、一番数が少なかったのは「B」だ。現場から病院に搬送された中で、治療が間に合うかどうかぎりぎり、という人はほとんどいなかった。数少ない「B」の一人が黒沢という人である。

「黒沢さんがどうかしたんですか？」

「ちょっとおかしな状況になってきたんだ」

「と言いますと？」

「何と言うか……偽者かもしれない」

「偽者？」私は思わずスマートフォンを強く握り締めた。「それは、本井と同じように偽名を使っているということですか？」

「ああ、いや、すまん……」芦田が謝った。この男は時に、説明が分かりにくかったり回りくどかったりすることがある。自分でも考えが整理できていないうちに話し出してしまう、悪い癖があるのだ。「偽名じゃない。持ち物から、本人だということは確認できている」

「本当にそうかどうかは分かりませんよ。意識不明ということは、本人と話はできていないんでしょう？」

「そうなんだが、免許証で確認しているから間違いないと思う」

「分かりました。それで、どういうことなんですか？」まだ意味が分からない。

「事故当日にご家族が訪ねて来て、身元も確認したんだ。免許証だけじゃなくて、家族も確認しているんだから、間違いないと言っていいだろう？」

「そうですね……」本当はＤＮＡ型鑑定まですべきなのだが。

「家族は、病院にも警察にも住所や連絡先を残している。ところが、それが架空のものだと分かったんだ」

「本人じゃなくて、家族がですか？」私は思わず、スマートフォンをきつく握り締めた。

「そういうことになる。意識が戻らないままなので、今後の治療方針や入院のことについて家族と話し合うために、病院が家族に連絡を取ろうとしたんだが、できなかった」

「つまり、残された電話番号や連絡先が偽物だったんですね？」

「そういうことになる……それが分かったのが昨日だ。病院側の要請を受けた警察が、今日になって確認したんだが、やはり電話番号は架空のものだった。残された住所には、黒沢さんとはまったく関係ない人間が住んでいた」

「つまり偽の家族が黒沢さんを訪ねて来た、ということですか？　どういうことですか？」

「それはこっちが知りたい」むっとした口調で芦田が答える。「とにかくこういう状況で、うちにも連絡が回ってきたんだ」

「つまり、面倒臭い話は全部支援課に押しつける、ということですか？」私は思わずむっとした。普段は邪険にしているくせに、自分たちで調べたくない厄介な案件があると、支援課に話を回してくる。今回は、富山県警まで支援課に仕事を押しつけてきたのだろうか。ふざけた話だ——しかし私自身も、富山県警の仕事にちょこちょこ首を突っこんでいる。お互い様、ということか……。

「まあまあ、そこはちょっと……とにかく、捜査共助課経由で、県警から協力要請がきている。ちょうどいいから、お前、県警の捜査本部の担当者に会って、事情を確認してくれないか？」

「仕事ならやりますけどね……」何だか釈然としなかった。

「まあまあ、ここは抑えて、県警に恩を売っておけよ。だいたいお前、本井の件は行き詰まってるんじゃないのか？」

痛いところを突かれた——実際、荒木が死んだ後で、どうやって調査を進めていくか、まったくアイディアがなかったのだから。結局私は、「分かりました」と素直に言うしかなかった。

第四部　顔のない男

馬鹿はそれこそ死ぬまで馬鹿だ。

鼻を鳴らしたい。小突きたい。あざ笑ってやりたい——どれだけ馬鹿にしても足りないが、そんな素振りは絶対に見せてはいけない。あくまで真剣に、同情に満ちた表情を浮かべてやることが大事だ。

しかしやはり、この男を見ていると呆れてしまう。明らかな体調不良。この店に来てからも一度、トイレに行って吐いてきたようだ。もちろん、呑み過ぎではない。もともと「いくら呑んでも酔わない」と豪語していたし、実際、酔っているのを見たことは一度もなかった。酒が入れば陽気になり、声が大きくなる程度である。いつも最後まで意識はしっかりしていて、酔い潰れた仲間を介抱して家まで送るようなタイプだ。

その男が今、カウンターでふらふらと頼りなく揺れている。時に、体を支えている肘が震えて、前のめりに突っ伏してしまいそうになるぐらいだ。カウンターの奥にいるマスターが、心配そうな表情を浮かべる。

「そろそろ終わりにした方がいいんじゃないですか？」いかにもマスターらしく、やんわりと忠告する。

「そうだなあ、今日は何だか調子が悪い。これぐらいで打ち止めにしようか」

「タクシーをお呼びしましょうか？」

「そうしてもらった方がいいかな。まったく、これぐらいで情けないよ。年かね」

それにしても、酒呑み——酒に呑まれてしまう人間というのは本当に情けない。呑まれるというより、酒に征服されてしまうのだ。意思を乗っ取られ、自分の考えを失い……それでも呑みたいと思うのだから呆れる。ましてや、体調が思わしくないのに呑みたいというのは、想像を絶する。こちらに言わせると、自ら死に飛びこむようなものだ。

まあ、いい。

どうせ死ぬのだ。最後まで好きなことをして死んだら、後悔しないだろう。悔いのない人生を送らせてやるのだから、むしろ感謝してもらうべきかもしれない。

1

NAL112便事故の特捜本部は、結局手狭な南富山署ではなく、県警本部に移設された。その県警本部があるのは、富山城址《とやまじょうし》公園の北側、県政の中心部である。県庁の建物が相当古いのに対して、現代的なビルだ。環境はよさそう……緑豊かな公園を眼下に見るのは、きつい仕事の合間の息抜きになるだろう。

ここには何度か来ていたが、やはり他県警の本部に入る時には、多少の緊張を強いられる。一階は、吹き抜けのある広々としたロビーだが、どことなく厳めしい感じだった。左手に白バイが展示してあるせいかもしれない。右手にある受付で名乗り、特捜本部に連絡を通してもらい、エレベーターで上がって行くときの緊迫する感覚……特捜本部に割り当てられた大会議室の前に立って、私はダウンジャケットを脱ぎ、ネクタイを直した。鏡を見て確認したいところだが、トイレに寄っている余裕はない。

ドアを開け、会議室に顔を突っこむ。まだ夕方前とあって、それほどざわついてはいなかった。それでも、殺人事件などの特捜本部に比べれば、人は多い。聞き込みなどに人手を割く必要はあまりないからだろう。ＮＡＬ本社の捜査を担当する刑事たちは、東京へ行きっ放しかもしれない。

場所、事件が違えど、特捜本部の様子そのものがそんなに違うわけではない。折り畳み式のテーブルが大量に持ちこまれ、大学の講堂のような様子になっているのは、私には見慣れた光景だ。部屋の前方で、他のテーブルと向き合う格好で置かれているテーブルが幹部席。特捜本部を仕切る県警本部や所轄の幹部は、ここに詰めて刑事たちに指示を飛ばしたり、作戦を練ったりする。今はそこに二人……一人は、以前挨拶した捜査一課の管理官・宗形《むなかた》だ。支援課に泣きついてきたのは彼だろうか、と思いながら歩み寄る。私に気づいた宗形がさっと頭を上げ、素早く目礼した。中肉中背、パッと見ただけでは印象に残らない顔立ちだ。こういうのが、刑事に向いているルックスである。

「あなたが富山にいてくれて助かったよ」

「さっきまで、中新川署に摑まっていました。今日は長い一日でした」思わず愚痴を零してしまう。

「お疲れのところ申し訳ないんだが、厄介な状況になってきてね」

「警視庁の方から説明は受けました……しかし、もうちょっと詳しく教えて下さい」

宗形は、少し離れた席に私を誘った。腰を下ろすとすぐに、近くにいた若い刑事を呼びつけ、お茶を用意するように命じる。

「お気遣いなく」

「いやいや……今日は一日疲れたでしょう？」

「まだ終わってませんけどね」私は肩をすくめた。非常に現実感に乏しい一日――殺人事件の現場を最初に発見することなど、警察官でもほとんどない。

内川にアドバイスした通り、後になってショックが襲ってくるかもしれない。

私は頭を一振りし、運ばれてきたお茶に手をつけた。先ほど飲んだエスプレッソの濃い味が流されていく。私が一段落するタイミングを待っていたかのように、宗形がファイルフォルダから書類を取り出した。

「最初に言っておくが、この件はうちのミスだ」

宗形がいきなり認める。これで防御壁を作ったな、と分かった。厳しく突っこまれないように、最初に思い切ってミスを認めてしまったのだろう。ここで同調して「よくあることですよ」と慰める手もあるが、私はうなずくだけにした。宗形も何も言わず、嫌な沈黙が流れ始めたので、結局私の方から次の言葉を発した。

「意識不明とはいえ、この男性は生きている。家族とも連絡が取れた――警察としては、当面はやれることはないですよね。むしろ病院の方が大変そうだ」

「勝手に治療方針は決められないからな。ずっと富山の病院に入院させておくか、東京の——家に近い病院に転院させるべきか、家族の意見を聞こうと思って、病院側が困ったようだ」

私は、宗形が差し出した書類を受け取った。県警が独自に作成していた「被害者カード」。個人データを詳細に記載して、後々まで追跡できるようにしてある。

黒沢正樹のデータは少なかった。個人を特定できる名前や住所、電話番号、メールなどのデータがあるだけ……家族の名前や連絡先は書いてあったが、これは偽物だったと分かっている。

「ここに書いてある家族の名前は、本人申告ですね？」

「そう」

「警察の方では会っているんですか？」

「会った」宗形が認める。「病院で、うちの刑事が事情聴取している。ただ、大したことは分からなかったようだな。黒沢が富山へ来た目的も不明だ……今考えてみると、家族は偽者だったから当たり前だが」

「家族——の偽者の動きはどうなっていたんですか？」

「事故当日の夜に病院へ来て、うちや病院関係者、ＮＡＬの人間と話をしている。翌日には『入院の用意をするから』ということで引き上げて、結局それきりだ」

「家族ではなかったんでしょうね」

「ああ」

「しかし、目的が分からないな」私は首を傾げた。「悪戯《いたずら》みたいな感じもしますが」

「悪質な悪戯……しかし、そうだとしても動機が分からない。事故当日に、意識不明の人間に会う理由が、何かあるか？」

「いや……」私は拳を顎に当てた。悪戯？　しかしこの悪戯に何の意味があるか、まったく分からなかった。「会いに来たのはこの人一人、ですね」

「そう……本人は父親と名乗っていた」

「黒沢正人《まさと》ですか……連絡は取れなかったんですね？」私はカードに記載された携帯電話の番号と住所を凝視しながら確認した。「この電話番号と住所は架空のものですね？」

「ああ」

「黒沢正樹さん本人のデータには間違いないんですか？」黒沢の住所は文京区《ぶんきょうく》。マンションのようだった。

「間違いない。賃貸マンションで、黒沢さん本人が借りているのを確認している。電話番号も本人のものだった」

「この辺りの情報は、112便を予約した時のものですか？」

「ああ。本人はネットで予約している」

「家族だけが偽者だった、ということですかね」

「そう。まったく意味が分からない」

「調べる必要がありますね」私はカードから顔を上げた。「病院側の都合もありますけど、犯罪の臭いがします」

「俺もそれを心配しているんだ」

「支援課の方で既に動き出しているので、基本的には向こうに任せますが……私はこっちで調整役をやりますよ」

「そうしてもらえると助かる」宗形がほっと息を漏らした。

「取り敢えず、病院関係者に話を聞きたいですね。この父親——黒沢正人という人と一番長い時間話したのは、病院関係者じゃないですか？」

「うちの刑事も結構長く話しているから、手始めにそいつから話を聞いてくれ」

「分かりました。ところで、黒沢さんの本当の家族については、何か情報があるんですか？」

「いや、まだそこには手をつけていない。何しろ問題が表面化したのは今日だからな」

「免許証から本籍地が調べられますが、そちらはどうですか？」

「青森だ。確認したが、家族はそこには住んでいないようだ」

「本籍地の方から辿っていけば、家族の現在の住所は分かるかもしれませんが、そもそも家族は一人もいない、ということもあり得ますよ」

「そうか？　黒沢さんはまだ三十二歳だが……」

「その年でご両親がどちらも亡くなっていても、おかしくはないでしょう。それで兄弟がいなければ、天涯孤独ですよ」

「そうだな。じゃあ、お疲れのところ申し訳ないが、まずうちの刑事と話してくれ」

「了解です」

どうしてこう、様々な問題が出てくるのか——事故に遭った人たちに罪はない。しかし乗客の一部は、渦を巻くような闇をまとっている気がしてならなかった。

「黒沢正人」に話を聴いた若い刑事と話した後、私は病院に向かった。前回ずっと詰めていた市立病院ではなく、大学病院。市街地からは少し離れているということで、宗形が県警の車を貸してくれた。ありがたい……富山市内は路面電車のおかげで移動が楽なのだが、大学病院は路面電車やJRの路線から大きく外れた場所にある。

病院では、ベテランの女性看護師が応対してくれた。酸《す》いも甘いも経験した……という感じで、黒沢正人という人の観察眼は確かだ。

「まず、黒沢正人という人の容貌——どんなルックスの人か、教えてもらえますか？」

誘導尋問なしで、フリーで話してもらうことにする。黒沢正人に会った刑事からは顔つきを聴いていたが、ヒントを出したくはなかった。

「六十歳か、もう少し年上の方でした。身長は……刑事さんよりちょっと小さいぐらいかな？　少し太ってましたね。メタボ健診で腹回りがひっかかりそうなタイプです」

「顔はどうですか？」

「ちょっといかつい感じで、髪はオールバックにしていました」

「他に何か、顔の特徴は覚えていますか？」

「真四角」看護師が即座に答える。「顎ががっしり張っていて、強そうな感じでしたよ」

「例えばですけど……指名手配の手配書を書くとして、痣とか黒子《ほくろ》のように目立つ特徴はなかったですか？」

「左の頰に小さな黒子がいくつかありましたけど、それはあまり特徴になりませんよね」看護師が、自分の左頰に人差し指を当てる。

「そうですねえ……」細かい黒子がたくさんある人など、いくらでもいる。「仕事は何か、分かりますか？」

「定年で会社を辞めたばかりだって言ってましたけど……ああ、だから年齢は六十歳なんでしょうね」自分で納得したように、大きくうなずく。

「仕事の内容は何か、言ってましたか？」

「いえ、そこまでは聞いていません」

私は手帳を見下ろした。ここまで聴いた内容は、先ほど刑事から教えてもらったそれとほぼ合致している。ただし刑事は、黒沢正人の元勤務先を「東洋メディカル」と聴いていた。聞き覚えのない会社だが、名前から想像すると、医療関係のメーカーか何かだろう。

もちろん、これも嘘だったのだが。

「黒沢正樹さんは息子、という話ですよね」

「ええ」

「顔は似ていましたか？」

「いや……まあ……どうでしょう」看護師が、困ったように目を細める。「黒沢さんはずっと寝たきりで、普通の状態の顔ではないですからね」

「今、会えますよね？ 面会謝絶ではないんでしょう？」私は強引に押した。

「ええ、それは……先生に確認しないといけませんけど」

「確認して下さい」私はさっと頭を下げた。

面会の許可は出たが、その場には医師も立ち会うことになった。あまり大人数だとやりにくいのだが、この際仕方がない。取り敢えず、看護師の記憶を喚起するための作戦だった。

私はもちろん、黒沢とは初対面だった。一見したところは眠っているように見えるのだが、頭に包帯が巻かれ、顔にも細かい傷が目立つので、重傷なのは一目で分かる。左手には点滴が繋《つな》がり、顔面は蒼白だった。

「容態はどうなんですか？」私は思わず医師に訊ねた。

まだ若い医師は、首を横に振ってボソボソと説明を始めた。

「脳にダメージがありますから、何とも言えません。意識が戻れば回復する可能性はありますが、意識が戻らなければ……」

「植物状態になるかもしれない？」

「その可能性も否定できませんね。とにかく現段階では、良くも悪くもない――回復する気配はありません」

私はベッドに近づき、ほぼ真上から黒沢の顔を見下ろした。私と同年代の人間が、ここで静かに死にかけている――最終的には、意識不明のままで生かし続けるかどうか、という重い判断が待っているかもしれない。そうなった時にも、本人は何も決められないのだから、家族の判断が必要になる。しかし家族がどこにいるのか分からないまだと、病院側も厄介な立場に追いこまれてしまう。

それにしても、情報として聴いた「黒沢正人」とは似ていない。当然食事も取れず、点滴で栄養補給するしかないから体重も減っているだろうが、そもそも顔の骨格自体が細く、スリムなタイプなのだ。私は振り返り、看護師に確認した。

「黒沢正人さんと似ていますか？」

「いえ……言われてみれば似てないような……」看護師の顔が曇る。自分のミスを認める気になったようだ。

「黒沢正人さんは、真四角な、がっしりとした顔つきだったんですよね？」

「ええ」

「頭の中で、二人の顔を並べてみて下さい」私は耳の上を人差し指で突いた。「親子だといって、通用しますか？」

「……ちょっと無理ですね」

もちろん、親子だからと言って顔が似ているとは限らない。母親似の可能性もあるし……それに、事故直後というばたついた状況の中で、しっかり確認するのは実質的に不可能だろう。それを告げても、看護師の表情は晴れなかった。

「そろそろ、よろしいですか？」医師が遠慮がちに切り出した。「病室であまり騒いでいると、患者さんによくないので」

「失礼しました」私は一礼して、病室を出た。最後に振り返り、ベッドに横たわる黒沢の様子を目に焼きつける。

生きている——生かされている。しかし話すこともできない。この男は、誰かに、何らかの形で利用されているのかもしれない。何か心当たりはないんですか？　答えが返ってこないと分かっていても、聞いてみたかった。

病院の駐車場で、車の中に落ち着いて芦田に電話をかける。

「いろいろ確認したんですが、やはり家族とは関係ない別人が会いに来たとしか考えられないですね」

「こっちでも、近所の聞き込みを始めた」

「黒沢さんはそもそも、何をしている人なんですか？」

「それがよく分からないんだ。不動産屋に確認したが、入居した時には勤務先として『宇垣《うがき》興産』という会社の名前を書いている」

「ガソリンスタンドか何かですか？」名前からだいたい想像がつく。

「ああ。ただ、そこはとっくに辞めている。現在何をしているかは、まったく分からない。マンションの住人も含めて、近所づき合いがないんだ」

「宇垣興産の方で、何かトラブルでもあったんですかね？」

「それはまだ分からない。調査中だ」

「あとは、家族をどうやって割り出すか、ですね」本籍地に家族が住んでいないとしたら、相当難しい。

「本籍地は青森——青森県警に調査を依頼した。地元で調べれば、何か分かってくると思う」

「そうですね」相槌を打ちながら、私はあまり期待しないように、と自分を戒めた。仮に家族が本籍地を離れているとしたら、それがいつ頃だったかが問題になる。数年前のことなら、近所の人たちも事情を知っているかもしれない。しかし何十年も前に地元を出ていたら、まったく分からない可能性も高い。歳月は、どんな情報も劣化させるものだ。

「黒沢さんの様子はどうなんだ？」

「意識が戻るかどうかはまったく分からない、というのが病院側の説明です。脳に損傷があるようですから、何とも言えませんね」

「口もきけない人を犯罪に利用するのは、許せないけどなあ」

「まだ犯罪と決まったわけじゃないですよ」私は釘を刺した。

「分かってるけど、いかにも怪しいじゃないか……しかし、こういう人捜しは、どちらかというと失踪課の仕事だよな」

「連中に手柄を渡す必要はないですよ。自分たちで何とかしないと——取り敢えず、こちらで調べられることは調べておきます。ＮＡＬの現地本部の人間も、黒沢正人という人に会っているそうですから、明日、確認してみます」

「そうしてくれ。こっちでも何か分かったらすぐに連絡する」

電話を切った後で、明日とは言わず今夜中にでもＮＡＬの人間に会えるのではないか、と考え直した。当時黒沢正人に会った人がまだ富山にいれば……東京へ戻っていたら、また考え直さないといけないが。

歌川に電話をかけて事情を話すと、ＮＡＬの対策本部でも困っている、と打ち明けてきた。

「そろそろご家族と話をしないといけないんですが、連絡が取れないんです」

「もしかしたら、最初におかしいと気づいたのはそちらかもしれませんよ」警察、病院、ＮＡＬ——三者の連携が取れていない、と私は反省した。最初は連絡を密にしていても、時間が経つに連れて、次第に協力関係は弱くなっていく。

「そうかもしれませんね……しかし、この事故では不可解なことが多過ぎませんか？」

「確かにそうですね」

「そんなことはあり得ないと思いますが、事故自体が仕組まれたものだったら……」

「よしましょう。陰謀論は、たいていの場合、単なる妄想ですよ」

言ってはみたものの、私も自信が持てなかった。二つの謎——偽名で搭乗していた本井、家族を名乗って意識不明の黒沢を訪ねて来た人間。一人でも怪しいのに、二人。これが偶然とは、どうしても思えないのだった。

2

夜になって、NALの現地対策本部のスタッフ、園田《そのだ》と連絡が取れた。また警察か……と面倒臭がられるかと思ったが、園田はすぐに面会を了承してくれた。NALは富山に支社を持っておらず、対策本部は系列のホテルに設置されている。園田はこのホテルに詰めているので、私は出向くつもりでいたのだが、彼は「そちら——駅前まで行きますよ」と申し出てきた。

「わざわざご足労いただく必要はありませんよ」NALのホテルから駅前までは、歩くには少し遠い。

「いやあ……ちょっと息抜きがしたいので。いいですか？」

そういうことならと、私は自分が泊まっているホテルの名前を告げ、ロビーで落ち合うことを決めた。相当ストレスが溜まっているのだろう。

一度部屋に上がってから、ロビーに降りる。約束の時間である午後七時半まではまだ時間があるが、園田を待たせたくはなかった。新聞を読んで時間を潰す。特に地元紙……東京にいてはチェックできないが、地元紙だけに、事故関係の詳しい情報が載っている可能性もある。しかし読んだ限りでは、私が知らない事実はまったくなかった。考えてみれば当たり前で、この事故の原因などについて、地元で分かることは限られているはずだ。

「村野さんですか？」

声をかけられて顔を上げると、目の前に中年の男がいた。私にはダウンジャケットが必要な陽気なのに、薄いコート一枚で平気な顔をしている。髪が少し白くなって、物腰が低い、いかにもベテランの余裕を感じさせた。

名刺を交換し、ソファを勧める。園田は自分から「黒沢さんのご家族のことでしたね」と切り出した。

「黒沢さんの父親——と名乗った人について教えてもらえますか」

先ほど病院で看護師に確認した時と同じように、黒沢正人の姿形の話から入った。園田の記憶は、看護師に比べると曖昧だったが、それでもベッドに横たわる黒沢とは似ていない、ということは分かった。

「話をした時に、何か違和感はありませんでしたか？　まったく関係ない第三者が勝手に父親と名乗ったら、話に矛盾が生じる可能性もありますが」

「それは特に感じなかったですね」

「言葉はどうでしたか？」ずっと東北に住んでいる人だったら……標準語を喋っても、イントネーションはなかなか抜けないものだ。

「いや、特に何も……普通の標準語でしたよ」

「家族ではないことは、いつ分かったんですか？」

「昨日ですね。連絡を取ろうとしたんですが、教えてもらった電話が通じなくて、初めておかしいとなったんです。病院の方にも連絡して確認してもらったんですが、同じでした」

「なるほど……」

「その後本社に連絡して、自宅とされていた住所に行かせました。まったく関係ない人が住んでいたそうです」

「完全に偽者ですね」警察に先んじて調べていたわけか。

「そうですね。情けない話ですが、騙されました」園田が頭を掻いた。

「いったい何が目的だったんでしょうね？」

「まったく分かりません。でも今のところは、おかしなことは何も起きていないんですよ」

「悪質な悪戯かもしれませんが、ここまで手の込んだことをする意味が分かりません」

「そうですよねえ」園田が腕を組み、首を傾げる。「私には普通の人……息子の怪我を心配する普通の人に見えましたけどねえ」

「御社に対しては、何かなかったんですか？　クレームとか、激怒したりとか」

「それはなかったですね。今考えると、妙に冷静な感じでした」

「つまり、事故の関係者っぽくなかった？」

「言われてみれば、そんな感じもありますね」

ますます「黒沢正人」の狙いが分からなくなってしまう。他に何か、手がかりになりそうなことはないか……私の考えは、早くも行き詰まりかける。考えろ、考えろ、と自分に強いた。思考停止したらそこで終わりだ。

しばらく園田と話し続けたが、それ以上の情報は出てこなかった。園田が溜息を漏らしたのをきっかけに、私は事情聴取を打ち切った。

「だいぶお疲れですね」立ち上がりかけた園田に笑みを向ける。

「ずいぶん長く富山にいますからね。そろそろ疲れがピークです」

「大変でしたか？」

「まあ……体力的にというより、精神的に疲れましたね」園田がまたソファに腰を下ろす。どうやら愚痴を零す相手もおらず、相当ストレスが溜まっていたようだ。

「ご遺族から責められました？」

「いや、その件に関しては、予想していたよりは大変ではなかったです。原因が……ですね。百パーセント、うちの責任に帰すこともできないようですから」

「ああ、確かに……バードストライクの可能性が報道されていましたよね」

これは、誰の責任にもできないことだ。もちろん、112便が墜落した事実に変わりはないが、一種の自然災害のようなものである。「鳥ぐらい避けられないのか」と憤る遺族はいるかもしれないが、たいていの人は「仕方がない」と諦めてしまうだろう。そして怒りをぶつける矛先が定まらないまま、次第に日常が戻ってくる……時には、こういう事故もあるものだ。

「我々としては、それで安心というわけにはいかないんですけどね。お客様の命をお預かりしているのは事実なので」

「こういう時のマニュアルは、きちんと整備されているんですか？」

「もちろんです。社外秘ですが」園田がうなずく。

私はふと、園田だけでなく、NALの対策スタッフの精神状態が心配になった。事件・事故で傷つくのは、被害者の家族だけではない。航空機事故のような大きな事故では、航空会社の社員もダメージを受けるのだ。そういうことへの対策まで、マニュアル化されているのだろうか。

「普段のお仕事は何なんですか？」

「お客様相談室にいます。入社以来、ずっと総務系でしてね」

それなら、こういう仕事に取り組む素地もあるか……とはいえ、軽々と仕事をこなしているわけではないだろう。自分も似たようなものだが、園田の仕事については尊敬せざるを得ない。踏みつけられ、頭を押さえつけられても必死に耐えて誠心誠意対応を続ける——並大抵の神経でできることではない。

軽く夕食を摂ってから部屋に引き上げる。今朝、ここで内川の電話を受けてから、何となく歯車が狂ってしまった感じだ。もちろん内川には何の罪もないが……今頃、彼もショックに苦しんでいるかもしれない。

とにかく今日は、さっさと寝て疲れを取ろう。手早くシャワーを済ませ、寝酒にと買って来たビールを開けて一口呑んだ瞬間、スマートフォンが鳴る。愛だった。特に用事はないはずだが……と訝りながら電話に出る。

「何か、動きでも？」

「特にないけど、陣中見舞い」

「見舞いって……」私は苦笑した。

「私の声を聞くだけじゃ、元気にならない？」

「そういう、誤解するような表現は勘弁して欲しいな」

「誤解するのは、あなたの勝手でしょう」

愛が冷たく言い放ったので、私はまた苦笑してしまった。

昔なら――私たちが揃って事故に巻きこまれる前なら、彼女の言葉はいつでも最良のカンフル剤だった。夜中まで動き回ってへとへとになった時、先輩たちに叱責されて凹《へこ》んでいた時、どんな時でも彼女の声を聞くと元気になった。彼女は性格的に、私がどんなに落ちこんでいても慰めてくれるタイプではない。「落ちこんでる場合じゃないでしょう」と尻を蹴飛ばされたことが何度あったか……時にはボロボロになった心にさらに刃を突き立てるような言葉も口にするが、それでもありがたかったのは、彼女の声質のせいだと思う。小柄な体に似合わず低い声で深みがある――心の襞《ひだ》の奥に、そっと届くような声なのだ。喩《たと》えれば、酷い内容の歌詞なのに、美麗なメロディの曲のような……そんな曲があるかどうかは分からないが。

「今回の件は、いろいろ不可解なんだ」

「私には言えないこともあるでしょう？」

「捜査の秘密もあるからね」支援課と支援センターは、いつも足並みを揃えて動いてはいるものの、警察の業務内容を民間人である愛に全て教えるわけにはいかない。

「松木が、あなたのこと、心配してたけど」

「何を？」

「今回、フル回転でしょう？　東京と富山を行ったり来たりで。移動するだけで大変じゃない」

「いや、新幹線だから楽だよ。やっぱり便利だね」

「膝は大丈夫なの？」

言われて黙りこむ。大丈夫……ではない。頻繁に痛みに襲われる膝への対処法は、基本的にない。痛みを軽減して歩くことはできるが、そうするとどこか不自然でぎこちない歩き方になり、体の別の部分に負担がかかってしまう。今がまさにその状態だった。この状態がさらに続くと、腰に痺れるような痛みが出る。そうなると回復に結構時間がかかることは分かっていたが、歩かずには仕事ができないから仕方がない。

「車でも借りればいいじゃない」

「それも手だな。でも明日以降、どんな仕事になるか分からないんだ」

「そうか……ねえ、あなた、複雑に考え過ぎてない？」

「何が？」

「大きな謎は二つしかないんでしょう？　それを一緒にして考えるから、難しくなってるんじゃないかしら」

「何だよ、知ってるのか……松木から聞いたな？」

「情報源は明かせないわ」愛が笑いながら言った。「敢えて言えば、私の情報源は松木だけじゃないし」

梓かもしれない。彼女は、会社を切り盛りしながらボランティアで被害者支援をしている愛を尊敬し、慕《した》っているのだ。愛にしても、梓は可愛い妹のようなものだろう。しかし私は、敢えて突っこまないことにした。情報の保護は警察にとって大事なことだが、そのことばかりを考えていては、仕事が滞ってしまう。

「とにかく、別々に調べてみればいいじゃない。もしも関係していても、片方が分かればもう片方についても分かるはずよ」

「ごもっともだね」

「そういうこと……じゃあね」

愛はあっさり電話を切ってしまった。何というか……事故に巻きこまれたのをきっかけに、私たちは恋人関係を解消したのだが、それ以来距離の取り方が難しくなっている。彼女が支援センターでボランティアの活動を始めたのは、私と同じ動機――事件・事故の被害に苦しむ人を助けたい――なのだが、何かと私と接点が多いことを始めなくてもよかったのに、と思うこともある。

たぶん私の中では、愛に対する気持ちがまだ燻《くすぶ》っている。一方愛は、すっかり乗り越え、私たちの関係を過去のものと捉えているようだ。そうでなければ、何かと一緒になる機会が多いようなことをするわけもない。

小さな事故でも、人間関係は大きく変わってしまう。112便のように大きな事故では、どれほどの人が運命を変えられたのかと考えると、目が眩《くら》む思いだった。

3

すぐに動き出せないなら、まずは電話で情報収集だ。たっぷり寝て元気を取り戻した私は、ホテルの部屋に居座ったまま電話攻勢を始めた。

最初に中新川署の捜査本部に電話を突っこみ、水崎と話す。水崎はいかにも迷惑そうだったが、いきなり電話を切るような無礼なことはしなかった。

「あんたに話すことは特にないんだがな」

「この電話は、雑談だと思って下さい」

「こっちには、雑談しているような余裕はない」

「――荒木さんの死因についてはまだ分かってませんよね？」

「解剖は今日の午前中だ。ただ、大きな――ひどい傷は後頭部の一か所だけだから、それでだいたい分かるだろう」

「脳挫傷《のうざしょう》、ですかね」

「その可能性は高い」

「交友関係についてはどうですか？」

「まだはっきりしない」

「昨日、私が言った情報については――」

「順次事情聴取しているが、あまり関係なさそうだな」

あくまで仕事仲間、という感じだろう。そこから話は広がりそうにない。

「正直に言って、今のところは手がかりが何もない」

「そうですか……」

「だから、あんたが無神経に電話してくると、苛々するんだがね」

「失礼しました」私は急いで電話を切った。本格的に相手の怒りが爆発しない前に引くのは、保身の基本だ。

次に112便事故の特捜本部に電話を入れ、管理官の宗形と話す。水崎ほどではなかったが、宗形も私を歓迎している様子ではなかった。最初は向こうから助けを求めてきたのに――と少しむっとする。

「警視庁の方では、黒沢さんの件をきちんと調べてくれているのかね」宗形がいきなり内角に厳しいボールを投げてきた。

「それは大丈夫です」私は請け合った。

「しかし、そう簡単には分からないだろうね」

「まあ……ボールを投げてすぐに打ってくるとは思えません。青森県警にも協力を依頼していますけど、そちらはもっと時間がかかるんじゃないですか」

「他人事だからね」

事件が県境を越えて広がることはあまりない。これだけ鉄道網、道路網が発展していても、複数の県に跨って事件を起こす犯人はそれほど多くないのだ。それ故、県警同士が協力して捜査となると、何かとぎくしゃくしてしまう。

「何かヒントがあればいいんですが……昨日、関係者に話を聞きましたけど、偽の父親の身元につながるような情報はありませんでした」

「我々が気にしているのは、父親の身元じゃなくて、黒沢さんの家族がどこにいるか、なんだが」宗形がやんわりと訂正した。

「失礼しました」私は素直に謝った。「怪しい人間がいると、どうしてもそっちに引っ張られます」

「そりゃそうだ……もしかしたら、天涯孤独の人間かもしれないな」

「その可能性はありますす」家族はいないかもしれない。しかし、仕事もしていないし、友人もいないのだろうか。何日も姿を現さなければ、不審に思う人間がいてもおかしくない。

「マスコミを使うのはどうですか？　偽の家族が現れて、未だに本当の家族と連絡が取れない——ちょっとした謎として、面白い記事に仕立ててくれる社もあると思いますよ」

「それはちょっと遠慮したいな」宗形が即座に言った。「マスコミには、変に騒がれたくない。とにかく、何かもっと上手い手を考えるよ」

「私も考えます」

「それはぜひ、警視庁さんのお知恵を拝借したいもんだね」かすかに皮肉を残して、宗形は電話を切ってしまった。

参ったな……朝から気が重くなる。これではとても、県警と警視庁の橋渡しになどなれない。宗形も悪い人間ではないと思うが、この状況に苛立っているのは間違いない。先ほどの、マスコミを利用するのは悪い手ではないと思うのだが……警視庁の広報課なら、上手く差配して記事をコントロールできるが、富山県警はそこまでマスコミとの関係が良好ではないのかもしれない。

その時ふと、ごく基本的な情報を見逃している可能性に思い至った。いや、支援課の連中が見逃すとは思えないが……これも情報収集のついでだと思い、私は支援課に電話をかけた。梓が出たので、芦田に取り次いでもらう。

「黒沢さんの件で、宇垣興産には事情を聴いた、という話ですよね」

「ああ」

「会社の方で、実家の住所なんかは分からないんですか」

「ああ、それは――今朝、調査するように指示した」

本当に見逃していたのだ、と理解して愕然《がくぜん》とする。しかし後からでも気づいて確認に走っているのだから、よしとするか――いや、もしかしたら実際には指示していないかもしれない。私に指摘されて慌てて、自ら気づいたふりをしているのではないか？　芦田は変なところで見栄を張る癖がある。

「何か分かったら教えて下さい」

「もちろんだ」

さて、どうなることか……身支度を整え終えたところで、電話が鳴る。芦田との会話を終えてから五分も経っていない――梓だった。

「ええと、芦田係長から変な指示を受けたんですけど……」戸惑いがちに切り出す。

「何だって？」

「宇垣興産に電話して、黒沢さんの実家について調べろって言われたんです」

「いつ？」

「たった今です」梓が不機嫌に答える。「何か、ひどく慌てた様子でした」

「ああ」想像していた通り、芦田は完全に見逃していたのだ。まあ、怒っても仕方がない……。「急いで確認しなくちゃいけない情報だからだよ」

「分かりますけど、係長、村野さんと何かあったんですか?」私からの電話の直後に、芦田が慌てて動き出したので、梓も不審に思ったのだろう。

「いや、別に何もないよ。それより昨日、宇垣興産に事情聴取したのは誰だ?」

「長住さんです」

私は思わず舌打ちした。あの野郎……こんな基本的な情報の確認を忘れるとはどういう事だ。後で説教だな、と私は頭の中のメモ帳に書きこんだ。

「何か分かったら、すぐに俺にも教えてくれ。今、動きようがなくて困ってるんだ」

「村野さんにしては珍しいですね。いつも動き回ってないと、調子が悪くなりそうなのに」

「俺はマグロじゃないよ」

梓が笑って電話を切る。彼女なら上手く聞き出すだろう。経験こそ浅いものの、長住よりはよほど生真面目だから、役に立つ。

ここから何か手がかりが出てきそうな予感がする。ただ情報を待つだけでは駄目だ——取り敢えず私は、県警本部に向かうことにした。宗形には渋い顔をされるかもしれないが、いいタイミングで情報が入ってくれれば、彼の笑顔を見ることになるかもしれない。

駅前にあるホテルから県警本部まではそれほど遠くないので、路面電車を使わず歩いて行くことにした。その途中で、梓から電話が入る。

上手くいく時は、何の苦労もなしに上手くいくものだ。

「実家の住所が分かりました――まだ確定はできませんけど、会社の方には情報が残っていました」

「青森じゃないのか？」

「岩手――盛岡《もりおか》でした」

「引っ越したのかな」

「たぶん、そうですね」

「よし、こいつは狙ったホームランだ」

「ホームランって、狙って打てるんですか？」

「いや……ものの喩えだよ」

「分かりにくい喩えですね」

「失礼」

岩手の住所に実際に家族が住んでいるかどうかは、すぐに確認できるだろう。もしかしたら、私が県警本部に入る時には、もうはっきりしているかもしれない。

「家族に連絡が取れたら、すぐに教えてくれ。今、県警本部に向かっている」

「了解です」

それにしても、この件に関しては捜査が甘過ぎた。ちょっと考えれば、家族の居場所ぐらいはすぐに割り出せる。もっとも私も、昨日の段階では、一番簡単なこの方法を思いつかなかったのだが……どうも112便の件に関しては、頭の働きが鈍くなっている気がする。

電話を切って五分後、ちょうど県警本部に足を踏み入れた瞬間にまた梓から電話が入る。

「家族と話せました。事故のことは全然知らなかったそうです」

「そうか……」あれだけの事故で、と不審に思ったが、考えてみればニュースで流れたのは死者の名前だけである。意識不明の状態が続いているとはいえ、黒沢はまだ生きており、名前は公表されていない。

「岩手に住んでいるご家族は、ご両親だけです」

「兄弟は？」

「一人っ子です。ご両親は、これからすぐに富山へ向かうそうです」

岩手から富山……言うのは簡単だが、非常にアクセスが悪い。恐らく、飛行機の直行便もないはずだ。新幹線を乗り継いで来るしかないだろうが、何時間かかることか。その間ずっと、苦しみに耐えることになると思うと、胸が痛む。

「連絡は取れるようになってるな？」

「ええ」

「一番早いルートを調べて、すぐに教えてあげてくれ」

「分かりました」

「これも被害者支援だから」

「了解です……そちらへの到着時刻が分かったら、また連絡します」

電話を切り、ほっと息を吐いた。これで今日中に、両親は息子に対面できるだろう。県警に対しても面子が立った。宗形に向かって胸を張れる。

報告すると、宗形は顔を綻ばせた。しかし、私に対して甘い顔を見せるのは悔しいと思ったのか、すぐに表情を引き締める。

「今日中には確認できると思います」

「一つ、棘が抜けた感じだな。まったく本筋とは関係ないことで、こんな問題が起きるとは思わなかった」

これだって本筋なのだが、と反論しようとして、私は言葉を呑みこんだ。ここで口論していても時間の無駄だ。

「ご両親が面会する時には、私も立ち会いますよ」

「そうだな……ところで今夜は空いてるか？」

「まだ何も予定が立っていませんが」

「時間があったら飯を奢ろう」

私は思わず目を見開いた。それを見た宗形が咳払いする。

「いや……今回の件は無理言ってお願いしたからな。貸し借りはなしにしておきたいだけだ」

「それはありがたい限りですけど、特捜本部の方は大丈夫なんですか？」

「今のところ、仕事は軌道に乗ってる。毎日遅くまで居残っているのは、単にうちの刑事どもの仕事が遅い証拠だ」

「これだけの大きな事故ですから、しょうがないですよ……しかし、富山市内の繁華街って、どこなんですか？　結構この街にいるんですけど、そういう場所があるのかどうかも分からない」

「新潟や金沢にあるような繁華街を想像してもらったら困るよ」宗形がにやりと笑った。「県警本部の近くだったら、桜木町《さくらぎちょう》や総曲輪《そうがわ》辺りだな。冬の美味い魚を奢るよ」

「それはありがたいですね……すみません、失礼します」鳴り出したスマートフォンを取り出す。宗形に背を向けて、梓と話し始めた。

「盛岡発九時五十分の東北新幹線に乗って、大宮乗り換え。それで二時前には富山に着きます」

「そんなに早く？」思わず言ってしまった。

「新幹線ですよ……私も、大宮から同乗します。富山までつき添いますから」

「ああ、それがいいな。病院での面会には、俺も立ち会うことになった。直接病院で落ち合うように、後で時間を決めよう」

「分かりました」

私は、状況を宗形に説明した。うなずきもせずに聞いていた宗形が、最後に相好を崩す。

「よし、お宅のお嬢さんも一緒に夕飯に招待しよう。まさか、今日のうちに東京へとんぼ返りってことはないだろうな」

「家族につき添って来るので、少なくとも明日まではいることになると思います」

「結構だね」うなずき、書類に視線を落とす。「取り敢えず、病院で会おうか」

私は満足して特捜本部を出た。こんな風に、すんなり仕事が進むことは珍しい。午後二時に病院へ行くとして、それまでの時間をどう使うか……取り敢えず、中新川署に顔を出そう。また煙たがられるかもしれないが、あちらの動きも気になる。

よし、今のところは上手くいっている。112便事件で初めて、事態がスムーズに動き出したと言っていい。

午後二時、私は大学病院へ顔を出した。梓はもう少し後に、黒沢の両親を連れて来ることになっている。約束通り、宗形も来ていた。本当は、特捜本部全体の指揮をする管理官がここへ来る必要はないのだが、頼んだ手前、義理立てということだろう。この件はもうすぐ片づくと踏んでいるのか、ごく気楽な様子で今晩の食事について話している。

話を聞き流しながら、私は何度も顔を擦った。今回は慌てて出て来てしまったので、いつも使っている電動剃刀《かみそり》を持って来る余裕がなかった。ホテルの剃刀は例によって鈍《なまくら》で、どうしても剃り残しが出る。そう言えば……最近大リーグでは、髭を生やした選手がやたらと目立つ。というより、髭を生やしていない選手を探す方が難しい。いつからこんな風になったのか、そもそも誰が先駆けだったのだろうと、ぼんやりと考えた。

二時半、梓が黒沢の両親を案内して病院にやって来た。梓は表情を引き締め、きびきびと歩いている。後ろに続く両親——小柄な父親はがっくりとうなだれ、小太りの母親は早くも涙目になっている。

私は二人に向かって深々と頭を下げ、すぐに歩き出した。自己紹介は後回し。まずは身元を確認してもらうのが先決だ。

梓は二人と既に話しているようで、この場をリードしている。両親は彼女に任せて、私は三人の後から病室に入った。宗形は廊下に残る。母親はもう、声を上げて泣き出し始めていた。「お父さん、見て下さい……」と頼みこむ声が消え入る。

梓が父親の背中にそっと手を添える。その圧力に押し出されるように、父親がベッドの脇まで進み出た。梓の方がずっと体が小さいのに、彼女の手の力に逆らえない様子だった。私も静かに前に出て、父親の様子を観察する。目を瞑っている……しかし、やがて意を決したように、目を見開いた。握り締めた拳が震え、顔から血の気が引く。

しかし突然、顔が一気に赤くなった。様子がおかしい……体調が悪くなったのかもしれないと思い、私は慌てて父親の傍らに歩み寄った。

父親が戸惑いの表情を浮かべ、梓の顔を見やる。梓も異変に気づいたようで、目を細めて言葉を待った。

「あの……この人は誰ですか？」

4

病室に、一瞬沈黙が降りた。混乱、不審……最初に再起動したのは梓だった。

「息子さんじゃないんですか？」感情の抜けた声で父親に訊ねる。

「違います」父親が即答した。

「間違いないですか？」梓が念押しする。

「間違いないも何も……息子の顔を見間違えるわけがないでしょう」

そこでようやく我に返った母親が、恐る恐るベッドの脇まで歩を進めた。ゆっくりとベッドを覗きこむと、怪訝そうな表情を浮かべる。先ほどまで泣いていたのが嘘のように、今度はむっつりしていた。

「息子さんじゃないんですね？」梓が念押しする。

「違います」母親が淡々と答える。しかし次の瞬間、唐突に怒りを爆発させた。「何かの悪ふざけですか！　冗談だったら絶対に許しませんよ！」

違う、ということを納得させるのにしばらく時間がかかった。梓が必死に説明したが、どうしても理解してもらえない。まあ、いずれ落ち着くだろう……私はこの後のことを考えた。

謎は二つ残る。ベッドで寝ている男は誰なのか、そして黒沢はどこへ行ったのか。五分ほどして、両親はようやく状況を理解した。冗談でも何でもない。目の前で静かに眠っている男は、彼らの息子の名を騙《かた》ったのだ。理由は分からないし、私は明らかな犯罪の臭いを嗅ぎ取っていたが、今はそんなことは言えない。

「取り敢えず、県警本部まで来ていただけますか？」私は唖然としている両親に向かって切り出した。「確認してもらいたいものがありますし、こちらでもお伺いしたいことがあります」

「分かりました」母親の方が立ち直りが早く、しっかりした声で答える。父親はまだ釈然としていない様子で、しきりに首を傾げていた。

外へ出ると、宗形が廊下の奥に向けて顎をしゃくった。非常に機嫌が悪い。私は彼の後に続き、両親たちから少し離れた。

「話は聞いていたが、どういうことなんだ？」宗形が嚙みつくように言った。

「誰かが黒沢さんの名前を騙って112便に乗っていた、としか考えられませんね」

「同じ便に、偽名を使った人間が二人も乗っていたっていうのか？」

「……そういうことになりますね」指摘されると、異常さに改めて気づく。もちろん、偽名で飛行機に乗る人間はいるだろう。しかし同じ便に二人というのは、偶然とは思えない。

「ふざけるな！　状況がややこしくなっただけじゃないか」宗形が低い声で吐き捨てる。

「捜査はどうするんですか？」

「うちとしては、今あそこで寝てる奴の身元を確認しないといけないな」

「黒沢さんのことは……」

「それは、うちの所管事項じゃない」宗形の顎が強張《こわば》った。余計なことを押しつけられたらたまったものではない、とでも思っているのだろう。「ご両親については、岩手県警が面倒を見るのが筋だろう。あるいは警視庁が」

「そうですね」どうにも嫌な予感がしていた。１１２便の謎の乗客が犯罪に絡んでいるとしたら、黒沢も何らかの犯罪に巻きこまれていた可能性がある。被害者なのか、加害者なのか……「黒沢とされた男」が目覚めれば何か分かるかもしれないが、それがいつになるかが分からない。

「おたくで引き取ってもらうのが一番だろうな」

こんなことを面倒くさがってどうするのだと思ったが、県警には本物の黒沢を捜しているような余裕はないだろう。

「警視庁なら、失踪課に任せるのが筋ですね」

「ああ、おたくには、人捜しのプロがいるんだな」

「ええ。部が違うので、仕事を頼むのは面倒ですが……何とかなるでしょう」

「じゃあ、その件はそっちで話し合ってくれ。ご両親を県警本部へ送るのに、今乗ってきた覆面パトカーを使ってくれ」宗形がズボンのポケットからキーを取り出した。

「管理官はどうやって帰るんですか?」

「俺は何とかする。とにかく、必要な事情聴取を早く終わらせて、ご両親を解放してあげた方がいいんじゃないか?」

もっともだ。何かと乱暴なこの管理官にも、事件関係者の心情を気遣う余裕があるのだと思うとほっとする。

しかし事態は複雑になるばかりだ。「一緒にして考えるから、難しくなってるんじゃないかしら」という愛のアドバイスが頭から吹っ飛ぶ。そもそも事件の筋が何本あるかさえ分からないではないか。

私が宗形の車を運転し、県警本部へ戻った。特捜本部の一角に陣取って黒沢の両親を座らせると、梓がバッグからペットボトルを二本、取り出す。相変わらず用意がいい。私は特捜本部詰めの刑事に頼んで、黒沢関係の証拠品を持ってきてもらった。

小さなバッグが一つ——座席上部の棚に入っていたものだ——と、「黒沢」本人が身につけていたもののみ。

このうち、身元に直接つながった材料は、バッグの中に入っていた運転免許証だった。それを誰も疑わなかった。さらに、偽者の家族が面会に訪れていたために、疑惑が浮上するまでずいぶん長く時間がかかってしまった。

「息子さんは、車の免許は持っていなかったんですか？」

この場は、私が事情聴取を受け持つことにした。梓には二人の様子を観察してもらい、必要があると判断した時には迷わずフォローするように、と指示している。

「持っていました。高校三年の時に、地元で取りました」

ようやく我を取り戻した父親が答える。母親はその傍で、不機嫌に顔を歪《ゆが》めていた。まだ事態を把握できていないようで、頭の中の混乱がそのまま表情に表れている。

「携帯も持っていなかったようですが……」

「持っていたはずです。ただ……最近は話もしていませんでしたけど」

「今、携帯にかけられますか？」

「いいですけど……」父親が自分の携帯を取り出した。しかしすぐには息子の番号を呼び出さず、弄《いじ》っている。電話するのが嫌なようだった。

「失礼ですが、息子さんとの関係は上手くいっていなかったんですか？」私は思い切って訊ねた。

「それは——そうですね」渋々とした調子で父親が認める。

「分かりました。でも取り敢えず、電話をかけてみて下さい」

父親がようやく息子に電話をかけた。しかしすぐに、「通じません」と力なく答える。

「通じないというのは？　呼び出しているんですか？」

「いや、そもそも呼び出さないんです」

電源が入っていないか、電波が届かない場所にいる——あるいはとうに破壊されて、黒沢本人の遺体と一緒に、どこか山の中に埋められているとか。

「荷物を確認していただけますか？」

言われるままに、父親がバッグの中身をテーブルに開ける。着替えしか入っていなかった。二泊分……特に特徴的な服はない。普通の下着に靴下、白いシャツ二枚。「黒沢」本人が着ていた服——事故で相当ボロボロになっていたが——は、こげ茶のスラックスに紺色のジャケットと見られる。墜落のショックで中身はほとんど抜けてしまっていたが、近くにあった薄手のダウンも「黒沢」のものらしい。

「この服に見覚えはありませんか？」

「……ないですね」

「財布も確認して下さい」

かなり使いこまれた二つ折りの財布。中には運転免許証の他には、現金しか入っていなかった。紙幣で二万五千円、小銭で五百円ほど。帰りの飛行機のチケットも、カードの類もない。考えてみれば、これもおかしな話だ。今時クレジットカードや銀行のカードを持たない人などいないだろうし、それ以外にも様々なショッピングカードが入っているのが普通だ。まるで、身元につながる証拠を、わざわざ財布から抜いたようなものである。その割に運転免許証——おそらく偽造だ——は入っている。さながら、警察に身元を誤認させるための仕かけのようではないか。

父親が、財布を畳んでゆっくりとテーブルに置いた。目を瞑って天井を見上げ、溜息をつく。母親は終始無言で、むっとした表情を崩さない。

梓がすかさず、「水をどうぞ」と言った。二人は同時にペットボトルに手を伸ばし、キャップを捻り取った。タイミングを合わせたように口をつける。母親はほんの一口飲んだだけだが、父親は喉仏を上下させて、ボトルの三分の一ほどを一気に飲んだ。

二人が少しだけ落ち着いたのを確認して、私は質問を再開した。相手は変わらず父親。母親はまだ、冷静に話ができそうにない。

「息子さんのことを聞かせて下さい。生まれは岩手ですか？　青森ですか？」

「青森です。岩手に住んだことは一度もありません」

「そうなんですか？」

「青森の高校を卒業して、東京へ出ました。私たちが仕事の都合で盛岡に引っ越したのは、その後です」

「東京へ出たのは、大学進学のためですか？」

「そうなんですけど……いや、大学受験には失敗して、予備校に通っていました」

「その後、大学へは？」

「結局、行きませんでした」父親が身を縮こまらせる。いかにも家族の恥について話しているような……。「二浪した後、大学受験は諦めたんです。その後はいろいろ……きちんと就職したこともないです」

「アルバイトでつないだ、ということですか」

「そういう感じですね。本人もそういうことはあまり言わなかったし、田舎の方にも帰らなくなったので」

「何か、地元に寄りつかない理由があったんですかね」

「どうでしょう……私たちとも話したがらなかったので、よく分かりません」父親が首を横に振った。「いつの間にか、電話してもろくに話をしなくなったし、手紙を出しても返事がきた例《ためし》がありません」

「東京での生活は大変だったんじゃないですか？」

「本物の」黒沢は三十六歳。二浪してアルバイト生活に入った二十歳の頃というと、二十一世紀に入ったばかりか……景気がいい時代ではなかったし、仕事の面では苦労したのではないだろうか。派遣やアルバイトなど、立場が安定しない仕事では、明日のことも分からないままだったに違いない。それでも何とか生きていけるのが、東京という街なのだが。

「よく分からないんです。どんな仕事をしていたかも知りませんし……」申し訳なさそうに父親が言った。「一度だけ、東京のアパートまで訪ねて行ったことがあるんです。一年ぐらい、まったく連絡もなくて、生きているのか死んでいるのかも分からなくて……その時には、追い返されました」

「それは……ちょっとひどいですね」

私は眉を顰めた。わざわざ盛岡から東京まで訪ねて来た両親を追い返したのは、よほどの軋轢があったからではないか。しかし、両親の方では事情を説明しにくいだろう。私はそれ以上突っこまないことにしたが、父親はぽつぽつと話し続けた。

「それ以来、ほとんど話していないですよ。親戚の葬式なんかにも顔を出さないし、縁は切れたと思っています」

打ち明けると、盛大に溜息をつく。たった一人の息子と絶縁し、本人たちはそろそろ老齢に達しつつある——不安も焦りもあるだろう。

「宇垣興産という会社はご存じですか？」

「いえ……」

「東京と神奈川で、ガソリンスタンドを展開している会社です。息子さんは、三年前にそこに就職したんですが、その際に連絡先として実家の住所と電話番号を残しています。それで我々も、連絡がついたんですが」

「そうですか……」父親の反応は鈍かった。

「その会社も、結局一年ぐらいで辞めたようです。最近何をしていたか、ご存じないですか？」

「まったく分かりません」

「――これは、聞きにくいことなんですが」

私は両手を組み合わせた。父親が、不安げに目を瞬かせながら顔を上げる。警察官が「聞きにくい」と言ったことで、どんな話が出てくるか、想像がついたのだろう。

「息子さんが、何らかの犯罪に関わっていたことは考えられますか？」

「それは――」

「そんなことはないです！」母親が急に声を張り上げた。「そんなことがあれば分かります！」

ろくに話もしていないのに、どうして分かるのだ、と思わず聞きそうになった……

しかし私は、小さくうなずくに留めた。長住だったら、ここで余計なことを言って相手を怒らせるところだが。

しかし、黒沢は何か犯罪に絡んでいる——私の推測は次第に強固になっていった。二人からはそれ以上の情報は出てこなかった。大きな空振り——それも高めの速球についていけない空振りではなく、大きく縦に割れるカーブに騙され、膝をつくほど無様な空振りをしてしまった感じだ。

しかし、私のショックなどどうでもいい。両親の面倒を見なければいけないのだ。

「正直に申し上げます。息子さんは、何らかの犯罪に巻きこまれている可能性があります」

「そんな……」父親の顔が青褪《あおざ》める。

「もちろん、具体的な証拠は何もありません。しかし、わざわざ息子さんの名前を騙って飛行機に乗った人間がいたのは、あまりにも怪しい。息子さんの方にも何かあったと考えるのが自然です」

二人は顔を見合わせた。それほどショックを受けている様子ではない。もしかしたら、いつかはこういうことがあるかもしれない、と覚悟していたのではないだろうか。どちらかが話し出すのを待ったが、言葉は出てこない。結局私が、話を再開させた。

「取り敢えず、息子さんが今どこにいるか……居場所を探すために、警察は動けます。犯罪捜査ではなく、失踪した人を捜す、ということです。警視庁には、人捜しを専門にする部署がありますから、届け出てもらえば、すぐに捜索にかかれます」

「それは……警察のお世話になるようなことは……」父親が躊躇して、母親の顔をちらりと見た。

「捜してもらえるんですか？」母親の顔がわずかに明るくなった。

「ご両親が希望すれば」私はうなずいた。

母親が、父親の袖を引く。父親はまだ渋い表情を浮かべていたが、母親はもう、失踪課に届け出る方向に傾いているようで、真剣な顔つきだった。

「それは――その届け出を出すのは大変なんですか？」慌てた口調で母親が訊ねる。

「基本的には書類を書いていただくだけですが、今回のようなケースでは、担当者が詳しく話を聴かせてもらうことになります。多少面倒でしょうが、大変なことは何もありませんよ。専門家が対応しますから」

「だったら、お父さん……」すがるような口調で母親が言った。

「すみません、ちょっと二人で相談させてもらえますか？」父親が遠慮がちに申し出た。

「構いませんよ」私は立ち上がった。「ここはだだっ広くて話がしにくいかもしれませんが、どうぞ話し合って下さい」

私は梓に目配せした。彼女がうなずき返して立ち上がる。二人から離れて、部屋の片隅のテーブルについた。

「こんなこと言いたくないですけど、これって富山県警のミスじゃないですか」声を潜めて梓が言った。

「まあまあ……それは県警側も認めているんだから」私はすぐに宥めた。県警の刑事たちが揃っている中で、この批判は危険過ぎる。

「でも、ちょっと調べてみればおかしいって分かったはずですよ。いかにも出張みたいな感じですけど、それにしては財布に入ってる金額も少ないし、運転免許証もたぶん偽造ですし」

「今回は、被害者の数が多過ぎた」何も県警の連中を庇ってやることはないと思いながらも、私は言った。「亡くなった人だけで二十人もいる。怪我人も百人超だ……全ての情報を短時間で集めるのは不可能だと思うな」

「そうかもしれませんけど……」梓が唇を尖らせた。

「ここで内輪の批判をしていてもしょうがないよ」

「富山県警は、内輪じゃありませんよ」

「大きい意味での警察一家じゃないか。とにかく、不毛な議論は――」そこまで言って、私は父親が立ち上がったのを視界の隅で捉えた。急いで立ち上がり、早足で彼の下《もと》へ向かう。

「お願いできますか？」結局、母親の意見が勝ったようだ。

「分かりました」

梓もやって来た。しきりに壁の時計を気にしている。今、午後四時。これから東京へ行っても、既に失踪課の勤務時間は過ぎている。事前に頼みこんでおけば待機していてくれるかもしれないが、部が違う私たちが話をすると、時間もかかるだろう。

「これから東京へ向かうのは大変だと思います」梓が切り出した。「今日はこちらに泊まっていただいて、明日の朝一番で東京へ行くようにしたらどうでしょう。それまでに、私たちの方で、準備を整えておきますので」

「……分かりました」父親ががっくりとうなだれる。こうなったら、一刻も早く届け出て、正式に捜してもらいたいと思っていたのだろう。

「では、私は今夜の宿と明日の新幹線の手配をします」梓がスマートフォンを取り出した。

「私は本部の方と調整をしますので、しばらくここでお待ちいただけますか？」

二人を残して、私たちは少し離れた場所に座り、それぞれの仕事を始めた。私はまず支援課に電話を入れて、芦田に状況を報告した。

「別人って……」芦田が絶句する。「そんな馬鹿なことがあるのか？」

「実際、別人なんです。それで、ご両親の希望もありますので、失踪課に届け出を出したいと思います。明日の午前中には東京へお連れしますから、今晩中に失踪課に話を通しておいてもらえますか？」

「分かった。それは課長にやってもらった方がいいだろうな」交渉事は本橋に……と決めてかかっているようだった。

「住所は文京区ですから、担当は一方面分室ですよね」

「そうだな。本部よりも、分室のある千代田《ちよだ》署へ直接行ってもらった方が早い」

「今夜はご両親の世話がありますから、失踪課の方はよろしくお願いします」

「話がまとまったら連絡するよ」

「了解です」

通話を終えると、梓もちょうど宿と新幹線の予約を済ませたところだった。

「始発の新幹線の席を取りました」

「何時だ？」

「六時十八分」

「それは早いな」私は顔をしかめた。

「八時半ぐらいに東京駅へ着きますから、朝イチで失踪課へ行けるんです」

「思いついたら早い方がいいか……」

「私が同行します。村野さんはどうしますか？」

「こっちに残るつもりだ。何しろ殺人事件の捜査も抱えているし――」

「村野さんが捜査しているわけじゃないでしょう」梓が釘を刺した。

「分かってるけど、最初から関わっているわけだから……それに、病院で意識不明になっている男の身元も気になる。もう少し手がかりがないか、こっちで調べてみるよ」

「分かりました……何だか訳が分からないですね」

「まったくだ」私は肩をすくめた。「こんなに得体が知れない案件は初めてかもしれないな」

5

黒沢の両親は、早々とホテルに引っこんだ。一緒に食事でもどうかと誘ったのだが、とてもそんな気になれないという。それも当たり前か……取り敢えず、今夜は梓と一緒に夕食を摂ろうと思った瞬間、宗形から電話がかかってきた。

「ご両親は？　落ち着いたか？」

私は事情を説明した。宗形は黙って聞いていたが、話が終わると、唐突に「じゃあ、飯にしよう」と切り出した。

「いや、しかし……」

「朝の約束があるからな」

「そういう状況じゃないと思いますが」食事は摂らなければならないが、とてもアルコールつきで宴会、という気にはなれない。夜になって、両親から急に相談があるかもしれないし。

「悩んで粗末な食事をしてても、道は開けないぞ。せめて美味い物でも食べて、力をつけないと」

「良心が痛みますけどね」

「そういうのは、一時は忘れてもいい。あんた、富山に対していい印象がないだろう」

「……正直言って、その通りです」

「だったらせめて美味い物でも食べて、富山のいい想い出を作ってくれ。今、ホテルにいるのか？」

「ええ」

「ロビーで待機していてくれ。十五分で迎えに行く」

電話を終えても、釈然としなかった。宗形はどうして、私との食事にこだわっているのだろう。その場で固まった私を見て、梓が「どうしました？」と不思議そうな表情を浮かべて訊ねた。事情を説明すると、ますます不思議そうな顔つきになる。

「まあ……どうせ飯は食べるんだよな」

「向こうの奢りなら、黙ってご馳走になりましょうよ。でも、何か裏があるかもしれませんね」

「実は俺も、それを心配しているんだ」

ホテル近くの居酒屋に案内された。外観からして高くはない店だが、それでも魚のメニューの豊富さには驚く。四人が入れるテーブル席の個室に落ち着くと、宗形は「料理は任せてもらえるかな」と切り出した。こういう時は地元の人に頼るのが一番。ビールだけを頼んで、料理は宗形に任せることにした。

宗形は常連の店のようで、店員と気軽に言葉を交わし、料理を注文する。私と梓は視線を交わし、どうやら大丈夫そうだと判断した。宗形に裏はない。

ビールで乾杯すると、宗形が「さて」と切り出した。私は一瞬緊張したものの、宗形は単におしぼりを袋から出しただけだった。

「まさか、こんなことになるとはね」独り言のようにつぶやく。

「予想外でした」私も認めた。

「謎が二つ、できたわけだ」

「黒沢の行方については、失踪課に任せることになりました」夕方、芦田から梓に連絡が入っていた。やはり一方面分室で引き受けてくれるらしい。あそこの室長の高城《たかしろ》賢吾《けんご》は曲者《くせもの》だが、仕事はできるという評判だから、何とかしてもらえるだろう。

「その件は、専門家に任せるのが一番だな。問題はこっちだ。自称黒沢は何者なのか……」宗形がグラスをぐるりと回す。

「犯罪の臭いがしますね」

「否定できないな」

「黒沢が、第三者に身元を押しつけた感じでしょうか……自分が姿を隠すための身代わりとか」

「いや、それは筋が合わない。例えば、事故が起きることなんかは、誰にも予想もできないんだから」

「それはまあ……そうですね」黒沢が自分を「殺し」、行方をくらますためには、もっと上手い手があったはずだ。となると、考えられるもう一つの可能性は……。「誰かが黒沢の身元を奪ったんですかね」

「それはありそうだ。黒沢は、もう殺されている可能性もある」

「ええ」

「どうもなあ……112便はどうなってるんだ？　犯罪者ばかり乗ってたのか？」

「今のところ、確実なのは一人ですよ」私は訂正した。

「まあ、そうだが」宗形の口調も歯切れが悪かった。

「飛行機が落とされた可能性はないんでしょう？」

「それはないな。テロ、ハイジャック、いずれも否定できる。今のところ、バードストライクの可能性が一番高い」

料理が次々に運ばれてきて、シビアな会話は中断した。私はまず、白海老に手をつけた。かき揚げ。これは新しい食感だった。普通の海老のかき揚げほどむっちりしておらず、桜海老ほどサクサクしていない。その中間という感じで味が濃い。

「美味いですね」

「こいつは、富山の現地でしか食べられないからな」

考えてみれば、「富山ブラック」以来の名物だ。とはいえ、あれはあくまでジャンクなラーメンで、富山の本当の名物は海産物だと言っていいだろう。刺身も新鮮で盛りもいい。東京でこれだけの刺身を食べたら、いったいいくら取られることか。

これから正月にかけて美味くなるブリは、照り焼きではなく塩焼きで出てきた。

「ブリなんて、照り焼き以外で食べるのは初めてですよ」私は素直に驚いた。

「俺は塩焼きの方が好きだけどね。しゃぶしゃぶも美味いんだけど、この店では用意がないんだ」

さっぱりしているのに脂《あぶら》が乗っている。独特の味わいで、アルコールよりも白飯が欲しくなった。梓も同じに思ったようで、店員を呼ぶベルを鳴らしてすかさずご飯を頼む。私も便乗した。

「おやおや、この後にまだ締めがあるんだけど」宗形が呆《あき》れたように言った。

「これは、絶対ご飯ですよ」梓が嬉しそうに言った。

「若い人は、やっぱり炭水化物だね」

「最高の組み合わせだと思います」梓ははっきり笑っていた。

盛りのいいご飯が運ばれて来て、梓は早々ブリの塩焼きをおかずに頬張り始めた。頬が丸く膨らむ様は、さながらリスのようである。私も早々試してみた。やはりこれは飯のおかず……あとは味噌汁と漬物があれば、定食としても完璧だ。

結局、締めの蕎麦はパスしてしまった。満足して腹をさする私を見てニヤニヤしながら、宗形が蕎麦を啜る。

「これで、富山の美味い魚は食べたことになっただろう」

「感服しました」私は素直に頭を下げた。「これで明日からも頑張れそうです」

「頑張るにしても、どうにもはっきりしないんだが……」宗形がまたも不機嫌な表情になる。もしかしたら、これが彼の普通の表情なのかもしれない。

「しかし、放っておくわけにもいきませんよね。例えば、父親だと名乗って訪ねて来た人間——黒沢正人について調べるのは手かと思います。目的は不明ですが、この男は、黒沢が全く別人だと分かっていて会いに来た可能性もありますからね」

「死んでいるかどうか、確認したとか」

「死んでいなくても、口がきけるかどうか……自分に不利な証言をされないように、様子を見に来たのかもしれません」

「病室に警備をつけた方がいいかもしれないな」宗形が顎を撫でる。「殺しに来る可能性もある」

「まさか」それは想像が飛躍し過ぎだろう。

「喋られるとまずい……あんたの考えはそうじゃないのか」

「あくまで可能性の一つです」

「可能性、可能性……可能性は泡みたいに消えることが多い。刑事っていうのは、事実を摑んでないと弱いものだな」

「まったくです」

しかし、黒沢正人について調べるのは一つの手だ。この男の正体が分かれば、事態が動き出しそうな気がする。

「俺もずいぶん長く刑事をやってるが、こんな訳の分からない事態は初めてだよ」

「そうですよね」

「できれば、捜査というのは分かりやすくあって欲しいよな。殺人事件の現場に行ったら、血まみれの包丁を持った犯人が呆然と立っているとか」

「だいたいの事件は、そんなものじゃないですか」刑事が足を使い、知恵を絞り、時間をかけて解決に向かう事件など、実際にはほとんどない。発生同時、あるいは直後に犯人確保、というケースがどれほど多いことか。世間の人は、刑事は二十四時間三百六十五日、捜査で苦労していると思っているのだが、それは完全な勘違いだ。

「まあな……うちの若い連中にはいい経験になるだろうが」

「特殊過ぎて、あまり勉強にならないかもしれませんよ」

「ああ言えばこう言うだね、あんたも」宗形が苦笑した。

「すみません。そういうことを言う資格はないですね」

「批判する権利は誰にでもある——とにかく俺は、この一件で一つも取りこぼしたくないんだ。１１２便の事故は、富山県警の歴史に残る。そこでヘマして記録に載るのはごめんだからな。だから若い連中にもはっぱをかけてる」

「何でもお手伝いしますよ」

「あんたも人がいいというか、お節介というか、変わってるね」

「いや、基本はシンプルです」

被害者のために動く——その原則に揺るぎはない。今回も、本井の家族はまだ苦しんでいるし、意識不明のままベッドに横たわる男の身元が分からないままだ。そういう人たちのために自分の力を使う。

その辺を宗形に説明しても、なかなか分かってもらえないだろうが。犯人逮捕、事件解決を最優先にする一般の刑事たちとは、考え方の違いでよくぶつかってしまうのだ。

その違いを、いつかは乗り越えねばならない。全ての刑事が、犯人逮捕と同じように、被害者支援に心を砕くようにならなくてはならない。本当にそうなった日には——支援課は、その役割を終える。

ホテルへ戻るのに、私と梓は富山城址公園を突っ切った。広々とした、なかなか立派な公園で、復元された城の前には芝生広場が広がっている。県警本部側にはお堀が流れ、趣のある赤い橋がかかっている。家族連れやカップルがのんびり時間を潰すのに、いかにも適した公園だ。

もっとも、十一月も終わりの夜ともなれば、呑気な気分にはなれない。今日東京から来た梓は、それほど厚くないコートを着ているだけなので、寒さに耐えるように背中を丸めている。元々小柄なのが、ますます小さく見えた。私はダウンに守られているので、寒さはそれほど気にならない。よほど貸してやろうかと思ったが、このダウンジャケットを脱いだら、今度は私が寒さに負けてしまう。

ホテルへ戻ると、梓はようやく背筋を伸ばして息を吹き返した。すぐにスマートフォンを取り出し、着信を確認する。

「黒沢さんのご両親からは、連絡はありませんでした」

「一応、声をかけてみるか？」

「微妙ですね……」梓が壁の時計をちらりと見た。「やめておきましょうか。九時ですから、もう休んでいるかもしれないし」

休みたいはずだ、と私は同情した。二人とも、ベッドに倒れこむように寝てしまったのではないだろうか。

「アルコールが完全に抜けました。コーヒーが欲しいです」

「俺もだ」

ホテルのコーヒーショップに入り、二人ともコーヒーを注文する。梓は砂糖をたっぷり加えた。少しでも体を温めようというつもりなのだろう。

「何だかもやもやします」梓が打ち明けた。

「そうだよな……謎が謎を呼ぶ感じだ」

「でも、つながっているとは思えないんですけど……」

「変な話だけど、犯罪による死体を隠すのに一番いいのは、大災害や戦争らしい」

「ああ」梓が顔をしかめた。「身元不明の死体がそのまま無縁仏として葬られて、捜査もされないかもしれませんね」

「今回は、そういうのとは事情が違うけど、何だかね……」私はコーヒーを一口すすった。ビールは邪魔だったな、と思う。この一件に関わるようになってから、体があまりアルコールを欲しないのだ。「被害者支援の仕事をしていると、どうしても捜査の本筋にかかわらざるを得なくなるけどなあ」

「まさか、殺人事件まで起きるなんて、想像もしませんでしたよね」

「まったくだな……」そちらの動きも気になる。取り敢えず、明日も様子はチェックしてみよう。

「この件、終わりが来るんですかね」梓が心配そうに言った。

「何だ、もうへばったのか」若いのにだらしない、という言葉を呑みこんだ。梓は確かに二十代だが、私だってまだ三十代なのだ。老けを意識するような年齢ではない。

しかし、この重たい疲労感は何だろう。特に古傷の残る膝。リハビリから遠ざかっているが故だと分かっていたが、今はどうしようもなかった。取り敢えず今夜、風呂で温め、自分でマッサージするしかない。

「明日は早いから、今日はさっさと解散しようか」

「そうですね」梓が欠伸を嚙み殺した。「あ、朝は勝手に出ますから、気にしないで下さい」

「もちろん。君にモーニングコールをするつもりはないから」

梓の耳が赤くなる。私は咳払いして、コーヒーを飲み干した。今日は解散。明日から巻き直し――普段はそう考えると気持ちを切り替えることができるのだが、今日は無理だった。

今回の一件は、間違いなく私の心を蝕んでいる。

6

翌朝、私は午前六時半に起動した。これは梓のせい……彼女が送ってきた、「無事に新幹線に乗りました」というメールの着信音で起こされたのだ。二度寝すると起きられない気がしたので、思い切ってベッドを抜け出すことにした。昨夜、まずは黒沢正人について調べてみるべきだと結論を出したので、その方法を考えなければならない。取り敢えず、JRに確認するか……駅で、現金でチケットを購入していたら確認しようがないが、ネット予約などなら痕跡が残っているかもしれない。ただ、「黒沢正人」の名前を使っている可能性は極めて低いのだが。それで分からなければ――まず分からないだろうが――駅やタクシーで聞き込みをしてみる。黒沢正人の顔つきを説明して、目撃者がいないかどうか、確かめるのだ。これもしんどく、かつ実りの少ない作業になることは分かっている。顔写真でもあればともかく、口で説明しただけで分かってもらえるとは思えない。

食事と身支度を終え、早々とホテルを出る。路面電車でＪＲの駅前まで出て、まずはみどりの窓口に顔を出した。黒沢正人という名前で予約がなかったかを確認してもらいたかったのだが、職員の返事は「分かりかねる」。ネットでの予約に関しては、本社サイドでないと把握できないということだった。

これは後で確認しよう。続いて聞き込み……しかしこれが、予想以上に上手くいかなかった。事故からはかなり日数が経ってしまっている上に、私自身、黒沢正人の容貌を正確に説明できないのだから、仕方がない。

駅の南口は、ぐるりと円形のロータリーになっていて、バスとタクシーの乗り場がある。手当たり次第にタクシーの運転手に聞いてみたのだが、まったく手がかりはなかった。こんなに聞き込みが下手だったかな、と我ながら呆れてしまう。支援課にいるうちに、刑事のノウハウと勘が鈍ってしまったのか。

九時過ぎ、スマートフォンが鳴った。梓だろう――もう東京に着いているはずだ

――と思ったが、「076」から始まる富山県内の番号だった。

「村野です」

「ああ……内川です」

道理で見覚えがない番号なわけだ。私のスマートフォンには、彼の携帯番号の登録しかない。今は自宅からかけているのだろう。

「どうしました？」急に心配になった。内川の声には、怯《おび》えが感じられる。何かあったのだろうか。

「警察に呼ばれているんですけど、どうしたらいいですかね」

「呼ばれているっていうのは、どういう意味ですか」

「署まで来い、と……今までとちょっと様子が違うんですよ。私、疑われているんでしょうか？」

「いや、そういうことはないと思います」そもそも容疑者だったら、警察は署に呼びつけるようなことはしない。覆面パトカーで自宅へ乗りつけ、有無を言わさず連行する。

「そうですか？　しかし、どうも様子が……」

「心配なら、私がそちらへ行きますよ」

「え？」

「今、ちょうど富山駅にいるんです。時刻表を確認しないと分かりませんが、上市駅で待ち合わせしませんか？　そこから署まで乗せていってくれると助かります」

「ありがたいけど、いいんですか？」

「もちろんです」捜査本部の動きも知りたかったのだ。内川にくっついていけば、上手く中に潜りこめるかもしれない。

待ち合わせを約束して電話を切る。恐らく捜査が手詰まりになったので、基本に立ち返ろうとしているだけなのだ。そのためには、第一発見者に話を聴くのが第一歩……手詰まりになるには、まだ早いはずだが。

上市駅で十分ほど待った。それにしても、ここも広々とした景色が広がる場所だ。高い建物は見当たらず、駅前にあるのは銀行の支店と郵便局ぐらい。コンビニエンスストアの駐車場も、巨大なマンションが建てられるぐらい広かった。小さな商店街には、食事ができる店も見当たらない。

駅舎はＪＡと共同で、他にも観光案内所が併設されている。改札の近くには、何故か本格的なベーカリーがある。駅前の小さなロータリーにはタクシーが何台か停まっていた。内川とは署で落ち合ってもよかったのだが、別々に入ると分断されてしまう恐れもある。必ずつき添って守らなければ——何となく、弁護士の気持ちが分かるような気がした。

内川の軽自動車が猛スピードで走ってきて、駅前のロータリーに入ると急ブレーキをかけて停止した。前に停まったタクシーに衝突する寸前。フロントガラス越しに見る彼の顔は蒼褪め、額が汗で濡れていた。そこまで怖がることはないのだが、内川にすれば気楽にはなれないだろう。

私が助手席のドアを開けると、内川はいきなり「すみません、すみません」と重ねて謝った。どうも卑屈過ぎる……内川がサイドブレーキを戻してすぐに車を発進させようとしたので、私は「ちょっと待って下さい」と声をかけた。内川が急ブレーキを踏んだので、まだシートベルトをかけていなかった私は前につんのめった。ダッシュボードに手をついて、何とか体を支える。

「焦らずに行きましょう……署の方では、何と言って内川さんを呼び出したんですか？」

「すぐに署まで来てくれ、と」

「用件は何なんですか」

「聴きたいことがあるから……理由を聞いても何も話してくれませんでした」

「心配しなくても大丈夫ですよ」私は意識してのんびりした口調で言った。「何か確認したいことがあるだけでしょう。気にしないで、堂々としていればいいんです。心配だったら、私が立ち会いますから」

「そんなこと、できるんですか？」

「まあ……向こうが許せば」実際には私には、口出しする権利がまったくない。管轄外、専門外の話だし、「席を外してくれ」と言われたら黙って従うしかないのだ。仮に内川が犯罪被害者だったら、管轄の違いを無視して強引に同席するのだが、それもできない。唯一口出しできる理由があるとしたら、私は第一発見者ではないが、「通報者」だということだ。

署に着いて車を降りると、内川がぎくしゃくと歩き出した。まるで足を痛めているような歩き方……緊張を解してやろうと、私は彼の背中に手を添えた。分厚いダウンベストを通しても、体が震えているのが分かる。突然「容疑者になった」と思いこんでしまったら、怯えるのも当然だろう。

二階の刑事課の隣にある捜査本部に入る。本当は入る権利はないのだが、こういう時はびくびくしていては駄目だ。入った瞬間、刑事課長の水崎と目が合う。内川の背中を押すようにして彼のところまで行くと、水崎は「またあんたか」と呆れたように言った。

「今日はどういうご用件で？」疑わしげに私を見る。

「つき添いです」

「ああ？」

「内川さんに事情聴取したいというお話ですよね？　通報者として、私も一緒にいた方が、話が早いかと思いまして」

「別に、あんたに聞かなくちゃいけない話はないんだが……現場の様子は関係ないから」

「だったら何なんですか」

「交友関係」

「まさか、内川さんを疑っているんじゃないでしょうね」

内川がびくりと身を震わせるのが分かった。水崎が、呆れたように溜息をつく。

「あんた、心配し過ぎだよ」

「内川さんが不安に感じているので……参考人を不安にさせないのは、事情聴取の基本じゃないんですか」

「支援課っていうのは、こういうことにまで首を突っこむのかい？　それとも、警視庁の人間なら、他の県警の捜査に一々口出しする権利があるとでも思っているのか？」

「まさか」私は顔の前で手を振った。「そんな図々しいことは考えてもいませんよ。ただこの件について、私は強い関心を持っています。本井さんの家族のためですから」

「指名手配犯の家族に気を遣ってどうするんだ」

「事故の被害者の家族です」

私は強い口調で訂正したが、この議論は永遠に平行線を辿ると分かっていた。こういう時、私は自分から一歩引くことにしている。議論を続けていても何も生まれないわけで、時間の無駄だ。

「まあ、その辺で話を聞いてる分には問題ないが……取調室を使うわけじゃないからな。ただ、余計な口出しはするなよ」

私は口にチャックをする真似をした。水崎の表情はまったく変わらない。

水崎は、所轄の中年の刑事を事情聴取の担当につけた。遺体の発見現場で、内川を取り囲んで尋問していた三人のうちの一人……あの時の様子を思い出す限り、事情聴取が上手いタイプとは思えない。捜査一課は112便の特捜本部に人手を取られ、中新川署の捜査本部には十分な人手を割けないのかもしれない。

「中森《なかもり》さんですが……」中年の刑事が、のろのろした口調で切り出す。「中学校の同級生でしたね」

「小学校もです」不快そうな口調で内川が答える。

「そうそう、小学校、中学校と同級……今も、地元にお住まいでしたね」

「ええ、ずっとですよ」

「二月ほど前に、荒木さんと口論になったと聞きましたが……荒木さんの家で酒を呑んでいた時に、些細な事から摑み合いになったそうですね」

「それは――」内川が一瞬言葉を切り、呆れたように口をぽかんと開けた。すぐにきゅっと唇を引き締めると、「中森を疑っているんですか?」と慎重に訊ねる。

「そういうことはあったんですよね?」刑事が念押しする。

「ありましたけど――ありましたよ。私もその場にいました。間違いありません」

「原因は何だったんですか?」

「中学校の時の話です」内川がゆっくりと首を横に振った。こんなことまで喋らないといけないのかと、啞然としている様子だった。「当時、中森が好きだった子の話題になって、荒木がからかっただけですよ。よくある話でしょう? 昔のことを面白おかしく話しているうちに、ついむきになる……それだけですよ」

「でも、摑み合いになった?」刑事が疑り深そうに念押しする。

「何人もいましたから、すぐに分けましたよ。実際には、お互いに手を出すところまでいかなかった」

「なるほど」刑事が手帳を広げ、背中を丸めるようにして覗きこみながら、何かを書きこんだ。一人納得したようにうなずいて顔を上げ、「それと、後藤《ごとう》さんの件なんですが……荒木さん、後藤さんにお金を貸していたそうですね」と確認する。

「ええ」内川の顔が歪んだ。

「いくらですか？」

「さあ……金の貸し借りがあった話は聞いていますけど……」

「その問題で、二人が揉めていたのでは？」

「まさか」

「どうして『まさか』なんですか？」

「その話は、荒木から直接聞きました。後藤が、商売でちょっと資金繰りに困ってたから、貸してやっただけですよ。後藤のところは、娘さんが難しい病気で、治療費もかかるんです。荒木は、本当に同情して金を貸したんですよ？　病気の話は、他人事じゃないからって」

「トラブルになっていたわけじゃないんですか？」刑事がしつこく訊ねる。

「そういうことはないです。絶対にありません」内川が言い切った。

どうやら捜査本部は、容疑者をこの二人に絞っているようだ。強盗ではなく、交友関係のトラブルと見ているのか……私がどうこう言う問題ではないが、本筋を外しているような気がしてならない。人間関係が濃厚な田舎では、事件が起きてもすぐに「誰がやった」と分かってしまうこともあるはずだ。その辺が東京との違いであり、逆に言えば犯罪者にとっては「抑止力」にもなる。どうせばれてしまうのだから、どんなに嫌な奴であっても手にかけるような無茶はせず、ひたすら我慢する──。

二人のやり取りは、すぐに膠着《こうちゃく》状態に陥った。あくまで疑ってかかる刑事と、全面否定を続ける内川。このまま平行線を辿り続けるのは、単なる時間の無駄だ。よほど介入しようかと思ったが、その都度水崎の厳しい視線に遭い、口をつぐまざるを得なかった。

一時間ほども続いた事情聴取は、最後には空中分解した。まだ納得しない刑事と、完全にうんざりした様子の内川。結局水崎が「この辺にしておこう」と終止符を打って、内川を解放した。それまで緊張したまま、ずっと背中を真っ直ぐ伸ばしていた内川が、かすかに息を吐いて背中を丸める。

「いいですか？」そこで初めて、私は言葉を発した。「もう、帰っていいですよね」

「あんた、まるで弁護士ですね」水崎が皮肉を吐いた。

「そういうつもりではありませんが」

「ああ……ご苦労様でした」水崎が内川に向かってさっと頭を下げる。「今後ともご協力、よろしくお願いします」

内川もさすがに、もう愛想《あいそ》良く対応できないようで、軽くうなずくだけで立ち上がった。当初の緊張感は消えていたが、怒りと疲れのせいか、顔色がよくない。

署を出ると、内川はまず大きく背伸びした。何とかリラックスしようとしているのだろうが、眉間の皺は刻まれたままだ。

「冗談じゃないですよ」とかなり大きな声で文句を吐く。「あれじゃ、まるで容疑者扱いじゃないか」

私は唇の前で人差し指を立てた。こんなところで、大きな声で話すことではない――内川が慌てて、右手を口に押し当てる。

車に乗りこむと、内川がまた文句を言い始めた。よほど腹に据《す》えかねたらしい。

「中森の件も後藤の件も確かに本当ですけど、それだけで容疑者扱いするのはどうなんですか？　警察は、いつもこんなに乱暴なやり方をするんですか？」

「手がかりがないので、焦っているんでしょう」シートベルトを引っ張りながら私は答えた。「私は、あの見方は間違っていると思います」

「別に犯人がいると？」

「もしもあの辺りの人――あるいは友だちが犯人だったら、もうとっくに分かっていると思いませんか？　狭い街でしょう」

「実は、三十年ぐらい前かな……殺人事件があったんですよ」

「そうなんですか？」あんな静かな街で三十年間に二回の殺人事件というのは、私の感覚では意外だった。

「その時は、兄貴が弟を殺したんです。逮捕されたのは事件から一週間ぐらい経ってからでしたけど、事件が起きた直後にはもう、近所の人は『兄貴がやったに決まってる』って言ってましたからね。昔から仲が悪くて、普段から揉めていたことは、誰でも知ってましたから」

「荒木さんの場合は、違うんですね？」

「殺されるような問題は、絶対にないですよ。そりゃあ、荒木は我々とは違う……作家なんて、特殊な仕事だから、ちょっと変わってるところはありましたよ。だけど、人の恨みを買うようなことはなかったはずだ」

「変わった人だったんですか？」私は突っこんだ。内川はさらりと言ったが、これは重要なポイントになるかもしれない。「変わっている＝人と違う」性格は、軋轢の原因になりかねないのだ。

「変わってましたよ。こだわるところが人と違うというか。それに、凝り出すと徹して凝る――それは昔から変わっていないんですけどね」

「ああ……何となく作家っぽい感じですね」

「基本的には何も変わってないんですよ。六十になってもガキっぽいところがあって、だから我々とも普通につき合っていたんですから」

作家の生活やメンタリティについては、よく分からない。しかし荒木が、気取らずに昔の交友関係をキープしていたことだけは分かった。そうでなければ、わざわざ実家を仕事場に改造したりしないだろう。作家はどこでも仕事ができるはずで、彼が地元愛を抱いていた証拠ではないか。

「結局、警察は何も分かっていないわけですか？」

「そのようですね」

「さっきの話ですけど……この辺りの顔見知りがあんなことをしたら、誰がやったか、とっくに分かっているはずなんですよ」

「ええ」

「だから、全然関係ない人なんじゃないですかね。それを、こっちに話を持って来られても困る」

「実際にそうじゃないなら、いずれは警察もこの線を追わなくなりますよ」ただし、他の線が出てこなければ、いつまでも「顔見知りの犯行」にこだわるかもしれない。

そして、私が知りたいこと――本井が荒木に会いに行った理由は、謎のままになりそうだ。

本井の家族の顔を思い浮かべる。まだまだ不安定で、ささいなことがきっかけで崩壊してしまうかもしれない家族。真奈たちを支えるためには、本井の足取りを追っていくしかない。家族も知らなかった本井の足跡――真奈たちには、それを知る権利がある。

「駅まで送りますよ」内川が申し出てくれた。

「申し訳ないから、ここでいいですよ。歩けますし」

「何だか一人でいるのが怖いんですよ。私だけ、集中砲火を浴びているようで」

その気持ちは十分理解できる。

7

上市駅のホームで電車を待っている時に、スマートフォンが鳴った。見知らぬ電話番号——東京からだった。一瞬躊躇した後で出ると、「高城です」というしゃがれた声が耳に飛びこんできた。

「村野です」

「例の件——届出は無事に受けたから」

「すみません、ご面倒をおかけします」何で私に電話してくるんだと思いながら、ほぼ無人の向かいのホームに向かって頭を下げてしまった。

「ま、こういう話なら、大したことはないな」

高城があっさり言った。こんな風に軽く請け負う人なのか、と私は首を傾げた。高城については、あまりいい噂を聞かない。酒と煙草、それに鎮痛剤の依存症。離婚歴一回。一人娘を事件で失っている——元々捜査一課のエースと言われていた人だが、それもずいぶん昔の話である。何故警視に昇進して失踪課の分室長になれたのか、私には謎だった。警視庁は時に、訳の分からない人事をする。

「見つけ出せそうですか？」

「マル対が死体になって、どこかに埋まっていなければ」

下手な冗談……私は反応しないようにしたが、高城が本気で言っていたことは、次の言葉ですぐに分かった。

「姿を消すのがどれだけ難しいか、あんたには分からないだろう」

「人捜しは専門じゃないですから」

「何の痕跡も残さずに姿を消すのは至難の業なんだよ。今回も、それほど特殊なケースとは思えない」

「そうですか？　人のすり替わりがあったんですよ？　犯罪の臭いがするでしょう」

「それは、お前さんたちの感覚でね……失踪課としては、行方が分からない人間を捜す、それだけのことだ。いつもやってる仕事と変わらない」

なるほど……高城という人間はよく分からないが、この考え方には納得せざるを得なかった。物事は基本的にシンプル——余計なことを考えてしまうと、実態よりも複雑になるものだ。

「ま、ある程度時間はかかるかもしれないが、必ず見つけ出すから。まず、黒沢の家を調べてみるよ。家には必ず、手がかりが残っているものだから」

「すみません。本当は、うちがお願いできるような案件じゃないんですけど」

「俺は別に、気にしてないよ」高城の口調は軽かった。「仕事はいつでも大歓迎だから。今、ちょうど暇だったしな」

思わず苦笑してしまう。要するにこの男は、今時珍しい仕事中毒なのだろう。そうなった原因には同情すべき点もあるとはいえ、一生懸命動いてくれるのは、こちらとしてはありがたい。

「そちらと折衝したのは誰でした？」

「そっちの係長の芦田だ。あいつも、何だか愚図愚図した男だな。用件があればすぐ言えばいいのに、前置きが長い」

「すみません、そういう人なんです」

「だいたい、話の持って行き先が間違ってる。本部の失踪課に直接話をすれば、課長はすぐに乗ってきたはずだぜ」

失踪課の課長は女性だ。やり手というか、庁内政治が大好きというか、大きな事件を手がけて自分の評価を上げることを最優先事項にしているという噂である。１１２便の事故に絡んだ失踪事件となれば、世間の注目も大きくなるわけで、速攻で引き受けて、部下に無理な捜査を強いる——そうなったらまた、厄介なことになっていただろう。高城ぐらい軽い調子で引き受けてくれる方がありがたい。

「いずれにせよ、そんなに時間はかからないと思う。しばらく待っててくれ」

「分かりました」

「しかし、あんたも大変だな」高城が突然口調を変えた。「今、富山か？」

「ええ」

「捜査に直接関係することでもないのに、あっちへ行ったりこっちへ行ったり……黒沢の偽者の身元についてはどうするんだ？」

「振り出しに戻りました。手がかりゼロですけど、それを調べるのは富山県警の仕事です」

「あんたが首を突っこむ必要はないか……それより、そんなに動き回っていて、膝の古傷は大丈夫なのか？」

「あまりよくないですね」この人は、何で私の怪我のことを知っているのだろう、と首を捻る。自分から積極的に話して回っているわけではないのに。

「自分も被害者だからって、あまり入れこむなよ。入れこみ過ぎると、大事なものが見えなくなったりする」

「それは分かってますけど、被害者支援では、相手に感情移入するのは大事なことなんですよ」

「分かってるよ。ただ、あまりにも深く感情移入し過ぎると、いろいろ都合が悪くなる……だいたい俺も、犯罪被害者なんだが、普通にやってるぞ」

私は黙りこんだ。そう……高城の事情は分かっている。彼は娘を殺された。その事実が分からぬまま、「行方不明」になった娘を十年以上も捜していたわけで、気持ちの荒れようは想像を絶する。それが彼を、酒浸り、煙草依存の人間に変えてしまったのかもしれないが……責められない、と思った。

「余計なことを言ったな……でも俺は、被害者支援課の手助けなしで何とかなった。被害者だって、ダメージの度合いは様々だろう」

あなたのダメージは最高レベルだったはずです……私は言葉を呑みこんだ。こんな話は、電話ですべきではない。ただ、彼の話はきちんと頭に叩きこんでおいた。今の高城は、娘の事件からすっかり立ち直っているようだが、そう思って何年も経ってからダメージが出てくるのが事件の恐怖なのだ。その時は――高城がマイナスの気持ちで激しく酒に溺れるようになったら、そっと手助けしよう、と私は決めた。

事態が動かなくなったら基本に立ち返る。

私はその原則に従って、本井の行動に関する調査を始めた。そもそも今回富山に来たのも、彼がこの街で何をしていたか、調べるためである。家族が知りたいのはそのことで、余計な情報は必要ない。

今のところ、真奈たちに話せることは少ない。むしろ話さない方がいい、と私は判断した。「地元の作家が殺されるしばらく前に、本井が訪ねていた」――こんな話を聞いても家族は混乱するばかりだろう。もしかしたら、この殺人事件にもかかわっているかもしれないと考えると、気持ちはさらにマイナスになるはずだ。

昼過ぎに富山に戻り、本井が泊まっていたホテルを再度訪れた。ホテル側からすれば、本井は何千、何万人もいる客の一人に過ぎず、よほど変なことをしていない限りは記憶に残らないだろう。ただ私は、ホテルマンの記憶に期待している。彼らは、トラブルに備えて、実によく物事を観察しているのだ。それに加えて、先日私が事情聴取している――そういうことがきっかけになって、眠っていた記憶が呼び起こされることもある。

フロントで支配人を呼び出してもらう。攻める時は常にトップ狙いだ――待つ間、カウンターに肘をついたまま振り返ってロビーの様子を観察する。相変わらず目立つのは、大荷物の中国人観光客だ。旅行か……とふと考える。この仕事をしていると、長期の休暇や海外旅行はなかなか難しい。大リーグの試合を観るために渡米するという長年の夢は、簡単には叶いそうになかった。定年後の目標に切り替えた方がいいかもしれない。

支配人が出て来た。面倒臭がる様子でもなく、慌てた様子でもなく、まったく平常運転という感じ。これでなくては、ホテルの支配人などやっていられないだろう。

「ちょっと内密の話があるんですが」

「そうですか……私の部屋でどうですか？」

「よろしいですか？」

「カフェではまずいんですよね？」

「他の人に聞かれたくありません」

「では、こちらへ」

二階にある支配人室は、ごくささやかなものだった。このホテルも、富山市内では大規模な方なのだが、さすがに東京の巨大ホテルとは訳が違う。広さは八畳ほど、大きなデスクと本棚、四人が座れる応接セットが入ると、空間の空きはほとんどなくなる。

支配人はソファを勧めてくれた。自分も腰をおろしかけ、思い直したように肘かけを摑んで立ち上がると、「何かお飲み物は？」と訊ねる。

「いえ、結構です」

私が言うと、支配人がうなずき、私の向かいに腰を下ろした。ワイシャツの胸ポケットから煙草を取り出すと、「よろしいですか？」と訊ねる。私としてはもちろんうなずくしかないのだが、テーブルに巨大なガラス製灰皿が載っているのは、今時珍しい……私が社会人になった十数年前は、まだ世の中は煙草にそれほど非寛容ではなかったのだが、今は吸える場所を探す方が大変だ。

支配人が素早く煙草に火を点け、顔を背けて煙を吐き出した。

「すみませんね、なかなかやめられない悪癖で」

「大丈夫です……先日、荒木重道さんという作家さんが亡くなった——殺されたのはご存じですか」

「もちろんです」支配人が目を見開いた。「驚きましたよ。私、面識があるんです」

「そうなんですか？」私は身を乗り出した。

「このホテルで講演をやっていただいたことがあって……一年ぐらい前だったかな？その時にご挨拶させていただきました」

「その時は、どんな人だと思いました？　印象、ということですが」

「丁寧な人でしたよ。話も面白かったし——ちょっと待って下さい」支配人が慌てて煙草を灰皿に押しつけた。「まさか、私を疑っているんじゃないでしょうね」

「違いますよ。私は警視庁の人間ですから、富山県内で起きた事件を調べる権利はありません。ただ、本井さんは１１２便の事故が起きる二週間ほど前に、荒木さんと会っているんです」

「そうなんですか？」

「もちろん、直接確認できたわけではないですが、まず間違いないと思います……その件について、何かご存じないですか？」

「いや、まさか」支配人が顔の前で手を振った。事件が自分の方に押し寄せてくる──そんな恐怖に襲われているのかもしれない。

「その後、何か分かったことはありませんか？」

「ああ、そうですね……」支配人が立ち上がり、デスクの受話器を取り上げた。「私だが──近藤《こんどう》君、いるかな？　ああ、それじゃあ、ちょっと支配人室まで来てもらってくれないか」

「何か分かったんですか？」私は再度訊ねた。

「あなたが訪ねて来てから、従業員全員に確認したんです。フロントの人間が、本井さんと話していたことが分かりまして」ソファに腰かけながら支配人が言った。

「どういう内容ですか？」

「それは、本人から聞いていただけますか？」

「分かりました」もったいぶっているわけではなく、慎重にやりたいだけだろう、と私は判断した。

一分後、ノックがあった。支配人が「はい」と大声で返事をすると、遠慮がちにドアが開く。制服を来た小柄な男が首を突っこんだ。

「ああ、入って、入って」

支配人が手招きすると、男がゆっくりと部屋に足を踏み入れた。勧められるまま、支配人の横のソファに浅く腰を下ろす。

「近藤君、本井さんと話した時のことを教えてあげて」

「はい、あの……本井さんがチェックインされた時なんですが」

「どういう話ですか？」私は声を抑えて聞いた。あまり期待をかけても、相手は萎縮してしまう。

「レンタカーのことを聞かれまして」

「レンタカーを借りる話ですか？」

「ええ。駅前に何か所かありますから、場所をお教えしたんですが……考えてみると変な話ですよね」

「指名手配されていたからですね？」

「そんな人が、車を借りられるものでしょうか？　すぐに警察に連絡が行くんじゃないですか？」

「確かにそうですね」このホテルの人たちは、本井が偽名で泊まっていることを見抜けなかった。ただホテルの場合、金さえきちんと払ってもらえれば問題はないのだろう。しかしレンタカーの会社は、免許証の提示を求める。偽造の免許証があればともかく、本井が身元がばれるような真似をするとは考えられなかった。そういう危険を冒してまで車が必要だったのは、富山県内で動き回る足を確保しなければならなかったからだろう。結局レンタカーを諦め、岩峅寺駅への行き方を聞いたのかもしれない。

「話をした時、どんな様子でしたか？」

「普通と言いますか……とにかく普通でしたね」近藤が自信なげに言った。「ただ、どうしてレンタカーのことを聞くのかな、と不思議には思いましたけど」

「どうしてですか？」

「新幹線にしろ飛行機にしろ、着いたらすぐにレンタカーの店はあるじゃないですか。それに気づかないのはちょっとおかしいかな、と……」

「なるほど」どうにもはっきりしない話だ、と私は焦れてきた。しかし近藤は、もう一つ爆弾を隠していた。

「それと、本井さんが部屋から電話をかけていたのが分かりました」

「どこへかけたかは、分かるんですか？」

「番号は分かりますが、どこかは……」

「教えていただけますか？」ホテルでは分からなくとも、警察では調べられる。近藤が教えてくれた電話番号を手帳に書きこんでから、「どの辺りの番号か、分かりますか？」と確認する。

「076だと、たぶん富山市内ですね」近藤が指摘する。

それでピンときた。富山市にある荒木の家ではないだろうか。立山の家には電話がないから、荒木のメールアドレスも知らない人間が彼に連絡を取ろうとしたら、マネージャー代わりの息子に電話をかけるはずだ。後で電話帳を借りて調べてみよう。NTTに頭を下げる必要もないかもしれない。

「ありがとうございました。助かります」本井と荒木の関係が、さらに詳しく分かるかもしれない。

「それと、もう一つ……これは関係ないかもしれませんが」

「ええ」腰を浮かしかけた私は、またソファに座り直した。近藤は、一気に話ができないタイプのようだ。

「チェックアウトの時も担当したんですが、荷物が一つ、なくなっていました」

「どういうことですか？」

「チェックインの時には、二つ持たれていたんですよ。一つはリュックで、もう一つは手提げのバッグでした」

「バッグの方は、どれぐらいの大きさでしたか？」

「B4の紙が入るぐらいでしたかね……結構大きかったですよ。それに一杯に紙が入っていました」

「リュックに入れたんじゃないんですか？」

「入らないから、別々に持っていたんじゃないでしょうか。リュックはそれほど大きくなかったですし」近藤が遠慮がちに説明した。

「確かにそうですね」私は同意した。「部屋に忘れ物は？」

「それはなかったです」

そこでまたピンときた。もしかしたら、本井が荒木に託したものではないだろうか。そして、B4サイズのものというと……原稿？　今時、原稿のやり取りは、メールなどで行うのが普通かもしれないが、プリントアウトしていたらどうだろう。例えば、普通の単行本サイズで、見開きでプリントアウトすると、B4版ぐらいのサイズになるのではないか。何百枚もあったら、バッグが一杯になるのも当然だ。

「それが何だったかは……」

「そこまでは分かりません」近藤が首を横に振った。

「分かりました。参考になります」取り敢えず電話番号が分かっただけでも収穫だ。

二人に礼を言って支配人室を出て、フロントで電話帳を借りようと思ったのだが、その前にまず、荒木の長男、元也の携帯に直接電話をかけてみた。勤務先の会社で仕事中だったら出られないかもしれないと思ったが、彼はまだ忌引きで休んでいた。

「失礼ですが、これはおたくの自宅の番号じゃないですか？」

私は先ほど近藤から教えてもらった電話番号を告げた。元也が即座に「そうです」と認めた後、いかにも不審げに「それがどうしたんですか？」と聞き返す。

「本井さんが、そちらに電話をかけていたようです」

「え？　私は受けていませんでしたけど」

「時刻は午後二時ぐらいなんですが」

「ああ、その時間だと、私は休みでない限り、仕事中です」

「ご家族が誰か電話を受けなかったかどうか、確認できますか？」

「ちょっと時間をいただければ……すみません」

一度電話を切り、連絡を待った。五分後、折り返し連絡が入る。元也の答えは「ノー」だった。荒木の家族で、本井と話をした人間はいない。どうやら家族が不在の時に、家に電話をかけてしまったようだ。しかし、その後かけていないのはどうしてだろう。かける必要がなくなったのか。

「いったいどういうことなんですかね」逆に元也に聞かれてしまった。

「あなたたちに接触しようとしていたのは間違いないでしょうけど、よく分かりません」私は正直に認めた。

「何だか、意味が分からないんですよ……困ってます」

「分かります」

「すみません、まだ葬儀の準備がありますので、よろしいですか？」

「葬儀はいつになりますか？」

「今日の夕方に通夜、明日の正午から告別式なんです。やっぱりそれなりに顔が広いもので……声をかける人が多くて大変なんです」

「地元の名士ですからね……お忙しいところ、お邪魔して申し訳ありません」

電話を切り、通夜には顔を出してみようか、とも思った。警察官が、捜査も兼ねて被害者の通夜に顔を出すのはよくあることだが、果たして私に参列する権利があるかどうか。しかし、時間に余裕があれば参列しようと決めた。何しろ私は、第一発見者のようなものなのだから。

それまでどうするか考えようと、ロビーのソファに腰を下ろした瞬間、スマートフォンが鳴る。今日はどうにも忙しいことで……溜息を漏らしてから電話を取り上げると、「本井」の番号が浮かんでいた。この名前で登録したのは、長男の恭平である。

「村野さんですか？　恭平です。本井恭平です」

「ああ……何かあったか？」不安が募《つの》る。わざわざ電話してきたのは、何かあったからなのだ。

「変な話なんですけど、いいですか？」

「もちろん聞くよ」

「実は、週刊誌の人たちが来て……」

「家に？」

「学校で張ってたんです。今朝、校門の前で」

「何だって？」私は思わず立ち上がった。

「俺の学校だけじゃなくて、妹の中学校でも。俺は振り切ったけど、妹は話してしまったようで……大丈夫ですかね？」

大丈夫ではない。何とひどい取材をすることか……私は顔が熱くなるのを感じながら立ち上がった。

「今、富山なんだ。だけど、これからすぐに東京へ戻る。戻ったら電話するから、今後のことを相談しよう」

マスコミ対策――こんなことが支援課の仕事かどうかは分からないが、首を突っこんでいる以上、避けられない。私にとっては異次元の仕事になりそうだった。


（下巻につづく）

本書は文庫書下ろしです。
この作品はフィクションであり、実在する
個人や団体などとは一切関係ありません。

|著者|堂場瞬一　1963年茨城県生まれ。2000年『8年』で第13回小説すばる新人賞受賞。警察小説、スポーツ小説などさまざまな題材の小説を発表している。著書に「刑事・鳴沢了」「警視庁失踪課・高城賢吾」「警視庁追跡捜査係」「アナザーフェイス」「刑事の挑戦・一之瀬拓真」「警視庁犯罪被害者支援課」（本作）などのシリーズ作品のほか、『黒い紙』『メビウス1974』『under the bridge』『社長室の冬』『錯迷』『犬の報酬』『十字の記憶』『1934年の地図』『ネタ元』など多くの作品を発表している。

身代《みが》わりの空《そら》(上)　警視庁犯罪被害者支援課《けいしちょうはんざいひがいしゃしえんか》4

堂場瞬一《どうばしゅんいち》

講談社文庫

定価はカバーに
表示してあります

2017年8月9日第1刷発行

発行者――鈴木　哲

発行所――株式会社　講談社

東京都文京区音羽2-12-21　〒112-8001

電話　出版　(03)　5395-3510
　　　販売　(03)　5395-5817
　　　業務　(03)　5395-3615

Printed in Japan

デザイン―菊地信義

本文データ制作―講談社デジタル製作

印刷―――大日本印刷株式会社

製本―――大日本印刷株式会社

ISBN978-4-06-293723-8

講談社文庫刊行の辞

二十一世紀の到来を目睫に望みながら、われわれはいま、人類史上かつて例を見ない巨大な転換期をむかえようとしている。

世界も、日本も、激動の予兆に対する期待とおののきを内に蔵して、未知の時代に歩み入ろうとしている。このときにあたり、創業の人野間清治の「ナショナル・エデュケイター」への志を現代に甦らせようと意図して、われわれはここに古今の文芸作品はいうまでもなく、ひろく人文・社会・自然の諸科学から東西の名著を網羅する、新しい綜合文庫の発刊を決意した。

激動の転換期はまた断絶の時代である。われわれは戦後二十五年間の出版文化のありかたへの深い反省をこめて、この断絶の時代にあえて人間的な持続を求めようとする。いたずらに浮薄な商業主義のあだ花を追い求めることなく、長期にわたって良書に生命をあたえようとつとめるところにしか、今後の出版文化の真の繁栄はあり得ないと信じるからである。

同時にわれわれはこの綜合文庫の刊行を通じて、人文・社会・自然の諸科学が、結局人間の学にほかならないことを立証しようと願っている。かつて知識とは、「汝自身を知る」ことにつきていた。現代社会の瑣末な情報の氾濫のなかから、力強い知識の源泉を掘り起し、技術文明のただなかに、生きた人間の姿を復活させること。それこそわれわれの切なる希求である。

われわれは権威に盲従せず、俗流に媚びることなく、渾然一体となって日本の「草の根」をかたちづくる若く新しい世代の人々に、心をこめてこの新しい綜合文庫をおくり届けたい。それは知識の泉であるとともに感受性のふるさとであり、もっとも有機的に組織され、社会に開かれた万人のための大学をめざしている。大方の支援と協力を衷心より切望してやまない。

一九七一年七月

野間省一